Knaur

Von Dorothy Gilman sind außerdem erschienen

Jagd auf Mrs. Pollifax
Jagd auf Mrs. Pollifax/Mrs. Pollifax und der sizilianische Dieb

Über die Autorin:

Dorothy Gilman hat bereits zahlreiche Romane veröffentlicht, die sich um die unvergleichliche Mrs. Pollifax drehen. Sie lebt abwechselnd in Westport, Connecticut, und Albuquerque, New Mexico.

Dorothy Gilman

Mrs. Pollifax macht Urlaub

Roman

Aus dem Amerikanischen
von Lore Straßl

Knaur

Die amerikanische Originalausgabe erschien 1997 unter dem Titel »Mrs. Pollifax, Innocent Tourist« bei Ballantine Books, a division of Random House, Inc., New York.

Besuchen Sie uns im Internet:
www.droemer-knaur.de

Deutsche Erstausgabe April 1999

Redaktion: Katharina Volk
Umschlaggestaltung: Agentur Zero, München
Umschlagillustration: Tony Stone, München/Robert Stahl
Satz: Ventura Publisher im Verlag
Druck und Bindung: Ebner Ulm
Printed in Germany
ISBN 3-426-60784-0

5 4 3 2

1

Carstairs saß gähnend an seinem Schreibtisch im CIA-Gebäude und quälte sich durch einen Geheimbericht voll Statistiken, als Bishop die Tür öffnete und meldete, daß John Sebastian Farrell gern mit ihm sprechen würde.

Carstairs zuckte überrascht zusammen: »*Unser* Farrell?«

»Früher, ja.«

»Himmel! Vielleicht können wir ihn überreden ... Schicken Sie ihn rein, Bishop!«

»Nein, Sie können mich nicht überreden zurückzukommen«, sagte Farrell über Bishops Schulter und trat kühn herein, unbekümmert wie eh und je. »Ich brauche eine Information, und außerdem will ich Ihnen eines Ihrer wertvolleren Güter rauben, sozusagen.«

»Sie machen mir angst«, sagte Carstairs lächelnd. »Verdammt schön, Sie wiederzusehen, Farrell. Ich würde gern glauben, daß Ihre Kunstgalerie in Mexiko anfängt, Sie zu langweilen – ich habe eben auch meine Wunschträume. Aber bitte setzen Sie sich, und ich werde Bishop bitten, Kaffee zu bringen.«

»Darum habe ich ihn bereits gebeten.« Farrell setzte sich in den Sessel neben dem Schreibtisch. »Ziemlich unverschämt von mir, und ich hätte auch erst anrufen sollen, aber nachdem ich gestern von Mexico City nach New York geflogen bin und heute früh von New York nach ...« Er hielt inne, als Bishop zwei Tassen Kaffee auf Carstairs' Schreibtisch stellte. »Danke, Bishop.«

»Reden Sie schon weiter«, drängte Carstairs.

Farrell lächelte. »Ich bin hier, um zu fragen, ob Sie von Antun Mahmoud gehört haben. Er gibt in Manhattan irgendeine Zeitung heraus – auf arabisch.«
Carstairs sah ihn prüfend an, dann erwiderte er knapp: »Ja, aber es wundert mich, daß *Sie* von ihm gehört haben.«
»Ist er zuverlässig? Kann man ihm trauen?«
Carstairs kniff die Augen zusammen. »Ich möchte zuerst wissen, wie Sie von ihm gehört haben.«
»So geheim, hmmm?« murmelte Farrell sichtlich erfreut. »Das erklärt, was ich für einen schlimmen Fall von Paranoia hielt.«
Carstairs sagte scharf: »Sie sind dem Mann begegnet?«
»Ja, gestern abend in Manhattan. Ich rief sofort nach meiner Ankunft die Nummer an, die er mir gegeben hatte.«
»Wenn Sie vielleicht die Güte hätten, mich einzuweihen, worum es hier geht ...«
Farrell sagte nur: »Es betrifft Dib Assen.«
»Dib Assen«, wiederholte Carstairs erstaunt. »Stimmt, Sie und er waren Freunde. Ich las von seinem Tod, vor etwa einem Monat, richtig? ›IRAKISCHER SCHRIFTSTELLER UND DISSIDENT STARB IM GEFÄNGNIS‹.«
Farrell nickte. »Ich kannte ihn seit Jahren, seit er an der Columbia Universität Vorlesungen über islamische Kultur, Kunst und Literatur hielt. Wir blieben in Verbindung, und ich habe weiß Gott versucht, ihn dazu zu bewegen, in die Staaten auszuwandern, bevor es zu spät sein würde. Er lachte nur. Aber zumindest habe ich ihm das Versprechen abgerungen, es mich wissen zu lassen, wenn ich ihm auf irgendeine Weise helfen könnte.«
Carstairs zog die Brauen hoch. »Und?«
Farrell sagte leise: »Es gibt ein Manuskript, das er vor seiner Verhaftung in ein sicheres Versteck gebracht hat.

Einer seiner Freunde im Irak versprach ihm, es aus dem Land zu schmuggeln und dafür zu sorgen, daß ich es bekomme, nur ich persönlich, falls er sterben würde. Ich sollte es zu seinem Verleger bringen.«
»Ich verstehe«, murmelte Carstairs.
»Der Freund heißt Ibrahim – kein Familienname –, und diese Leute in Manhattan setzten sich mit mir Verbindung – dieser Antun Mahmoud –, um mir auszurichten, daß Ibrahim hoffte, *Insha' Allah*, mich in Amman in Jordanien zwischen dem 10. und 13. Oktober zu treffen. Und heute ist der 7. Oktober.«
Carstairs pfiff durch die Lippen. »Das läßt Ihnen nicht viel Zeit.«
»Nein«, bestätigte Farrell, »aber Sie können sich vorstellen, wie schwierig es für ihn sein muß, den Irak zu verlassen. Vermutlich hat er es also bereits geschafft.«
»Wahrscheinlich«, pflichtete ihm Carstairs bei. »Und Sie wollen jetzt wissen, ob man diesen Leuten in New York trauen kann.«
»Unbedingt. Wenn Sie wüßten, welchem Verhör mich dieser Antun Mahmoud unterzogen hat, ganz zu schweigen davon, wohin er mich verschleppt hat! Der gottverlassenste Ort auf der Welt. Außerdem habe ich ihm eine beachtliche Summe gegeben, damit er alles in die Wege leiten kann.«
Carstairs lächelte. »O ja, er ist durchaus vertrauenswürdig ... Ich sage Ihnen nicht, welches Amt er vor seiner Flucht im Irak bekleidete, nur daß er wichtig genug ist, um immer noch eine Bedrohung für Bagdad zu sein. Seit er in die Staaten kam, wurden bereits zwei Anschläge auf ihn verübt ... Saddam kennt kein Pardon! Die Zeitung, die Antun Mahmoud und seine Gruppe herausgeben, ist ein monatliches Nachrichtenblatt für ihre Landsleute

im Exil bei uns. Wir glauben, sie arbeiten eng mit der Arabischen Liga für Menschenrechte zusammen. Ich muß zugeben, wir beneiden sie um ihre Informationsquellen.« Er zuckte mit den Schultern. »Hin und wieder leiten sie etwas an uns weiter, aber im allgemeinen wollen sie nichts mit uns zu tun haben, und wir respektieren ihre Einstellung.«

»Das ist schon eine Erleichterung«, sagte Farrell. »Aber ich bin noch aus einem zweiten Grund hier. Ich bestand ihnen gegenüber auf Tarnung. Das gefällt ihnen nicht, aber etwas an der Sache kommt mir irgendwie – hm, wie soll ich sagen? – wacklig vor wie – wie Götterspeise. Vor allem, als man mir in letzter Minute erklärte, daß ich drei bis vier Vormittage hintereinander zum gleichen Treffpunkt kommen müsse.«

»Wo ist dieser Treffpunkt?«

»Das wollen sie mir morgen abend mitteilen, aber ich meine, falls Ibrahim nicht gleich kommt – ein einzelner amerikanischer Tourist, der dauernd an ein- und derselben Stelle in Amman herumhängt? Verdammt auffällig!« Während er Carstairs beobachtete, fuhr er mit besonderem Nachdruck fort: »Ich beharrte auf Begleitung. Beispielsweise eine ›Naive Touristin‹, eine außerordentlich ehrbare Dame, die unmögliche Hüte trägt und Karate beherrscht.«

Carstairs grinste. »Ich verstehe, Mrs. Pollifax.«

»Ja, hätten Sie etwas dagegen? Ich meine, alter Junge, gewissermaßen arbeitet sie doch für Sie. Ich würde sie mir gern ausleihen. Natürlich nur, *wenn* sie mich morgen abend nach Jordanien begleiten kann, sobald mir Antun die letzten Einzelheiten erklärt hat.«

»Jordanien«, murmelte Carstairs nachdenklich. »Dieser Ibrahim muß eine schreckliche Wüste und gefährliche

Grenzen überqueren. Was, genau, besagte die Nachricht, die Antun erhielt? *Hofft* der Mann Amman am 10. zu erreichen, oder ist er bereits dort?«

Farrell seufzte. »Ich fürchte, das Wort war ›erwartete‹. Ich sollte hinzufügen, daß Antun Mahmoud alles andere als erfreut darüber ist, daß die Herzogin – ich meine Mrs. Pollifax – mich begleiten soll. Er besteht darauf, auch sie kennenzulernen, bevor wir abfliegen, und das wäre morgen um einundzwanzig Uhr.«

»Sie darf auf keinen Fall gesehen werden, wenn sie deren Haus betritt!« sagte Carstairs scharf. »Nicht einmal ich weiß, wo sie jetzt sind.«

Farrell nickte. »Ich werde mir eine Verkleidung einfallen lassen. Und vielen Dank.«

Carstairs drückte auf eine Taste seiner Sprechanlage. »Bishop ...«

»Ja, Sir?«

»Rufen Sie Mrs. Pollifax an, Farrell würde sie gern ausleihen, falls sie abkömmlich ist.«

Bishop klang zuversichtlich. »Oh, ich glaube, da dürfte es keine Schwierigkeiten geben. Ich habe mich erst vor ein paar Tagen mit ihr unterhalten. Sie erinnern sich doch an die junge Kadi Hopkirk?«

»Selbstverständlich.«

»Cyrus führt sie in die Vogelbeobachtung ein. Ich glaube, sie sind noch auf Cape Cod.«

»Mrs. Pollifax ebenfalls?«

»Sie sagt, seit ihrem Erlebnis in Albanien hat sie mehr als genug davon, stundenlang in Sümpfen zu kauern.«

Farrell lachte in sich hinein. »Der Skutarisee! Ich war bei ihr, wissen Sie. Wir trieben eine ganze Nacht an einem Baumstamm hängend durch diesen verdammten See.«

Lachend fügte Bishop über die Sprechanlage hinzu: »Und trotzdem roch sie hinterher immer noch nach Ziegen. Kommen Sie doch in mein Büro, dann wollen wir sehen, ob sie zu Hause ist.«

Als Farrell aufstand, hielt Carstairs ihn zurück: »Einen Moment!«

Farrell wartete mit fragend hochgezogenen Brauen.

»Ich denke, wir würden dieses Manuskript von Dib Assen gern sehen, falls Sie es in die Hände bekommen können.«

Farrell lächelte. »Ich hielt Geschichte für Ihr Hobby. Ich hatte keine Ahnung, daß Sie Romane lesen.«

Nach kurzem Zögern sagte Carstairs: »Eines sollten Sie vielleicht wissen, ehe Sie zu dieser Mission à la Don Quichotte aufbrechen. Eine leise Warnung sozusagen.«

»Ja?«

»Bis vor ein paar Jahren schrieb Dib Assen nicht nur seine Romane, er erledigte auch einige Aufträge für uns.«

Unwillkürlich fiel Farrells Kinnlade. »Das glaube ich nicht!«

»Versuchen Sie's. Ich bin sicher, Ihr Freund Antun Mahmoud weiß es nicht, aber es könnte sein – ich sage *könnte* –, daß man es in Bagdad herausgefunden hat. Möglich wäre auch, daß er diesmal deswegen verhaftet, aber nicht – wie schon mehrmals zuvor – wieder *entlassen* wurde. Man hatte genug Zeit, ihn zum Sprechen zu bringen, finden Sie nicht?«

Farrell zuckte zusammen. »Und Sie wollen damit andeuten ...«

Carstairs nickte. »Es könnte sein, daß sein Roman nicht nur ein Roman ist. Wenn – und es gibt hier viele ›Wenn's‹, Farrell – es so ist, könnten sich auch andere dafür interessieren, falls Assen vor seinem Tod zum Reden gezwungen werden konnte, oder falls irgendwie bekannt wurde, daß jemand einige seiner Unterlagen aus dem Irak schmuggelt. Wollen Sie immer noch die Gefahr Ihrer Mission auf sich nehmen?«

»Ich schulde es Dib Assen«, erwiderte Farrell. »Das sagte ich Ihnen ja. Aber ob ich die Herzogin mitnehmen sollte ...«

Carstairs entgegnete trocken: »Sie werden sie um so mehr brauchen. Wer in aller Welt würde *sie* verdächtigen? Sie kann auch auf Sie aufpassen ... So, jetzt sehen Sie nach, ob Bishop sie erreichen konnte – und machen Sie es gut, ich drücke Ihnen die Daumen.«

Als das Telefon klingelte, saß Mrs. Pollifax an ihrem Schreibtisch und schrieb einen Brief – mit der Hand, eine schon fast vergessene Kunst, an der sie immer noch hing und die in diesem Fall obendrein praktisch war, da es sich bei dem Empfänger um einen alten Freund in Europa handelte, nämlich um Robin Burke-Jones, und sie so viel zu erzählen hatte. Die Post, die sie aus exotischen, abgelegenen Winkeln der Welt erhielt, verwunderte den Briefträger immer aufs neue. Bestimmt hätte es ihn schockiert zu erfahren, daß Robin bei ihrer ersten Begegnung ein Juwelendieb war, und daß er seine Fähigkeiten jetzt im Dienst von Interpol einsetzte. Mrs. Pollifax, mit ihren preisgekrönten Geranien, ihren Vorträgen im Gartenclub, ihrer Ehe mit Cyrus, einem pensionierten Richter, war bestimmt die letzte, der man den Umgang mit Dieben, Spionen und Mördern zutrauen würde.

Eben deshalb hatte sie sich für Carstairs von der CIA auch von so unschätzbarem Wert erwiesen.

Sie adressierte gerade den Umschlag, als das Telefon läutete. Sie hob ab und erkannte überrascht Farrells Stimme. »Herzogin«, sagte er, »ich brauche Sie. Ich rufe

aus Carstairs' Büro an, und er sagt, ich dürfe Sie ausborgen, falls Sie Zeit und Lust hätten, morgen abend mit mir nach Jordanien zu fliegen.«
»M-morgen abend?« stammelte sie. »Jordanien? *Das* Jordanien im Nahen Osten?«
»Ich weiß, daß es sehr plötzlich ist, aber wenn Sie es einrichten könnten, mich morgen zu begleiten, komme ich heute nachmittag zu Ihnen und erkläre Ihnen alles – wenn Sie mir nur sagen, daß Sie für fünf oder sechs Tage wegkönnen.«
»Weg könnte ich schon«, erwiderte sie unschlüssig, »aber was ...«
»Gut. Kochen Sie schon mal Kaffee für mich. Ich fliege nach New York zurück, nehme mir einen Leihwagen und werde gegen vierzehn Uhr bei Ihnen sein.«
Er legte auf. Sie schüttelte benommen den Kopf, aber sie empfand Neugier, Interesse und schließlich eine eigenartige Erregung. Jordanien – der Nahe Osten? Was wußte sie über das Land, außer daß es von Israel, Syrien, dem Irak und Saudi-Arabien umgeben war, wo offenbar so allerlei Dramatisches vor sich ging? Doch wie auch immer, sie brauchte jetzt ihren Lunch. So ließ sie das Kuvert ohne Marke liegen, verschob den Blick in den Atlas auf später und richtete sich Sandwiches.
Sie hatte einige davon geschafft, als Farrell vorfuhr und aus einem auf Hochglanz polierten roten Wagen stieg. Immer noch derselbe Ex-CIA-Abenteurer, dachte sie voll Zuneigung und betrachtete ihn, während er die Stufen heraufsprang: ein bißchen attraktiver, als gut für ihn war, sein sonnengebräuntes Gesicht eine Spur härter als bei ihrer ersten Begegnung vor einigen Jahren. Damals war sie frisch aus ihrem Gartenclub von Carstairs für ihren ersten Auftrag rekrutiert worden – um wenig später ent-

setzt festzustellen, daß sie sich mit einem solchen Mann, Rücken an Rücken gefesselt, in einer kleinen dunklen Hütte in Mexiko befand.
»Herein mit Ihnen und erzählen Sie«, forderte sie ihn auf und umarmte ihn. »Allerdings, warum Sie mich brauchen ...«
»Als Tarnung«, erwiderte er mit einem kurz aufblitzenden Lächeln. »Sie sind doch hoffentlich nicht beleidigt, daß es nichts Gefährlicheres ist? Meine Intuition sagt mir, daß es eine verdammt gute Idee ist, aber ich weiß nicht wieso.«
»Das muß wohl ansteckend sein, Sie werden offenbar zu einem zweiten Carstairs. *Er* scheint meistens seiner Intuition zu folgen. Aber warum der Nahe Osten? Und wenn Sie immer noch nicht wieder bei der CIA sind ...«
»Nein, bin ich nicht, aber ich brauchte Informationen von Carstairs, und ich fühle mich immer noch verpflichtet, wenn ich Sie ausleihen möchte. Er läßt Sie grüßen.«
»Aber was ist mit Ihrer Kunstgalerie in Mexico City?«
Er verzog das Gesicht. »Seit der Peso so gefallen ist, habe ich sie auf Eis gelegt. Und meine Reise nach Jordanien hat nichts mit der CIA zu tun, es geht um eine Ehrenschuld gegenüber einem alten, sehr guten Freund.«
»Erzählen Sie.« Sie brachte ihm Kaffee und ein Thunfischsandwich.
Nach einem Moment des Schweigens begann Farrell: »Okay, es ist so, Herzogin. Ich habe einen Freund – *hatte* einen Freund«, berichtigte er. »Er kam vor geraumer Zeit in die Vereinigten Staaten, um an der Columbia Universität Vorlesungen über den Nahen Osten zu halten. Er war ein Gelehrter, ungemein begabt und intelligent, und ein Iraker. Saddam Hussein hatte damals erst damit angefangen, das Land umzukrempeln, und man hielt ihn

nicht für besonders bedeutend. Mein Freund lehrte über den Islam und die Arabische Welt: ihre Literatur, Kultur, Kunst, und ihre Befreiung von den Kolonialmächten.«

»Und Sie haben ihn in New York kennengelernt?«

Farrell nickte. »Wir wurden Freunde, gute Freunde. Ich war einige Zeit für die CIA im Nahen Osten tätig gewesen, daraus machte ich kein Hehl. Er kehrte in den Irak zurück, um weiterhin die Bücher zu schreiben, die er schreiben wollte.« Er zögerte. »Nur zwei seiner Bücher wurden hier in den Staaten verlegt. Zornige Bücher. Haben Sie von dem Autor Dib Assen gehört?«

Mrs. Pollifax zog nachdenklich die Brauen zusammen. »Dib Assen ... Ich glaube nicht ...« Plötzlich fuhr sie zusammen. »Nein, warten Sie, ich habe ein Buch gelesen: *Die Peiniger,* eine beißende Satire über das Leben unter einem namenlosen Diktator. Es war von einem Iraker geschrieben. Unvergeßlich. Könnte das Dib Assen gewesen sein?«

Farrell nickte. »Ja, es ist von Dib Assen. Sein zweiter ins Englische übersetzter und hier herausgegebener Roman heißt *Folterinstrumente.* Scheinbar ein Liebesroman, aber in Wahrheit ein hochexplosives politisches Werk.«

»Erzählen Sie weiter ...«

»Wir korrespondierten. Nachdem er das erste Mal verhaftet und wieder freigelassen worden war, hatte ich ihm zu verstehen gegeben, daß ich mir seinetwegen große Sorgen mache. Er antwortete, daß er schreibe, was er schreiben müsse. Und er fuhr damit fort. Viele seiner späteren Arbeiten wurden im Untergrund als Kopien der Originalmanuskripte verbreitet. Inzwischen hatte ich ihm versprochen, ja mein Wort gegeben, daß er fest mit mir rechnen könne, sollte er jemals Hilfe brauchen.«

Mrs. Pollifax nickte. »Und jetzt braucht er Hilfe.«

»Bedauerlicherweise nicht, denn er ist tot«, entgegnete Farrell düster. »Die Londoner Zeitungen veröffentlichten einen außerordentlich umfangreichen Nachruf; sein Tod war als Folge eines Herzanfalls gemeldet worden. Aber sie hatten herausgefunden, daß er in der schlimmsten Haftanstalt des Landes, dem Ba'thi Iraq, gestorben ist. Glauben Sie, daß es ein Herzanfall war?«

»Nein«, erwiderte sie. »Nicht, wenn er weiterhin Werke wie *Die Peiniger* schrieb.«

»Er hat nie damit aufgehört«, erklärte Farrell, »und jetzt gibt es ein letztes Manuskript, das er offenbar kurz vor seiner Verhaftung verstecken konnte. Er hatte einem Freund in Bagdad vor langer Zeit einmal meinen Namen genannt, und dieser Freund versprach, das Manuskript nur mir auszuhändigen. Ich kenne lediglich den Vornamen dieses mutigen Freundes: Ibrahim. Für mich ist das eine sehr ernste und sehr wichtige Verpflichtung, Herzogin. Eine Ehrenschuld. Ich kann ihn nicht im Stich lassen.«

»Aber – wie in aller Welt wurden Sie kontaktiert? Wie haben Sie über und von Ibrahim gehört?«

Farrell grinste. »Auch Sie werden die Leute, die diese Reise arrangieren, kennenlernen und ihre Begutachtung über sich ergehen lassen müssen, Herzogin. In Manhattan leben Exiliraker, die irgendwie auf geheimnisvollen Wegen Bruchstücke von Neuigkeiten sammeln und ein Nachrichtenblatt herausgeben. Durch sie hörte ich von diesem Ibrahim. Es gefällt ihnen gar nicht, daß ich auf Ihrer Begleitung bestehe, Herzogin. Abflug ist um einundzwanzig Uhr, und zuvor müssen wir sie aufsuchen. Um die Tickets abzuholen, zusätzliche Informationen zu bekommen und damit sie Sie überprüfen können, sozusagen.«

»Natürlich komme ich mit«, murmelte Mrs. Pollifax nachdenklich. »Ich weiß nur nicht, wie ich Cyrus telefonisch erreichen könnte. Ich werde wohl eine Nachricht in seinem Motel hinterlassen müssen. Sechs Tage, meinen Sie? Was muß ich mitnehmen?«

»Nur sich selbst, so harmlos aussehend und auf naive Touristin getrimmt, wie möglich. Und Ihren Reisepaß – wenn Sie ihn mir gleich mitgeben, fahre ich am jordanischen Konsulat in New York vorbei und lasse ein Visum eintragen; Sie brauchen es für die Einreise.«

Sie zog ihren Reisepaß aus einer Schreibtischlade und reichte ihn Farrell. Er schlug ihn auf und grinste. »Emily Reed-Pollifax ... Wissen Sie, wir fühlen uns immer noch ein wenig für diese Heirat verantwortlich. Wenn wir Sie nicht nach Sambia gesandt hätten – stellen Sie sich nur vor! –, hätten Sie Ihren kühnen Cyrus Reed vielleicht nie kennengelernt!«

»Genau das ist der Grund«, sagte Mrs. Pollifax mit einem verschmitzten Zwinkern, »daß ich Ihnen immer noch jedes Weihnachten ein Früchtebrot schicke.«

Farrell lachte. Er steckte den Paß ein, zögerte und fügte schließlich entschuldigend hinzu: »Da ist noch etwas ... Es ist bedauerlich, aber für unseren Besuch morgen abend werden Sie leider angemessen verkleidet sein müssen.«

»Verkleidet!« rief sie. »Meinen Sie das ernst? In New York City? Großer Gott, warum?«

»Zum Schutz der Exiliraker, Herzogin, nicht unserem. Auch in New York gibt es politische Anschläge: Jemand wird vor die U-Bahn gestoßen, von einem Auto überfahren oder in einer Gasse erschossen und seiner sämtlichen Papiere beraubt. Diese Leute werden häufig überwacht.«

»Von der CIA?« fragte sie bestürzt.

Er schüttelte den Kopf.
»Doch nicht vom FBI?«
»Nein«, erwiderte er leise. »Von *ihnen,* Herzogin.«
Sie wollte sagen: Aber hier ist Amerika, Farrell, unterließ es dann jedoch, denn ihr wurde bewußt, daß Amerika nicht mehr immun gegen Terrorismus und Bomben war.
Nach einem Blick auf seine Armbanduhr setzte Farrell seine Kaffeetasse ab und erhob sich. »Wir treffen uns morgen um sechzehn Uhr dreißig am Informationsschalter in der Grand Central Station. Das Flugzeug geht um einundzwanzig Uhr.« Er beugte sich vor und küßte sie auf die Wange. »Danke, Herzogin. Und grüßen Sie Cyrus von mir.«
Ehe sie weitere Fragen stellen konnte, hatte er nach seiner Aktentasche gegriffen und war zur Tür gegangen. »Nicht vergessen, morgen um sechzehn Uhr dreißig.« Die Tür schloß sich hinter ihm. Er war fort, und sie grübelte darüber, was aus dieser Welt geworden war, und über einen mysteriösen Exiliraker, den sie morgen kennenlernen würde.
Aber jetzt war heute. Sie mußte sich sofort eine Nachricht für Cyrus einfallen lassen, die ihn nicht in Sorge versetzen würde. Und sollte sie Jordanien erwähnen, wo er sich doch schon immer danach gesehnt hatte, die Ruinen von Petra zu sehen? Sie mußte packen und Mr. Lupacik anrufen, damit er nach dem Haus sah, solange niemand hier war ... Sie seufzte, und dann kam ihr der erfreuliche Gedanke, daß sie nun endlich ihren gewagten neuen Hut tragen konnte, der dicht an dicht mit rosa und gelben Rosen bestückt war.

2

Auf dem Schild über dem Laden stand WILKINS AG. Es war ein schäbiges Schild in einer schäbigen Straße in Manhattan. Am Fenster darunter versprach ein zweites Schild in goldenen Lettern: HÖCHSTPREISE BEIM ANKAUF VON GOLD UND SILBER.

Die Stadtstreicherin, die einen Einkaufswagen voll Plastikbeutel und leerer Coladosen schob, blickte zu dem Schild hinauf und zögerte; der Mann, der ihr in einiger Entfernung folgte, beschleunigte seinen Schritt, holte sie ein und hielt die Ladentür weit auf. Der Mann, der Einkaufswagen und die Frau verschwanden im dunklen Innern. Die Tür schloß sich hinter ihnen, und die Straße war wieder menschenleer.

Im dunklen Laden ließ Mrs. Pollifax den Wagen los und sagte verärgert: »Ich kann mir nicht helfen, aber ich habe Angst, daß diese alten Sachen nicht ganz ungezieferfrei sind, Farrell. Es ist die peinlichste Verkleidung, die ich je getragen habe. Ich habe das Gefühl, daß ich mich bei jeder echten Pennerin in der Stadt entschuldigen sollte.«

»Sie sind verweichlicht, Herzogin.« Farrell schüttelte den Kopf. »Als Sie aus Albanien rauskamen, wimmelten Sie nur so von Läusen, haben Sie das vergessen? Entspannen Sie sich!«

»Ja, aber wo *sind* diese mysteriösen Leute? Hier ist kein Mensch, Farrell!«

»Bestimmt vergewissern sie sich, daß uns niemand gefolgt ist oder gesehen hat, daß wir hier hereingingen.«

Das ist zweifellos ein sehr lehrreicher Abend, dachte Mrs. Pollifax und erinnerte sich an das schäbige Stundenhotel, zu dem Farrell sie gebracht und wo er eine Auswahl alter Kleidungsstücke zusammengetragen hatte: einen zerlumpten Trenchcoat, Turnschuhe und zwei verfilzte Pullover, die sie über ihr Reisekostüm hatte ziehen müssen. Ihre Koffer hatten sie unter den Plastikbeuteln und Coladosen im Einkaufswagen begraben. Das Zimmer hatte nach Desinfektionsmitteln und billigem Parfüm gerochen, und ein blinkendes Neonschild vor dem Fenster hatte die Wände in Rot getaucht. Sie konnte ein belustigtes Lächeln nicht unterdrücken, als sie sich ausmalte, was Cyrus sagen würde, könnte er seine Frau als Stadtstreicherin sehen, die einen vollbepackten Einkaufswagen durch heruntergekommene Straßen schob.

Schwere Schritte im Stockwerk über ihnen brachen die Stille. Kurz danach waren das Schließen einer Tür und dann das Öffnen der Tür am Ende der Diele hinter dem Ladentisch zu vernehmen. Der Mann, dessen Silhouette sich gegen das Licht abhob, sagte: »Kommen Sie herein … Schnell, bitte.«

Mrs. Pollifax schob bereitwillig den Einkaufswagen hinter dem vorausgehenden Farrell her. Sie betraten einen fensterlosen Raum, der von Leuchtstoffröhren an der Decke grell beleuchtet wurde und in dem sich lediglich ein Schreibtisch, vier Stühle und ein Kopierer befanden. Die beiden Männer am Schreibtisch trugen schwarze Anzüge, weiße Hemden und Krawatten und waren nicht unbedingt als Ausländer zu erkennen. Beide hatten eine leicht sonnengebräunte Haut und trugen die wohl üppigsten schwarzen Schnurrbärte, die sie je gesehen hatte. Dennoch unterschieden sie sich unverkennbar voneinander. Mrs. Pollifax wußte beispielsweise sofort, daß der Ältere

Antun Mahmoud war, noch bevor Farrell ihn ihr vorstellte. Nach seiner Haltung und dem scharfen Blick hätte er General sein können – was er früher vielleicht auch einmal war, dachte sie. Sie hielt ihn für effizient, intelligent, ungeduldig und wachsam.

Der andere war eine Imitation des ersteren, aber jünger und weniger hart.

Beide blickten sie abschätzend an.

»Setzen!« befahl Antun streng.

Mrs. Pollifax ließ ihren Wagen stehen und setzte sich. Antuns Gefährte lächelte sie schüchtern an.

Antun musterte sie stirnrunzelnd. »Mr. Farrell hat Sie hoch gelobt. Sie arbeiten für die CIA?«

»Hin und wieder kann ich ihnen von Nutzen sein.«

»Aber Sie sehen nicht aus ...«

Farrell unterbrach ihn und sagte knapp: »Sie hat Erfahrung, glauben Sie mir. – Herzogin, schälen Sie sich bis zu Ihrem Macy-Kostüm und befreien Sie diesen unglaublichen Hut aus seinem Plastikbeutel.«

Mrs. Pollifax seufzte und trat an den Einkaufswagen, wo unter dem zerlumpten Trenchcoat und den zwei abgetragenen Pullovern ein adrettes marineblaues Kostüm zum Vorschein kam. Dann kramte sie in dem Einkaufswagen, holte einen Plastikbeutel heraus, öffnete ihn und nahm den Garten aus gelben und rosa Rosen heraus, der an einer breiten Strohkrempe befestigt war. Kaum hatte sie ihn aufgesetzt, wurde sie – wie Carstairs von der CIA es amüsiert nannte – seine Sehr naive Touristin. Und wenn der Hut die beiden Männer auch sichtlich verwunderte, schien er doch ihre Anwesenheit zu erklären und jedwede Bedenken zu zerstreuen.

»Ah, ja, sehr gut.« Antun nickte. »Ich verstehe. Sie haben Reisepässe und Visa?«

»Es ist für alles gesorgt«, versicherte ihm Farrell. »Nur, wo treffen wir diesen Ibrahim? Sie sagten vormittags?«
Antun nickte. »Er wird in der Festung Karak, etwa hundertdreißig Kilometer südlich von Amman, nach Ihnen Ausschau halten. Sie werden einen Führer brauchen, da Sie nicht Arabisch sprechen.«
»Einen Führer? Wird er – eh – einer von Ihnen sein?« erkundigte sich Mrs. Pollifax.
Sie hatte ihn beleidigt. Spöttisch entgegnete er: »›Einer von uns?‹ Nein. Wie andere Touristen bedienten auch wir uns eines Reisebüros in Manhattan. Wenn Ihnen dieser Führer nicht zusagt – er wird Sie am Flughafen erwarten –, stehen Ihnen noch vier andere zur Auswahl. Hassan, gib ihr die Liste.«
»Danke«, sagte Mrs. Pollifax verlegen und steckte die Liste ein. »Muß ich mich wieder so verkleiden, wie ich hereinkam, in dem alten Trenchcoat?«
Ungeduldig erwiderte er: »Nein, nein, jemand anderes wird in dieser Verkleidung mit dem Einkaufswagen und in Begleitung eines Mannes das Haus durch die Vordertür verlassen. Sie beide benutzen die Hintertür. In der Garage hinter uns wartet ein Lieferwagen.« Er wandte sich an Farrell. »Dieser Führer – er heißt Juseff Jidoor – wird im Queen Alida-Flughafen ein Schild hochhalten, auf dem Jidoor-Touren steht.«
»Schuhe!« Farrell zeigte auf den Boden. »Herzogin, Sie tragen immer noch die Turnschuhe! Es wird spät, das Flugzeug ...?«
Antun nickte. »Fayad wird Sie fahren, Sie werden rechtzeitig dort sein. Falls Ihnen jemand folgt, nun, Fayad hängt jeden ab.«
Mrs. Pollifax fragte neugierig: »Werden Sie wirklich beobachtet?«

Antun schien amüsiert. »Manchmal kann man in der Dunkelheit sehen, wie in dem angeblich leeren Zimmer auf der anderen Straßenseite leichtsinnig eine Zigarette angezündet wird.« Er griff in die Schreibtischlade und zog zwei Umschläge heraus. »Hier sind Ihre Flugtickets.« Er reichte Farrell ein Kuvert. »Tut mir leid, aber Ihre Plätze sind nicht nebeneinander. Da wir zu spät erfuhren, daß Sie diese Frau unbedingt mitnehmen wollen, konnten wir das nicht mehr arrangieren.« Er gab Mrs. Pollifax den zweiten Umschlag. »Und, wie wir sagen: *Allah yesellimak.*«
»Was heißt das?« fragte Mrs. Pollifax.
»Gott beschütze Sie.«
»Gott beschütze Sie ebenfalls«, wünschte sie ihm höflich.

Der Lieferwagen hatte verdunkelte Fenster, und der Fahrer, Fayad, sagte lediglich: »Keine Angst!« Die Garagentür schwang auf, und sie schossen auf die dunkle Straße wie ein Stein von einer Schleuder.
Erst jetzt dachte Mrs. Pollifax daran, sich zu erkundigen: »Wie lange dauert der Flug nach Amman eigentlich?«
Farrell seufzte. »Ich hatte gehofft, Sie würden nicht fragen. Wir fliegen erst einmal die ganze Nacht durch bis Amsterdam, dort wird aufgetankt, und neue Fluggäste kommen an Bord. In Amman treffen wir erst nach Mittag ein. Also ungefähr vierzehn Stunden.«
»Vierzehn Stunden!« wiederholte sie bestürzt. »O je. Ich kann in Flugzeugen *nie* schlafen, wissen Sie. Das bedeutet, daß ich vom Jetlag völlig neben mir stehen werde, Farrell. Ich döse zwar, aber immer nur kurz, und das ist kein *richtiger* Schlaf.«
»Nein«, pflichtete er ihr bei. »Aber andererseits kann ich dann auch in den frühen Morgenstunden zu Ihnen kom-

men, mich mit Ihnen unterhalten und Sie mit ein paar Witzen aufmuntern.«

»Ich wünschte nur, wir hätten Plätze nebeneinander. Wahrscheinlich muß ich neben einem weinenden Kind sitzen oder jemandem, der beim Schlafen den Kopf auf meine Schulter legt, und das ist immer so unangenehm.«

Nachdem sie an Bord gegangen waren, stellte Mrs. Pollifax tatsächlich fest, daß sie einen Platz ziemlich weit hinten und am Gang hatte, neben einem stämmigen, gutgekleideten Herrn mit einem *Wall Street Journal* auf dem Schoß. Er sah wirklich nicht aus wie einer, der mit dem Kopf auf ihrer Schulter schlafen würde. Er erhob sich sofort, um ihre Reisetasche unter dem Sitz zu verstauen, und sagte bewundernd: »Ich beglückwünsche Sie zu Ihrem Hut. Er ist sehr schön, wie ein Garten.«

»Danke sehr.« Sie nahm ihn ab und legte ihn auf ihr Handgepäck.

»Reisen Sie in den Nahen Osten?« erkundigte er sich höflich.

»Ja, nach Jordanien.«

Strahlend sagte er: »Ah, meine Heimat. Werden Sie Gerasa besuchen? Petra? Wadi Rum? Das Tote Meer?«

Da sie keine Zeit gehabt hatte, sich ausreichend über Jordanien zu informieren, wich sie aus. »Sie sind also Jordanier?« Ihr Abflug wurde angekündigt, und ihr Nachbar schloß seinen Sicherheitsgurt. Sein Gesicht war rund und freundlich, mit leichten Hängebacken, glattem, schwarzem Schnurrbart und angehender Stirnglatze. Sie schätzte ihn auf Fünfzig. Dem maßgeschneiderten dunklen Anzug und dem weißen Hemd mit weißer Krawatte nach zu schließen, schien er sehr auf sein Äußeres zu achten.

»Ja, aber leider kann ich nicht weiter als bis nach Amsterdam mitfliegen«, erklärte er. »Ich habe dort mein Geschäft – wir stellen Faksimiles von jordanischen Antiquitäten her, die Touristen dann in Jordanien als Andenken kaufen können.«

»Meinen Sie Kopien?« erkundigte sie sich.

Er blickte sie fast mitleidig an. »Im Gegenteil, es sind Kunstwerke, die sich *sehr* gut verkaufen. Jordanien wird gerade vom Tourismus entdeckt – sehen Sie, wie voll das Flugzeug ist?«

Es war wirklich bis zum letzten Platz besetzt. Farrell saß vorne, in der Nähe der Filmleinwand, während sie und ihr Nachbar Plätze in der letzten Reihe hatten. Viele der Fluggäste kamen ihrem Aussehen nach wohl aus dem Mittleren Osten, aber da war auch eine größere, ziemlich laute Gruppe Touristen.

»Wir sind in der Luft!« triumphierte ihr Nachbar. Er neigte seinen Kopf und stellte sich vor: »Ich bin Mr. Nayef. Und Sie?«

»Mrs. Pollifax.«

»So ein ungewöhnlicher Name! Pollifax?« Als sie nickte, fuhr er fort: »Gehören Sie vielleicht zu dieser Touristengruppe?« Er deutete auf die lauten Amerikaner, die einander immer wieder über die Sitze hinweg zuriefen. »Nein? Wie mutig amerikanische Frauen sind – und so frei! Dann haben Sie Freunde in Amman?«

»Nein.« Mrs. Pollifax wünschte, er würde sich endlich in sein *Wall Street Journal* vertiefen, damit sie sich mit dem Reiseführer beschäftigen könnte, den Farrell ihr geliehen hatte.

»Dann gestatten Sie mir, Ihnen einen Rat zu geben«, sagte er bestimmt. »Sie müssen vor allem Petra besuchen, unsere berühmte rosenrote Stadt, die vor langer, langer Zeit aus den Felsen gehauen wurde.« Er langte unter den

Sitz nach seinem Aktenkoffer. »Ich muß Ihnen zeigen, was ich in meinem Atelier in Amsterdam herstelle. Nicht nur das große Schatzhaus des Pharao Chasna, auch das Urnengrab befindet sich in Petra, und das hier ist eine Abbildung davon.«

Was er ihr entgegenstreckte, erschien Mrs. Pollifax auf den ersten Blick als ein billiges und amateurhaftes Rechteck aus dickem Sperrholz mit einem Etikett, das dem Betrachter auf arabisch und englisch verkündete: »Urnengrab. Petra. Nabatäisch. Kopie von Hassur Aid.«

»Drehen Sie es um!« tadelte er.

»Oh, tut mir leid.« Die andere Seite überraschte sie angenehm. Auf der hölzernen Platte war eine dreidimensionale Schnitzerei aus weißem Stein oder Gips befestigt. Sie stellte einen riesigen Felsen dar, dessen Furchen und Vorsprünge der Künstler naturgetreu modelliert hatte. In der Mitte der Felswand befand sich ein Eingang, bewacht von zwei hohen Säulen, die über einen Säulengang mit einer Reihe bogenförmiger Öffnungen hinausragten.

»Reinweißer Kalkstein, handgeschliffen und -geschnitzt«, betonte Mr. Nayef und lehnte sich zu ihr herüber. »Möchten Sie es haben? In Jordanien würde es sechzig Dinar kosten, das sind fast einhundert U.S. Dollar. Ich gebe es Ihnen für die Hälfte.«

»Na, Sie sind mir ein Verkäufer!« Sie lächelte. »Danke, aber meine Reisetasche ist schon so voll genug. Ich freue mich jedenfalls darauf, mir Petra anzusehen – und das Urnengrab.«

»Ihnen wird auch Amman gefallen.« Er legte die Schnitzerei beiseite. »Die Stadt ist auf sieben Hügeln erbaut, wußten Sie das? Wie Rom?«

Er wartete gar nicht auf eine Antwort. »Ein sehr kleines

Land, unser Jordanien«, fuhr er fort, »der größte Teil Wüste. Es gibt leider noch viel zu viele Flüchtlingslager; die Beduinen halten zum König, der trotz zu vieler Kriege überlebt hat; Schulbildung ist kostenlos und das Jordantal grün und fruchtbar ...«

Als der Servierwagen den Gang entlanggeschoben wurde, hoffte Mrs. Pollifax, er würde endlich still sein, aber selbst während sie Seite an Seite ihr Abendessen einnahmen, redete er unentwegt weiter: vom Zustrom der Palästinenser, einige sehr reich, andere so arm, daß sie in Flüchtlingslagern leben mußten. Scherzhaft bestand er darauf, daß sie *As salam alaikum* richtig auszusprechen lernte, was soviel bedeutete wie »Friede sei mit dir«. Und dann mußte sie den Gegengruß *Alaikum as salam* lernen, und als sie das konnte, sagte er strahlend: »*Taib! Taib!* Das bedeutet ›gut‹.«

An diesem Punkt beendete Mrs. Pollifax die Unterhaltung.

»Ich muß meine Zähne putzen«, erklärte sie. Sie holte aus ihrer Reisetasche Zahnbürste, Zahnpasta, Waschlappen und Feuchtigkeitscreme heraus und ging.

Als sie zurückkehrte, trug Mr. Nayef Kopfhörer und war völlig in den Film vertieft. Nach einem flüchtigen Lächeln bei ihrer Rückkehr wandte er sich sofort wieder der Leinwand zu. Mrs. Pollifax schloß die Augen und tat, als schliefe sie. So versäumte sie zwar den Film, aber sie war entschlossen, sich keine weiteren Lektionen anzuhören. Schließlich schlief Mr. Nayef ein. Mrs. Pollifax döste dann und wann, und wenn sie wach war, las sie in einer Zeitschrift.

Bald stellte sie fest, daß sie sich in Mr. Nayef getäuscht hatte: Er war kaum eingeschlafen, als sein Kopf immer tiefer sank und schließlich auf ihrer Schulter zu ruhen kam. Während einer seiner nächtlichen Runden grinste Farrell sie an und sagte: »Männer mögen Ihre Schulter!« Später brachte er ihr noch eine Zeitschrift. Als der Himmel allmählich hell wurde, gab es Frühstück, und danach begann die Landung in Amsterdam. Mr. Nayef erwachte. Er griff nach seinem Mantel und seinem Aktenkoffer. »Ah, Amsterdam, endlich!« Dann wandte er sich an Mrs. Pollifax: »Es war mir ein großes Vergnügen, mich mit Ihnen zu unterhalten.«

Auf mich einzureden, dachte sie verärgert.

»Und so sage ich jetzt *As salam alaikum,* und Sie sagen bitte ...?«

Sie seufzte. *»Alaikum as salam.«*

»Taib! Taib!« lobte er. »Leben Sie wohl.«

Er verließ das Flugzeug, und Mrs. Pollifax nahm an, daß sie den nervtötenden Mr. Nayef nie wieder sehen würde. Damit täuschte sie sich sehr.

3

Es war fast sechzehn Uhr dreißig, als sie schließlich die scheinbar endlose Schlange am Zoll hinter sich ließen. Mit dem Gepäck in der Hand näherten sie sich den vielen Leuten hinter der Absperrung, die aufgeregt jedem Fluggast entgegenblickten und sich rufend und winkend bemerkbar machten, wenn sie die erwarteten Freunde oder Familienmitglieder kommen sahen. Mrs. Pollifax entdeckte zu ihrer Erleichterung ein hoch über die Menge gehaltenes Schild: JIDOOR TOURS. Sie deutete und winkte, Farrell winkte ebenfalls, und unter dem Schild erschien ein junger Mann. Ein gutaussehender junger Mann mit wohlgeformtem Gesicht und buschigen Brauen über grauen Augen, die so hell waren, daß sie in dem dunklen Gesicht fast silbern wirkten. Über vollen Lippen prangte der hier im Nahen Osten offenbar allgegenwärtige schwarze Schnurrbart. Er trug einen blauen Blouson mit Reißverschluß, ein weißes Hemd und eine schwarze Hose. Als er Mrs. Pollifax und Farrell bemerkte, lächelte er ihnen zu und winkte. Sie trafen sich am Ende der Absperrung, welche die Menge zurückhielt.

Offenbar hatte man ihm ihre Namen nicht mitgeteilt, denn er sagte: »Willkommen in Amman. Ich heiße Juseff Jidoor, aber bitte nennen Sie mich Josef – und Ihre Namen?«

Sein gutes Englisch war eine angenehme Überraschung. Farrell gab ihm die Hand. »Das ist Mrs. Pollifax, auch Herzogin genannt, und ich bin Farrell.«

»Sehr angenehm.« Josefs weiße Zähne blitzten im Kontrast zu der gebräunten Haut. »Mein Wagen steht draußen. Ist das Ihr Gepäck?« Er nahm ihre beiden Koffer und ging voraus auf die Straße. »Ich habe zwei Zimmer für Sie im Continental reserviert. Ist Ihnen das recht?«

Farrell und Mrs. Pollifax wechselten Blicke. »Das klingt teuer«, meinte sie. »Ich bestehe darauf, daß ich meine Rechnung selbst bezahle, Farrell. Denken Sie an die Talfahrt des Pesos!«

Er lachte. »Vielen Dank, Herzogin, aber das kommt nicht in Frage. Meine eigenen Bilder verkaufen sich in Arizona und Texas sehr gut, außerdem restauriere ich immer noch alte Gemälde. Meine Finanzen sind recht solide, aber trotzdem finde ich Ihr Angebot wirklich nett.« Er wandte sich an Josef. »Hat man Ihnen gesagt, daß ich hier bin, um einen Mann zu treffen, dessen Ankunft sich verzögern könnte?«

Josef blickte ihn verwundert an. »Nein, Mr. Farrell.«

»Wir werden möglicherweise an ein paar Vormittagen in der Festung Karak – wo immer das ist – auf ihn warten müssen.«

»Wie interessant.« Josef nickte. »Ich werde dafür sorgen, daß wir jeden Tag genug Essen und Trinken mitnehmen, um ein Picknick zu machen.« Er führte sie zu einem gelben Taxi. »Das ist mein Wagen.«

»Ein Taxi!« staunte Mrs. Pollifax.

Josef entgegnete ernsthaft: »Ich bin gerade erst mit der Universität fertig, und wenn ich keine Touristen zum Führen habe, fahre ich Taxi. Aber«, beeilte er sich, ihnen zu versichern, »ich bin ein sehr *guter* Fremdenführer. Ich habe Geschichte und Literatur studiert und bin jetzt seit einem Jahr Fremdenführer. Wenn wir im Hotel sind, können wir unsere Pläne für morgen besprechen?«

»Das werden wir.« Mrs. Pollifax stieg in den Wagen.
Die Sonne schien nicht; das verwunderte Mrs. Pollifax, schließlich war hier doch Wüstenland! Sie fuhren an Reihe um Reihe einfacher Foliengewächshäuser vorbei, dann an einem Hang mit hellgrauen Betonblöcken. Unter dem grauen Himmel sahen die hellgrauen Häuser aus wie Grabsteine, die in Reih und Glied den Hang hinaufmarschierten. Aber am meisten überraschte sie Ammans Zentrum: Hohe Bürohäuser standen neben unbebauten Grundstücken, auf denen Zementblöcke herumlagen und Bulldozer abgestellt waren, dann folgten prächtige Villen und stattliche Anwesen. Es wurde so viel gebaut, daß es schien, als würde die Innenstadt abgerissen und neu errichtet. Lücken leerer Grundstücke zwischen riesigen modernen Bauten; und überall war unverkennbar das große Geld im Spiel.
»Die Stadt glitzert«, murmelte Mrs. Pollifax.
»Ja, hier«, antwortete Josef über die Schulter. »Hier ist das Zentrum von Amman mit Botschaften, Häusern der Reichen – reichen Palästinensern –, aber es gibt auch viele Flüchtlingslager. Viel zu viele!«
Sie bogen in eine schmale Nebenstraße ein, in der sich zu beiden Seiten Läden mit farbenfrohen Markisen reihten. Männer in Arbeitskleidung, in langen grauen oder beigen Gewändern, standen herum oder saßen auf den Bürgersteigen und unterhielten sich angeregt. Ein paar Kinder waren zu sehen, doch nicht eine Frau. Dann kamen sie wieder auf eine verkehrsreiche Durchgangsstraße, die direkt zum Hotel führte, das wirklich sehr nobel aussah. Josef stellte den Warnblinker an, holte ihr Gepäck aus dem Taxi und führte sie ins Foyer zur Anmeldung.
»Entschuldigen Sie mich bitte kurz, ich muß meinen

Wagen auf der Straße abstellen. Aber ich komme zurück, um Ihre Pläne zu erfahren, okay?« Er lächelte. »Bei einer Tasse Kaffee, zu der ich Sie einlade.«

Mrs. Pollifax sagte gleichmütig: »Das werde ich am besten Ihnen überlassen, Farrell. Ich möchte jetzt auspacken. Kommen Sie doch nachher zu mir.« Sie hatte sich bereits eingetragen und hielt ihm jetzt ihren Schlüssel hin: »Zimmer 308.« Ein Page nahm ihren Koffer und ging voraus zum Fahrstuhl.

Nachdem sie in Zimmer 308 das Bad, die Schränke und die Aussicht begutachtet hatte, holte sie ihre Kleider aus dem Koffer, strich sie ein wenig glatt und hängte sie in den Schrank. Aus ihrer Reisetasche nahm sie Zahnbürste und Zahnpasta und brachte sie ins Badezimmer. Sie kehrte zu ihrer Reisetasche zurück, um den Rest zu verstauen, und stieß darin auf etwas, das sie bestimmt nicht in die Tasche gesteckt hatte. Stirnrunzelnd zog sie es heraus.

Es war die Urnengrab-Schnitzerei, die Mr. Nayef ihr im Flugzeug hatte verkaufen wollen.

Mrs. Pollifax starrte das Ding verärgert an. Weil sie diese Abbildung aus reiner Höflichkeit bewundert hatte, hatte Mr. Nayef ihr eine Freude machen wollen und den Kitsch in ihre Reisetasche gesteckt, während sie im Waschraum gewesen war. Wie ärgerlich, dachte sie. Obwohl es, zugegeben, sehr großzügig von ihm war, aber leider keineswegs etwas, das sie als Reiseandenken auswählen würde. Sie warf es in den Papierkorb, doch dann rührte sie ihr schlechtes Gewissen. Sie holte die Abbildung wieder heraus und nahm sie beinahe feindselig in Augenschein. Bei näherer Betrachtung wurde ihr bewußt, daß es die dicke Sperrholzplatte war, die den gesamten Eindruck herabminderte. Die Schnitzerei selbst war die Arbeit eines begabten Miniaturbildhauers. Es war durchaus möglich, daß sie Cyrus gefiel. Er interessierte sich viel mehr für das Altertum als sie, und bestimmt würde er wissen, wer die Nabatäer waren, die einst das Urnengrab aus einer Felswand gehauen hatten.

Ihre Schachtel mit Briefpapier befand sich ganz unten in der Reisetasche. Sie wühlte sie heraus, leerte sie und stellte die Miniaturschnitzerei hinein. Sie paßte, als wäre die Schachtel dafür gemacht. Dann nahm sie einen Bogen Briefpapier, setzte sich und schrieb: »Lieber Cyrus, ich bin endlich angekommen und ...«

Da hörte sie ein Klopfen an der Tür. Sie legte den Bogen Papier auf die Schnitzerei in die Schachtel und öffnete Farrell die Tür. »Hallo«, grüßte sie ihn lächelnd. »Wann gibt es Abendessen?«

»Um neunzehn Uhr dreißig, sagte Josef. Ich habe ihn eingeladen, uns dabei Gesellschaft zu leisten. Wir treffen uns im Foyer. Übrigens, es ist ein Büfett. Sie können also zwischen amerikanischer und einheimischer Küche wählen.«

»Gut. Ich nehme an, Sie haben beim Kaffee alles mit Josef arrangiert. Aber, wie in aller Welt haben Sie ihm erklärt, daß wir morgen den ganzen Vormittag in der Festung Karak verbringen müssen, und möglicherweise auch noch übermorgen?«

»Verdammt peinliche Sache«, gestand Farrell, lächelte jedoch vergnügt. »Ich kann nur hoffen, daß Ibrahim schon morgen auftaucht, aber vorsichtshalber habe ich Josef aufs Schlimmste vorbereitet. Er hat es hingenommen – er ist jung und will offenbar gefällig sein.«

»Und wie genau haben Sie ihn vorbereitet?« fragte sie argwöhnisch.

Er grinste. »Oh, ich glaube, ich habe mir da schon das

Richtige einfallen lassen. Wir haben jetzt einen Archäologen als Freund, der seine Arbeit in Syrien beendet – es gibt dort eine Menge Ausgrabungen –, und sind nicht sicher, an welchem Tag er hier ankommen wird, und ich meinerseits wußte nicht, in welchem Hotel in Amman ich ein Zimmer bekommen würde. Und da unser Freund sich unbedingt die Kreuzritterburg Karak ansehen will – und da wir verrückte Amerikaner sind –, vereinbarten wir, uns in der Festung zu treffen.«

»Außerdem«, fügte er unverschämt grinsend hinzu, »bezahle ich Josef eine beachtliche Summe dafür, daß er uns sein Land zeigt. Sie müssen wissen, er träumt davon, sich einen richtigen Bus für seine Touren anzuschaffen.«

»Farrell! Sie bestechen ihn?«

Er nickte. »Ich bin eben skrupellos.« Er blickte auf seine Uhr. »Wir sollten uns in dem kleinen Laden im Foyer umsehen, ich glaube, ich habe dort Landkarten und Stadtpläne gesehen.« Dieser Vorschlag sagte Mrs. Pollifax zu. »Sehr gut. Sie gaben mir ja keine Zeit, mich näher zu informieren, ich weiß nicht einmal genau, *wo* wir sind; und ich wüßte gern, wie weit Ibrahim sich bis hierher durchschlagen muß.«

Sie fuhren im Lift hinunter, und Farrell führte sie zu dem Laden, wo er eine Karte von Jordanien fand, während Mrs. Pollifax einen Stadtplan von Amman kaufte und eine Marke für den Brief an Cyrus, den sie bald beenden wollte. Im Foyer schoben sie zwei Sessel nebeneinander und breiteten die Karten aus.

Wieder staunte Mrs. Pollifax, wie klein das haschemitische Königreich Jordanien neben dem riesigen Saudi-Arabien an seiner West- und Südgrenze aussah. »Und dort liegt der Irak!« Sie deutete darauf. »O je, ausgerech-

net *da* ist die Grenze so eng, geradezu eingezwängt. Bestimmt schwer bewacht, oder was denken Sie?«
Farrell hatte die Brauen zusammengezogen. »Carstairs meinte, Ibrahim müsse vielleicht durch die Wüste kommen – ein lebensgefährliches Unterfangen –, weil im Irak keine Visa erteilt werden und die Grenzen geschlossen sind. Unser Freund muß vielleicht bis nach Saudi-Arabien hinunter, um eine relativ sichere Route zu finden.«
»Wie sieht es mit den jordanischen Grenzen aus?«
Farrell überlegte. »Es gibt eine Wüstenpatrouille ... Ich glaube nicht, daß die Grenzen hermetisch abgeriegelt sind, denn wenn ich mich recht entsinne, gab es Abmachungen, die den Beduinen in Jordanien erlauben, mit ihren Schaf- und Kamelherden immer noch die Grenzen nach beiden Seiten zu überqueren – der Weiden wegen.« Skeptisch fügte er hinzu: »Doch jetzt, wo die Regierung so viele Beduinen dazu gebracht hat, ihre Zelte in der Wüste abzubrechen und sich in Dörfern niederzulassen, reiten sie nicht mehr auf Kamelen, sondern fahren mit Kleinlastern; bleiben also nur die Schafe.« Er schüttelte den Kopf. »Ich weiß es nicht.«
»Vielleicht Josef.«
Farrell lachte. »Versuchen Sie einmal, *diese* Frage in eine ungezwungene Unterhaltung einzuflechten. Wie auch immer, hier ist die Festung Karak, sehen Sie? Und die Stadt Karak ...« Er blickte auf. »Und da kommt Josef.«
Mrs. Pollifax nickte. »Mit der Aufschrift *Jidoor Tours* auf der Brusttasche seines Blazers sieht er doch sehr gut aus, richtig professionell.«
Josef lächelte beide herzlich an, dann fragte er Mrs. Pollifax: »Hat der Herr, der nach Ihnen fragte, Sie auch gefunden?«
Mrs. Pollifax erstarrte. Sie war sich Farrells neben ihr

bewußt, der sich ihr zuwandte und sie erstaunt ansah.
»Ein Herr?« erkundigte sie sich stockend. »Der nach *mir* gefragt hat?«
»Er hat Sie nicht gefunden? Der Empfangschef ist ein Freund von mir, und er ...«
Farrell unterbrach ihn und fragte scharf: »Sind Sie sicher, daß er nicht nach *mir* gefragt hat?«
»Nein, nein, nach Mrs. Pollifax.« Er strahlte nun übers ganze Gesicht. Offensichtlich freute er sich, daß sie einen Bekannten in seiner Heimat hatte. »Wenn Sie mir gesagt hätten ...«
Mrs. Pollifax antwortete nun ruhiger: »Ich kann mir nicht vorstellen, wer das gewesen sein könnte, Josef. Könnten Sie Ihren Freund am Empfang vielleicht fragen, ob er ganz *sicher* ist, daß der Herr nach einer Mrs. Pollifax fragte, denn er muß jemand anderes gemeint haben. Würden Sie das tun?«
»Selbstverständlich«, versprach Josef. »Er hat nur jetzt nicht Dienst, aber sobald ich ihn wieder sehe, frage ich ihn sofort.«
»Weil ich keine Menschenseele in Jordanien kenne!« erklärte Mrs. Pollifax.
Josef blickte sie erstaunt an, schwieg jedoch.
»Sie verstehen also, daß es mir rätselhaft ist.« Sie lächelte ihn an. »Wollen wir jetzt zum Essen hineingehen? Ich bin fast am Verhungern.«
Zu Farrell sagte sie leise: »Hören Sie auf, so fassungslos dreinzuschauen. Ich kann Ihnen eine endlose Liste mit Namen nennen, die meinem ähneln.«
»Das glaube ich nicht!«
»Na gut, dann werde ich ein paar aufzählen, auch wenn ich die meisten nur aus Telefonbüchern kenne: Polidor, Pollander, Pollard, Pollett, Polifroni, ja sogar Polystar ...«

Erleichtert stellte sie fest, daß sein Gesicht sich zu einem amüsierten Lächeln entspannte. Andererseits verspürte nun sie, nachdem sie Farrell aufgeheitert hatte, eine plötzliche, bedrückende Unruhe, die sie sich nicht erklären konnte, die jedoch gerade unerreichbar, am Rande ihres Unterbewußtseins zu lauern schien.

Sie trafen sich zum Frühstück wieder, bei dem Mrs. Pollifax den einheimischen Joghurt, dick und sauer, entdeckte. »Also, das ist *echter* Joghurt!« sagte sie begeistert zu Farrell, während sie den Joghurt großzügig über ihre Cornflakes verteilte, bis er sie völlig bedeckte.
Farrell verzog das Gesicht. »Danke, ich ziehe Speck mit Eiern vor.«
»Kein Mut zum Risiko«, zog sie ihn auf.
»Ha!« schnaubte Farrell mit einem kritischen Blick auf sie. »Warum in aller Welt sitzen Sie so vornübergebeugt auf ihrem Stuhl?«
»Der Rucksack.«
»Der Rucksack? Weshalb nehmen Sie ihn denn nicht ab?«
Verbittert erklärte sie: »Weil ich ihn dann nicht mehr auf den Rücken krieg'. Ich komme einfach mit diesen Gurten nicht zurecht. Cyrus hat ihn mir zum Geburtstag geschenkt. Er hat auch so einen, zum Vogelbeobachten. Ich habe in meinem Zimmer zehn Minuten gebraucht, um herauszufinden, wie man ihn rückwärts umschnallt.«
»Sie meinen, auf Ihrem Rücken.« Er lächelte amüsiert. »Darf ich fragen, was Sie da alles eingepackt haben?«
»Einen Pullover, ein zweites Paar Schuhe, Briefpapier, um einen Brief an Cyrus fertigzuschreiben, solange wir in der Festung warten, und ein Kopftuch. Mit einem

Rucksack hat man die Hände frei.« Sie wechselte das Thema, indem sie fragte: »Falls Ibrahim heute nicht kommt, wie viele Vormittage wollen Sie dann in der Festung warten?«

Er zuckte mit den Schultern. »Mindestens drei, riet Antun und überließ es mir, danach zu tun, was ich für richtig halte. Aber er gab zu bedenken, daß es durchaus möglich ist, daß man Ibrahim irgendwo unterwegs gefaßt, ins Gefängnis gesteckt und erschossen oder sogar in der Wüste umgebracht hat.«

Mrs. Pollifax seufzte. »Ich verstehe ja, wieso das Manuskript nicht mit der Post geschickt werden konnte, aber irgendwie muß es im Irak doch eine Möglichkeit ...«

Farrell unterbrach sie. »Seit dem Golfkrieg haben wir dort weder eine Botschaft noch ein Konsulat, Herzogin. Die polnische Botschaft vertritt uns quasi, wenn es um Beschwerden geht. Selbst die harmlosesten Leute, die die irakische Grenze übertreten, werden als Spione verhaftet und ins Gefängnis geworfen.«

Mrs. Pollifax schüttelte sich. »Ein Wahnsinn! Ich frage mich, kann ein Buch irgend etwas ändern? Ist es wert, daß Ibrahim dafür sein Leben aufs Spiel setzt?«

Farrell lächelte. »Als ich am Abend, bevor ich mit Ihnen telefonierte, Antun Mahmoud besuchte, stellte ich ihm die gleiche Frage. Er zitierte eine arabische Redewendung – und ich hoffe, ich bekomme sie richtig zusammen.« Er schloß die Augen und sagte leise: »Die Worte redegewandter Männer gleichen einem mächtigen Heer, und ihre Schriften sind wie blitzende Schwerter.«

»›Wie blitzende Schwerter‹«, wiederholte sie. »Ja, das gefällt mir.«

Josefs Eintreffen verhinderte eine Fortsetzung des Gesprächs. Der junge Mann strahlte vor Begeisterung. »Sie

sind bereit? Ich möchte, daß Sie alles über die Festung Karak wissen.« Er reichte jedem mehrere kopierte Seiten. »Mein Wagen steht auf der Straße. Gehen wir?«
Sie folgten ihm aus dem Hotel und schlängelten sich durch ein Dutzend wartender Reisebusse hindurch. »Sie müssen wissen«, sagte Josef, »diese Festung ist sehr alt, aus dem vierzehnten Jahrhundert. Sie ist so hoch und aus solch massiven Steinblöcken, daß ihr Bau in jener Zeit eine erstaunliche Leistung war. Aber natürlich«, fügte er hinzu, »wer Herr der Burg war, beherrschte das ganze Land. Viele Male wurde um diese Bastion gekämpft. Auf grausamste Weise.«
»Wer wollte sie?« fragte Farrell, als sie in den Wagen stiegen.
Josef lachte. »Jeder! Saladin – sicher haben Sie von Saladin gehört – kämpfte acht Monate, bevor er sie einnehmen konnte, weil die Kreuzfahrertruppen sie ausgehungert aufgeben mußten. Sie war von ungeheurer Bedeutung für die Karawanenstraße, die durch die Berge nach Damaskus führte.«
Hierauf erhielt er keinen Kommentar, und er tat Mrs. Pollifax leid, aber es war kaum acht Uhr, und ihr war nicht bewußt gewesen, daß Amman etwa achthundert Meter über dem Meeresspiegel lag. Die Kombination von Jetlag und Höhenunterschied führte bei ihr zu einer seltsamen Mattigkeit. Kläglich dachte sie: *Ich hätte die zweite Tasse Kaffee doch noch trinken sollen. Wer weiß, vielleicht treffen wir Ibrahim ja schon heute.* Dieser Gedanke war so aufregend, daß er ihre Müdigkeit etwas vertrieb. Sie richtete sich auf und wandte ihre Aufmerksamkeit der Straße zu.
Es herrschte jetzt um acht Uhr starker Verkehr, bis sie das Zentrum von Amman hinter sich ließen und südwärts fuhren. Entlang der Straße stand ein Reklameschild am

anderen: ARAB EXPRESS, IRAQI-JORDAN TRANSPORT COMPANY, COCA COLA, VOLVO, TOYOTA, DATSUN ... Sie befanden sich nun in einem Stadtteil mit Villen und prächtigen 40-Millionen-Dollar-Anwesen. Josef konstatierte: »Reiche Palästinenser«, dann lag die Stadt hinter ihnen, und sie kamen durch eine schier endlose Schotterebene, bis die Straße aufwärts zu den Hügeln und durch Pinienhaine führte. »Endlich wieder Grünes!« freute sich Mrs. Pollifax. »Und so viele Gewächshäuser!« Hier hatte die Landschaft Falten und Senken, in denen Schafherden weideten, und es gab Feigen- und Granatapfelbäume in den Gärten und Oliven- und Aprikosenbäume in dichten Reihen.

Sie kamen durch eine Ortschaft mit den üblichen quaderförmigen weißen Häusern und Minaretten, die ins Licht der goldenen Morgensonne getaucht und von terrassenförmigen Gärten und hohen, steinernen Mauern umgeben waren. Josef fuhr langsamer, und ihnen bot sich ein atemberaubender Blick auf ein Tal mit gelbbraunen Hügeln, einer hinter dem anderen, bis sie sich am dunstigen Horizont verloren.

»Das ist das Jordantal«, erklärte Josef. »Nachts kann man von hier aus die Lichter von Jerusalem sehen.«

Jetzt war sogar Farrell hellwach.

Die Straße, auf die sie nun gelangten, sah aus, als wäre sie aus der Felswand gehauen, und Mrs. Pollifax bemerkte kleine Höhlen in der Wand. Kurz darauf mußten sie an einem Kontrollpunkt halten.

Ein Soldat in olivgrüner Uniform trat aus seinem Wachhaus und ging auf sie zu. Offenbar kannte er Josef, denn er begrüßte ihn mit Namen. Sie redeten kurz miteinander, dann fuhr Josef weiter.

Überrascht sagte Mrs. Pollifax: »Weder Ihre Personen-

noch Ihre Lastwagen haben Hupen! Sie machen nur *klick-klick,* als würden sie mit der Zunge schnalzen.«
»Wir sind eben höflich«, entgegnete Josef lachend, »und wir sind ein kleines Land. Ein Freund von mir war mal in New York, und – wie sagt man bei Ihnen? Wow? – er war sicher, daß er taub zurückkommen würde.«
»Das kann ich mir vorstellen.« Auch Farrell lachte.
»Da wir gerade von Höflichkeit sprechen, Farrell«, begann Mrs. Pollifax, »würden Sie es für sehr unverschämt von mir halten, wenn ich Sie frage, ob Sie und Kate Rossiter noch – nun – ein Paar sind? Sie haben doch Sizilien gemeinsam verlassen ...«*
Er unterbrach sie. »Wir sind, wie man so schön sagt, jetzt nur noch Freunde. Mit anderen Worten, wir schicken einander Geburtstags- und Weihnachtsgrüße, das ist alles.«
»Das tut mir leid«, bedauerte sie. »Schmerzt es Sie, daß es so ausging?«
Er zuckte die Schultern. »Sie wissen doch, wie es ist – oder vielmehr war. Sie ist glücklich mit ihren CIA-Aufträgen und liebt offenbar die Gefahr, die sie mit sich bringen. ›Äußerst stimulierend‹, nennt sie es! Ich habe eine Ewigkeit, wie mir jetzt scheint, für die CIA gearbeitet, und ich mußte aufhören. Zu *viel* Stimulation, wenn man so ein Doppelleben führt. Ich bin quasi ausgebrannt. Wir sind einander einfach zur falschen Zeit begegnet.«
Mrs. Pollifax nickte. Sie hatte Farrells Entscheidung auszusteigen respektiert; für die eine oder andere echte Herausforderung würde er immer bereit sein – seine Arbeit mit Freiheitskämpfern in Afrika hatte das bewiesen –, aber nach allem, was sie über seine frühere Arbeit

* Dorothy Gilman: *Mrs. Pollifax und der sizilianische Dieb.*

für Carstairs wußte, hatte er wirklich Glück, daß er noch lebte, und darüber war sie sehr froh.
»Tut mir leid«, sagte sie noch einmal. »Wissen Sie, wo sie jetzt ist?«
Er zuckte die Schultern. »Zweifellos an irgendeinem *stimulierenden* Ort, wo sie unter einem falschen Namen Informationen beschafft. Vielleicht in Guatemala oder Algerien oder Rußland oder Bulgarien. Suchen Sie sich was aus.«
Mrs. Pollifax sagte nichts mehr.

Es war neun Uhr, als sie die geschäftige kleine Stadt Karak erreichten und über einen Marktplatz fuhren, der kaleidoskopische Eindrücke hinterließ. Autoreifen wurden hier verkauft, Kinderfahrräder, Säcke voll Getreide und halbe Schafe. Sie durchquerten den Ort und fuhren wieder über Land. Bald konnten sie die riesige Burg in der Ferne erkennen, die sich Terrasse um Terrasse, oder vielmehr Reihe über Reihe aus ihrem Felsbett erhob – eine gewaltige Festung, die in den letzten Jahren zum Teil restauriert worden war.
»Es gibt hier auch ein Museum, aber es ist heute geschlossen«, erklärte Josef, als er im Schatten parkte. »Es ist früh, noch keine Reisebusse. Um wieviel Uhr erwarten Sie Ihren Freund, Mr. Farrell?«
Farrell und Mrs. Pollifax wechselten einen Blick. Farrell antwortete scheinbar gleichgültig: »Zu keiner bestimmten Zeit, Josef, irgendwann am Vormittag. Wie ich schon erwähnte, steht auch der *Tag* noch nicht fest, und wir müssen vielleicht morgen wieder hierherkommen.«
Josef nickte, aber er war sichtlich etwas verwirrt. »Ja, natürlich«, murmelte er. »Ich verstehe.«
Mrs. Pollifax hoffte, daß er nicht *zu viel* verstand, und

wechselte rasch das Thema, indem sie fragte: »Was haben Sie da in der Hand? Mehr über die Geschichte der Festung?«
»Das? Oh, ja, ich dachte, es würde Sie vielleicht interessieren. Bilder, was die Männer trugen. Fotokopien«, fügte er verlegen hinzu, »aus einem Buch der Universitätsbibliothek.«
Er ist wirklich ein sehr gewissenhafter Führer, dachte sie und streckte die Hand aus. Er verteilte die Seiten an sie beide, und sie lehnten sich an den Wagen, um sie zu betrachten.
»Großer Gott!« entfuhr es Mrs. Pollifax, deren Blick von den Männern in Rüstung zum Text darunter wanderte. »Da braucht man ja ein völlig neues Vokabular! ›Der linke Ritter trägt bewegliche Stahlplatten über einem gefütterten Wams sowie eine Halsberge und eine aus Stahlplatten gearbeitete Helmglocke, ein Armet.«
Farrell grinste. »Und ich habe hier ›eine metallene Beinröhre mit Kniebuckel und Dichling sowie eine Unterarmröhre mit Armkachel und Armzeug über einem gekürzten anliegenden Wams, dazu Hentze genannte Rüsthandschuhe und Sporen mit Drehrädchen‹.«
Verschmitzt erklärte Josef, daß er sich besonders für Küriß und Schallern des fünfzehnten Jahrhunderts interessiere. »Ich werde sie Ihnen heute nachmittag im Museum in Amman zeigen, aber ich dachte – ich dachte, Sie möchten sie sich vielleicht *hier* vorstellen.«
Mrs. Pollifax nickte. »O ja, das kann man sich hier bestimmt gut ausmalen.«
Josef führte sie in die Festung. »Wir gehen jetzt durch die schmale Öffnung. Als erstes werden Sie die Stallungen für die Streitrosse sehen. Es geht hinunter – seien Sie vorsichtig!«
Es war dunkel und klamm und roch nach Staub und Alter,

als trete man in eine Gruft. »Machen wir es kurz«, bestimmte Farrell. »Ich bezweifle, daß mein Freund – falls er schon heute kommt – mich in den Stallungen suchen wird.«

Sie schritten über unebenen Boden eine Reihe niedriger Boxen entlang, dann führte Josef sie abgetretene Steinstufen hinauf, wo sie sich an den Händen fassen mußten, um in der Finsternis nicht zu stolpern. Sie spähten in winzige Räume, in die nur durch schmale Schlitze ein wenig Tageslicht fiel; sie stiegen treppauf, treppab und gelangten dann in eine riesige Halle mit einem Boden aus festgestampfter Erde.

»Mit einem Loch in der Mitte, durch das ... Nun«, fuhr Josef grinsend fort, »es ist ein Toilettenloch.«

Endlich brachte er sie wieder ins Freie, und zwar auf einen gefährlichen Felsvorsprung, ohne jegliche Mauer. »Von hier«, erklärte er, »wurden Gefangene in die Tiefe geworfen.«

Mrs. Pollifax schüttelte sich, trat aber so nahe an den Rand, wie sie nur wagte. Sie blickte hinunter, und es ging sehr, sehr tief hinab. »Wie schrecklich!«

Farrell sah aus, als wäre ihm ein wenig übel. »Bestimmt gibt es eine angenehmere Stelle, von der aus man die Landschaft genießen und nach meinem Freund Ausschau halten kann.«

Josef lächelte. »Selbstverständlich. Ich bringe Sie dort hin.«

»Hier ist es schon viel besser«, lobte Mrs. Pollifax, als sie zu einem breiten Felssims mit niedriger Brüstung kamen und sie tief unten ein Panorama brauner, von Straßen und grünen Fleckchen durchzogener Hügel sah. Von hier konnten sie auch zum Parkplatz und dem Eingang hinunterschauen. Die Sonne schien, und ein angeneh-

mes Lüftchen zauste ihr Haar. »Ein schöner Platz, um den Vormittag zu verbringen.« Sie blickte von der Erde zum Himmel; dann drehte sie sich um und schaute die Felswand mit ihren schmalen Fensterschlitzen hinauf. Es fiel ihr schwer, sich vorzustellen, daß Menschen in einem so trostlosen und düsteren Grabmal von einer Burg gekocht, geschlafen und gewohnt hatten. *Aber hier waren sie in Sicherheit*, dachte sie. Ja, das zumindest, mit einer ganzen Streitmacht – mit Plattenpanzern und gefütterten Wämsern, fügte sie vergnügt hinzu –, bereit, auf ihre Streitrosse zu steigen und ihre Schlachten zu schlagen.
»Sind wir die einzigen hier?« Waghalsig beugte sie sich über die niedrige Brüstung und blickte zu Josefs Wagen hinunter.
»Es ist noch früh«, gab Farrell zu bedenken und holte ein Skizzenbuch und einen Stift aus seiner Jackentasche. Mrs. Pollifax schüttelte ihren Rucksack ab und kramte nach ihrem Pullover. Josef beeilte sich, ihr behilflich zu sein, und ihr wurde bewußt, was für ein langweiliger Vormittag das für ihn werden würde. Außer, natürlich, Ibrahim würde schon bald kommen. Sie erinnerte sich an das Briefpapier, das sie mitgenommen hatte, damit sie Cyrus endlich schreiben konnte. Aber Josef tat ihr leid, und außerdem fand sie es momentan auch interessanter, etwas über Jordanien zu erfahren.
»Wo haben Sie studiert?« Sie setzte sich auf den von der Sonne gewärmten Boden des Simses.
»Auf der Universität von Jordanien in Amman.« Er setzte sich erfreut neben sie. »Als meine Familie die Wüste verließ ...«
»Die Wüste verließ?«
Er nickte. »Ja, wir sind *Bedu.*« Er bemerkte ihren verständnislosen Blick. »Beduinen. Mein Großvater lebt heute

noch in einem Zelt. Die Stadt ist nichts für ihn. Er kommt zwar hin und wieder nach Amman, aber er kann in einem Haus nicht schlafen, also besuchen wir ihn in der Wüste. Es tut uns gut.«

»Ja, vermutlich. Sie war gespannt. »Aber Ihr Vater – er zog in die Stadt?«

»Mein Vater ist Teppichhändler. Er verkauft Beduinenteppiche im Suk. Es gibt keine hoche Bildung in der Wüste, wissen Sie …«

»Hoche?« wiederholte sie lächelnd.

Er lachte. »Habe ich das falsche Wort benutzt? Von der Wüste kann man viel lernen – dafür ist meine Schwester Hanan ein Beweis –, aber mein Vater wollte, daß seine Kinder – jetzt weiß ich, wie es heißt – eine gute Schulbildung bekommen.« Stolz fügte er hinzu: »Ich habe einen Bruder in der Armee, einen anderen bei der Polizei, eine Schwester, die Lehrerin ist, dann komme ich – und dann Hanan.« Er grinste.

»Hanan?«

»Meine kleine Schwester.« Sein Grinsen wurde breiter. »Sie möchte, daß ich Sie frage, ob Sie im Wilden Westen waren und etwas gesehen haben, das Road-o heißt.«

»Rodeo?«

»Ja.« Er lachte. »Hanans großer Traum ist ein eigenes Pferd. Sie ist erst elf, ein Nachzügler – und sie ist eine echte *Bedu,* eine Wilde. Wie sagt man in Amerika dazu – Wildkatze?«

»Wildfang«, korrigierte Mrs. Pollifax lächelnd.

»Danke, ja. Sie ist die Freude meines Großvaters, denn sie ist genauso wild und störrisch wie er. Sie liebt die Wüste und verbringt dort jede freie Minute. Ich glaube nicht, daß je ein Mann sie zähmen kann, außer vielleicht jemand wie Großvater, weil sie genau so einen unbeugsa-

men Willen hat wie er, und mein Großvater sagt von ihr: ›*Wellahi hadha, beduwi!*‹«
»Was heißt das?«
Er lachte. »›Bei Gott, sie ist ein echter Beduine!‹«
»Welch ungewöhnliche Familie«, murmelte Mrs. Pollifax. Sie wandte sich an Farrell, der auf der Brüstung saß und zeichnete: »Ich finde, wir sollten Josef und seine Schwester für heute abend zum Dinner im Hotel einladen. Ich würde sie gern kennenlernen.«
»Damit sie Sie persönlich fragen kann, ob Sie schon einmal ein Rodeo besucht haben?« scherzte Farrell. »Ich habe zugehört und hätte auch nichts dagegen, die Kleine kennenzulernen.« Stirnrunzelnd wandte er sich ihnen zu. »Aber ich dachte, Frauen und Kinder würden im Nahen Osten – ah – von der Außenwelt abgeschlossen. Sie müßten zu Hause bleiben. Das war doch so, oder nicht?«
»Oh ja«, bestätigte Josef, »aber der Krieg von 1979 hat viel verändert, wissen Sie. Die Männer mußten weg, um zu kämpfen, und die Frauen wurden bei der Polizei und der Armee gebraucht. Viele sind immer noch bei der Polizei; aber Sie werden auch einige verschleierte Frauen sehen. Die Fundamentalisten sind sehr streng, doch wir – wir sind *Bedu.*«
Nachdenklich sagte Mrs. Pollifax: »Stimmt, in Amman habe ich nur zwei oder drei verschleierte Frauen gesehen.«
»In ländlichen Gegenden werden Sie Frauen mit sehr langen, dichten Schleiern sehen, die man *Burqa* nennt.« Josef seufzte. »Wir sind ein so kleines Land mit einem König, der viele Krisen und Anschläge überlebt hat, und jetzt gibt es viel, viel mehr Palästinenser in Jordanien als Jordanier, und manchmal haben wir Angst …«

Als er stockte, fragte Farrell: »Angst wovor, Josef?«
»Ich glaube, das ist für unser Land die eine große Gefahr«, erwiderte er leise, »daß die Extremisten so mächtig werden, daß sie unsere Frauen zwingen können, sich wieder tief zu verschleiern, und daß wir alle wieder unfrei werden, nachdem wir hier doch ziemlich frei geworden sind. Von Angst.« Er verstummte, als aus dem Innern Stimmen erklangen, und einen Augenblick später erschien ein Fremdenführer mit etwa einem Dutzend Touristen. Josef stand auf. »Ich werde das Essen aus dem Wagen holen, das ich für Sie mitgebracht habe.« Nach einem Blick auf seine Armbanduhr fuhr er fort: »Wenn Ihr Freund nicht kommt, werde ich Ihnen am Nachmittag die Zitadellen und die Museen zeigen.«
Mrs. Pollifax nickte. »Und wir hätten gern, daß Sie und Hanan mit uns zu Abend essen.«
Er verneigte sich höflich. »Es ist uns eine Ehre.«

4

Kein Ibrahim zeigte sich. Drei Reisebusse kamen und fuhren wieder weiter, ohne daß ein einzelner Fremder nach Farrell gesucht hätte, und so verließen sie kurz nach Mittag entmutigt die Festung. Um Josef nicht zu enttäuschen, der annahm, sie seien ebenso interessiert wie er, besuchten sie den Zitadellenhügel und zwei Museen; danach kehrten sie gleich ins Hotel zurück.

»Wir werden wohl viel Geduld brauchen.« Farrell seufzte, während sie mit dem Fahrstuhl zum zweiten Stock hinauffuhren. »Ich muß zugeben, ich hatte sehr gehofft, daß er dasein würde.«

Mrs. Pollifax entgegnete philosophisch: »Zumindest werden wir schön gebräunt heimkommen, bei so viel Sonne über der Burg. Und morgen nachmittag besuchen wir Petra. Oder fällt das flach, wenn Ibrahim kommt?«

»Wir lassen alles auf uns zukommen, Herzogin. Es bleibt uns gar nichts anderes übrig. Was werden Sie bis zum Essen mit Josef und seiner Schwester machen? Ein Nickerchen? Oder einen Einkaufsbummel?«

Mrs. Pollifax lachte. »Nein, ich werde jetzt *endlich* Cyrus einen Brief schreiben.« Sie kramte in ihrem Handtäschchen nach dem Schlüssel für Zimmer 308 und öffnete die Tür, während Farrell zu Zimmer 310 weiterging. Einen Moment später rief Mrs. Pollifax bestürzt: »Farrell!«

Er drehte sich um. »Was ist los?«

»Mein Zimmer wurde durchsucht!«

»Unsinn.« Er kehrte um und ging zu ihr zurück. »Warum in aller Welt sollte jemand ...« Und dann: »Großer Gott!«

Gemeinsam starrten sie auf den Inhalt des Koffers, der auf den Boden ausgeleert worden war, und auf ihre Reisetasche, die verkehrt herum auf dem Bett lag und nun ebenfalls leer war. Benommen sagte Farrell: »Verdammt ungeschickt gemacht!«

»Verdammt *hastig*«, entgegnete sie.

»Aber von all den Zimmern, warum ausgerechnet Ihres, und in einem Hotel wie diesem? Wer würde so was tun? Fehlt etwas?«

»Gar nichts«, antwortete Mrs. Pollifax nach einem eingehenden Blick auf ihre am Boden verstreuten Sachen.

Farrell blickte verwirrt drein. »Es gäbe vielleicht eher einen Grund, *mein* Zimmer zu durchsuchen. Falls jemand wüßte – Gott behüte –, weshalb ich hier bin. Aber weshalb *Ihr* Zimmer?« Da bemerkte er ihren Gesichtsausdruck. »Herzogin, was haben Sie?«

Mrs. Pollifax hatte sich abrupt aufs Bett gesetzt und wirkte völlig verstört. Erschüttert sagte sie: »Oh, Farrell.«

»Oh, Farrell, *was*? Sehen Sie mich nicht so an, Sie machen mir angst. Geht es Ihnen nicht gut?«

»Farrell, da ist jemand, oder vielmehr *war* jemand, der meinen Namen kennt und weiß, daß ich in Amman bin.«

»Ja, natürlich – Cyrus. Carstairs ebenfalls.«

Sie schüttelte den Kopf. »Von ihnen hätte keiner gestern abend an der Anmeldung nach einer Mrs. Pollifax gefragt.«

»Natürlich nicht.« Er schüttelte ungeduldig den Kopf. »Aber Sie sagten ...«

»Ich weiß, was ich gesagt habe! Doch das ...« Sie deutete auf den verstreuten Inhalt ihrer Reisetasche. »Es ist lächerlich, und doch – ich *habe* ihm meinen Namen genannt.«

»Wem?«
»Mr. Nayef.«
Farrell setzte sich neben sie auf die Bettkante. »Holen Sie tief Luft, und erzählen Sie mir alles. Wer ist Mr. Nayef?«
»Er saß im Flugzeug neben mir. Er redete und redete – über Jordanien, weil er Jordanier war, wie er behauptete, nur daß er in Amsterdam aussteigen mußte. Er stellte sich vor, da nannte ich ebenfalls meinen Namen.«
»Und?«
»Er erzählte, daß seine Firma in Amsterdam Andenken herstellt, die in Jordanien an Touristen verkauft werden. Er wollte, daß ich eines kaufe, zeigte mir sogar eins aus seinem Aktenkoffer, eine Schnitzerei des Urnengrabes von Petra, und bot es mir zum halben üblichen Verkaufspreis an, aber ich lehnte es ab.«
Farrell seufzte. »Ich verstehe zwar Ihre Worte, komme aber trotzdem nicht mit.«
»Das liegt daran, daß Sie nicht gesehen haben, was ich gestern abend in meiner Reisetasche entdeckte.« Sie nahm ihren Rucksack ab, öffnete den Reißverschluß, holte ihre Briefpapierschachtel heraus und reichte ihm die Schnitzerei. »Er muß das Ding in meine Tasche geschmuggelt haben, während ich im Waschraum war. Als ich gestern meine Sachen auspackte, war ich nahe daran, es wegzuwerfen. Es ist jedenfalls das Stück, das er mir verkaufen wollte ... Ich dachte, er hätte es mir verehrt.«
»Hmmm«, murmelte Farrell. »Dachte er, Sie reisten allein?«
Sie versuchte sich das Gespräch im Flugzeug ins Gedächtnis zu rufen. Es schien ihr so lange her zu sein. »Er fragte mich, ob ich zu der Touristengruppe gehörte, die so laut war – erinnern Sie sich an sie? Ich verneinte ...« Sie runzelte die Stirn. »Ja, und dann fragte er, ob ich

Bekannte in Jordanien hätte. Als ich auch das verneinte, sagte er, wie mutig wir Amerikanerinnen doch seien und wie frei.«

»Naive, alleinreisende Touristin ... Großer Gott, Herzogin, wo sind Sie da wieder hineingeraten? Schön und gut, es für ein Geschenk zu halten, aber mir scheint es wahrscheinlicher, daß er sich da etwas von Ihnen schmuggeln ließ. Der älteste Schmugglertrick, den man kennt.«

»Aber was? Und wie?« fragte sie. »Drogen? Diamanten? Es ist doch nur eine nicht einmal zwanzig Zentimeter große Schnitzerei, wie könnte da etwas ...«

Stirnrunzelnd unterbrach Farrell sie. »Rekapitulieren wir, Herzogin. Er redete etwa ein bis zwei Stunden; sie aßen nebeneinander zu Abend; dann gingen Sie in den Waschraum, aber Ihre Reisetasche nahmen Sie nicht mit?«

Sie nickte. »Ja, nachdem ich den Kulturbeutel herausgenommen hatte, mit Zahnpasta, Feuchtigkeitscreme, Waschlappen, Zahnbürste ...«

»Und Sie waren lange genug weg, daß er das Ding verstecken konnte?«

Reuevoll erklärte sie: »Das dürfte nicht mehr als eine Minute gedauert haben; er brauchte sich nur zu meiner Tasche hinunterzubeugen, den Reißverschluß zu öffnen, die Schnitzerei ganz nach unten zu schieben und den Reißverschluß wieder zuzuziehen. Dann hatte er noch genug Zeit, sich wieder den Kopfhörer aufzusetzen und zu tun, als würde er sich den Film ansehen.« Verärgert fügte sie hinzu: »Und dann stieg er in Amsterdam aus.«

»Ja«, Farrell nickte, »das gab ihm genügend Zeit, in Amman anzurufen oder dorthin zu faxen und jemandem Ihre Beschreibung und Ihren Namen zu geben. Danach nahm sich dieser Jemand jedes 3- und 4-Sterne-Hotel in

der Stadt vor, um herauszufinden, wo Sie abgestiegen waren.«
Trocken sagte sie: »Wer immer dieser Jemand ist, muß überrascht gewesen sein, daß ich doch nicht allein reise.«
Farrell nickte. »Was bedauerlicherweise auch mich ins Spiel bringt. Schauen wir uns dieses Ding an, Herzogin, ich meine, wirklich gründlich.«
Sie reichte ihm das Reiseandenken, und er trug es ans Fenster. »Eigentlich eine recht hübsche Schnitzerei, trotzdem sieht das Ganze irgendwie billig aus.«
Sie nickte. »Das liegt aber nur an der billigen, unbehandelten Sperrholzplatte, auf der sie befestigt ist.«
»Das Sperrholz, ja ... das meines Erachtens gut sechs bis sieben Millimeter dick ist.« Er hielt es näher ans Licht. »Also das ist verdächtig, Herzogin, sehen Sie es sich an! Da ist eine kaum sichtbare Linie, die bedeuten kann, daß zwei Sperrholzplatten gleicher Größe zusammengeleimt sind.«
»Dann ist es höchste Zeit, daß wir feststellen, was ich da durch den Zoll nach Jordanien geschmuggelt habe«, sagte sie scharf. »Besitzen Sie ein Taschenmesser, oder sollen wir das Ding gegen die Wand schlagen und hoffen, daß es auseinanderbricht?«
»Ich habe ein Taschenmesser an meinem Schlüsselbund.« Er griff in seine Hosentasche, holte es heraus und schob die Messerspitze an einem Ende in die Linie im Holz, dann am anderen und schließlich in der Mitte. »Nur am Rand geleimt«, stellte er fest. Als er die zwei Holzplatten auseinandergestemmt hatte, starrten sie auf das, was dazwischen lag. »Wenigstens keine Diamanten und auch keine Drogen«, sagte Farrell.
In der Mitte war das Sperrholz ausgehöhlt, gerade tief genug für einen in feines Seidenpapier gewickelten

Schlüssel. Farrell reichte Mrs. Pollifax den Schlüssel und hielt das Seidenpapier ans Licht. Beide studierten es.
»Arabisch«, meinte sie. »Die Worte zumindest. Die Striche bilden ein Diagramm, oder ist es eine Karte?«
»Eine Einkaufsliste ganz bestimmt nicht, Herzogin. Aber weiß der Himmel, was es tatsächlich ist.«
»Der Himmel und Mr. Nayef, der es offensichtlich zurückhaben will«, lamentierte Mrs. Pollifax und seufzte. »Ich hätte in der Pennerin-Verkleidung reisen sollen, dann hätte er keinen solchen miesen Trick gewagt.« Sie dachte stirnrunzelnd darüber nach. »Finden Sie nicht auch, Farrell, daß der Zoll diese Schnitzerei nie für verdächtig gehalten hätte? Ich glaube, es war Mr. Nayef selbst, der sich nicht traute, durch den Zoll zu gehen.«
»Persona non grata, meinen Sie?« Farrell verzog das Gesicht. »Was machen wir jetzt mit diesem Diagramm und dem Schlüssel? Ich brauche Komplikationen ebenso dringend wie ein Loch im Kopf, Herzogin.«
Ironisch entgegnete sie: »Ich glaube, wir haben bereits unsere Komplikationen, Farrell. Es ist reiner Zufall, daß ich heute morgen die Schnitzerei in der Briefpapierschachtel in den Rucksack gesteckt habe. Aber glauben Sie denn wirklich, daß sie die Suche aufgeben werden, nur weil sie sie heute nicht finden konnten?«
»Darauf würde ich nicht wetten«, erwiderte er trocken. »Ich wünschte, wir könnten die arabischen Worte auf diesem Diagramm übersetzen lassen, damit wir wissen, worum zum Teufel es eigentlich geht.«
»Sollen wir Josef bitten?«
Farrell bedachte sie mit einem tadelnden Blick. »Das ist nicht unbedingt ratsam. Wir wissen nichts über ihn – und er nichts über uns. Leider wäre die vernünftigste Lösung, alles zur Polizei zu bringen, aber ich fürchte, dann kämen

wir morgen nicht rechtzeitig zur Festung Karak. Wir würden von einer Instanz an die nächste weitergereicht – und für mich ist Ibrahim wichtiger als alles andere.«
»Sie haben natürlich recht«, pflichtete ihm Mrs. Pollifax mit einem Seufzer bei. »Ich trage Cyrus' Geldgürtel, wie wär's, wenn ich inzwischen den Schlüssel und das Diagramm zu meinen Reiseschecks stecke?«
Farrell nickte. »Eine gute Idee, jedenfalls fürs erste.«
»Und was machen wir jetzt?«
»Als allererstes tauschen wir unsere Zimmer«, bestimmte Farrell. »Wenn es diesen Burschen einmal glückte, in dieses Zimmer zu gelangen, schaffen sie es auch noch öfter. Sie werden also in Zimmer 310 umziehen, Herzogin. Zimmer 308 ist nicht mehr sicher.«
»Farrell!« protestierte sie.
»Ich bestehe darauf! Packen Sie Ihren Koffer. Ich bringe schon mal Ihren Rucksack und die Reisetasche ins andere Zimmer. Josef und seine Schwester sind vermutlich schon im Foyer, und wir möchten sie doch nicht warten lassen.«
Unwillig stopfte Mrs. Pollifax ihre Sachen in den Koffer und trug ihn zum Zimmer 310. Farrell packte rasch sein eigenes Zeug, sie tauschten die Schlüssel, und nachdem Farrell seinen Koffer nach 308 gebracht hatte, gingen sie zum Aufzug. Die zerlegte Urnengrab-Miniatur blieb unter dem Kopfkissen in 308 zurück, während der geheimnisvolle Schlüssel und das nicht weniger geheimnisvolle Diagramm sicher in dem Geldgürtel verstaut waren, den Mrs. Pollifax um die Taille trug.

5

Mrs. Pollifax bedauerte bereits, Josef und seine Schwester Hanan so spontan zum Abendessen eingeladen zu haben. Die letzte Stunde war ziemlich beunruhigend gewesen. Eigentlich wollte sie sich beim Hoteldirektor empört über den Einbruch in ihr Zimmer beschweren, aber da nichts gestohlen worden war, hätte das nur ein merkwürdiges Licht auf sie geworfen. Sie war auch entsetzlich wütend über Mr. Nayef, der sie so unverschämt benutzt hatte, so daß sie nun vielleicht zur Last für Farrell würde. Dabei hatte Farrell sie nur zur ›Tarnung‹ mitgenommen und sicher nicht mit derartigen Störungen gerechnet.

Ihre Laune besserte sich jedoch, als sie Josef und seine Schwester im Foyer auf sie warten sah. Auch wenn ihre Laune sehr verbesserungsfähig blieb, sah sie erleichtert eine neue Ablenkung, die sie den Einbruch in ihr Zimmer für eine Weile vergessen ließ, nämlich Hanan.

Die elfjährige Hanan stand kerzengerade neben ihrem viel größeren Bruder, keineswegs verlegen zwischen den gutgekleideten Touristen. Sie trug ein traditionelles, langes, unförmiges braunes Gewand, das von einem weißen Chiffonschal um die Schulter ein wenig belebt wurde. Doch statt der üblichen Sandalen – Mrs. Pollifax traute ihren Augen nicht – trug sie ein prächtiges Paar weißer, mit roten Sternen verzierter Cowboystiefel. Ihre schwarzen Locken waren kurz geschnitten, so daß sie ihr rundes Kindergesicht wie eine Kappe einrahmten. Glänzende dunkle Augen musterten das Gesicht eines jeden, der aus

dem Fahrstuhl stieg, und als ihr Bruder sie auf Mrs. Pollifax und Mr. Farrell aufmerksam machte, lächelte sie erwartungsvoll, und ihre weißen Zähne blitzten vor der sonnenbraunen Haut. Mrs. Pollifax spürte, daß sie mit einer Schärfe gemustert wurde, die sie von einer Elfjährigen nicht erwartet hätte. Später erfuhr sie, daß Hanan Kamele mit genau der gleichen Schärfe und Sorgfalt begutachtete.
»Das ist Hanan«, erklärte Josef unnötigerweise.
»Wie geht es Ihnen, bitte?« grüßte Hanan ernst. Sie gab jedem die Hand. Dann fragte sie plötzlich aufgeregt: »Haben Sie gewußt, daß in dem Laden hier auch Karten verkauft werden?« Sie hielt zwei hoch. »Ein Stadtplan von Amman und eine Karte von Jordanien – und der *Wüste!*«
»Gibt es in der Schule denn keine Karten?« fragte Farrell.
»Oh, doch, aber die darf man nicht mit nach Hause nehmen, diese gehören *mir*«, betonte sie und drückte sie begeistert an sich.
»Wo hast du bloß so ausgezeichnet Englisch gelernt?« staunte Farrell.
Hanan strahlte ihn an. »Mein Großvater hat es gelernt, als die Engländer hier waren – mit Pascha Glubb. Und meine Eltern sprechen es, Juseff aber am besten. Und letztes Jahr in der fünften Klasse haben wir es auch in der Schule angefangen.«
»Erstaunlich!« sagte Mrs. Pollifax. »Aber wir sollten jetzt in den Speisesaal gehen. Ich hoffe, du bist so hungrig wie ich.«
Im Speisesaal weiteten sich Hanans Augen, als sie an den langen Reihen von Büfetts mit silbernen Terrinen und exquisit angerichteten Platten vorbeigingen. *»Hilweh!«* murmelte sie. *»So schön!«*

Es wurde ein sehr interessantes Abendessen – und abwechslungsreich. Noch ehe der Kellner kam, um sich zu erkundigen, ob sie Mineralwasser wollten, hatte Hanan ihre Karten über die Tischdecke und das Besteck ausgebreitet und fast eine Vase mit Blumen umgestoßen. Farrell mußte ihr alles über Längen- und Breitengrade erklären, und Hanan war entzückt zu erfahren, daß Jordanien zwischen 29°11'–33°22' nördlicher Breite und 34°59'–39°18' östlicher Länge lag. Sie liebte Zahlen. Sie bestand darauf, genau festzustellen, wo ihr Großvater jetzt, im Monat *tishretn al-alwal* – Oktober –, seine Zelt aufgeschlagen hatte. Sie erzählte ihnen voll Stolz, daß sie ein eigenes Kamel besaß, das schneeweiß war.

»In Amman?« neckte Farrell sie.

»In Amman?« Sie musterte ihn abschätzend. »Mein Kamel ist bei meinem Großvater in der Wüste.« Sie wandte sich eifrig an Mrs. Pollifax: »Bitte, ich möchte, daß Sie mein Kamel sehen. Natürlich hätte ich gern ein Pferd, aber mein Großvater sagt, jetzt noch nicht.«

»Du trägst Cowboystiefel.«

Hanan nickte. »Mein Großvater hat sie für mich im Suk – im Basar – machen lassen. Extra für *mich*«, betonte sie.

»Ja.« Mrs. Pollifax nickte. »Es ist sehr wichtig, nicht wahr, daß sie *dir* gehören.«

Farrell und Mrs. Pollifax mußten zu ihrer Schande gestehen, daß sie noch nie ein Rodeo besucht hatten, aber ihre neue kleine Freundin verzieh es ihnen großmütig. Sobald die Karten wieder zusammengelegt waren, gingen sie an die Büfettische, um sich aus dem üppigen Angebot etwas auszusuchen. Mrs. Pollifax, die als erste mit Josef an ihren Tisch zurückkehrte, fragte: »Was wird aus diesem intelligenten, freimütigen Kind werden, wenn es älter wird,

Josef? Sie ist sehr ungewöhnlich. Ich hatte gedacht, daß in Ihrem Kulturkreis Mädchen beispielsweise nie allein mit einem Mann sein dürfen, doch …«

»Sie ist nicht allein, ich bin ihr Bruder«, entgegnete er. Er seufzte. »Sie ist als Nesthäkchen in unsere Familie gekommen – ich, zum Beispiel, bin zwölf Jahre älter als sie –, und sie hatte dadurch viel mehr Beachtung und Freiheit. Aber ich glaube nicht, daß sie Lehrerin werden oder in einem Büro arbeiten wird. Ich denke, sie wird wahrscheinlich unseren Cousin Qasim heiraten. Er mag sie, und Hanan bewundert seine Pferde. Er ist sechzehn und wird vermutlich bald zur *Badiya*, der Wüstenpatrouille, gehen. Denn genau wie Hanan sagt er, daß er in der Stadt keine Luft bekommt und er die Weite der Wüste und des Himmels braucht.«

»Ich würde die Wüste gern sehen«, vertraute Mrs. Pollifax ihm an. »Ist sie nur Sand und Dünen?«

Josef lachte. »Stellenweise ja, aber tief in der Wüste, der Suwwan, ist sie ganz aus – wie heißt doch Ihr englisches Wort, Feuerstein? Nein, nicht viel Sand. Steine, Schotter …«

»Und Weite und Himmel.« Sie nickte.

»Ja.«

Hanan kam mit Farrell zurück. Sie hatte ihren Teller mit Süßem hoch beladen: gefülltem Blätterteiggebäck, Tortenstücken mit dicker Zuckerglasur und zwei Stück Kirschkuchen mit Sahne. Sie aß genießerisch, während Farrell und Josef ihre Pläne für den nächsten Tag besprachen, natürlich angefangen mit der Festung Karak.

»Aber wenn Sie zu lange auf der Burg bleiben«, gab Josef zu bedenken, »bleibt Ihnen nicht viel Zeit, sich Petra anzusehen. Petra ist etwas Besonderes, wissen Sie, das Sie sich unbedingt anschauen müssen! Außer, Sie würden

bei Petra übernachten. Es gibt dort ein gutes Hotel, das Yaybat Zaman in Wadi Musa.«
»Aber das hängt doch alles davon ab, ob Ibrahim morgen kommt oder nicht«, unterbrach Mrs. Pollifax.
Farrell nickte.
»Vielleicht würde er Petra ebenfalls gern sehen«, meinte Josef höflich. »Ich würde auch für drei Personen nicht mehr verlangen.«
Sie wechselten Blicke, sagten jedoch nichts, und es herrschte Schweigen, bis Hanan sagte: »Wenn du morgen nach Süden fährst, Juseff, könntest du mich in Al Qatrana absetzen.«
»Es ist erst Montag. Du hast morgen *Schule*«, erinnerte Josef sie streng. »Freitag ist keine Schule. Am Freitag, vielleicht.«
»Aber Juseff, du weißt doch, daß Awad Ibn Jazi versprochen hat ...« Sie redete auf arabisch weiter. Josef blieb eisern. *»Schule«,* wiederholte er.
»Und wer ist Awad?« erkundigte sich Farrell lächelnd.
»Er war früher Offizier der Wüstenpatrouille, der *Badiya*«, erklärte Josef.
Hanan nickte. »Und er hat versprochen, mir ein altes, altes Fort in der Wüste zu zeigen, das jetzt halb vergraben ist und von dem nur die *Badiya* weiß. Awad weiß *alles* – wie die Schmuggler über die Grenze kommen und wo die Falken nisten. Er ist noch älter als mein Großvater – aber er hat keine Kamele«, fügte sie bedauernd hinzu.
»Hanan, iß auf«, befahl Josef. »Wir müssen gehen. Du hast morgen Schule, und unsere neuen Freunde haben viel zu tun.«
Bedauerlicherweise, dachte Mrs. Pollifax, *auch viel zuviel zu überlegen.*
Hanan stand auf. *»Ashkurak«,* bedankte sie sich. Schüch-

tern fügte sie hinzu: »Ich mag Sie sehr sehr gern. Werden Sie kommen und mein Kamel ansehen?«
»Wenn wir können«, erwiderte Farrell.
»Wir werden es auf jeden Fall versuchen«, versprach Mrs. Pollifax.
»Es war uns eine große Ehre.« Josef strahlte sie an und verneigte sich höflich. »Wir danken Ihnen. Dann sehen wir uns morgen um acht Uhr wieder?«
Sie versicherten ihm, daß sie um acht Uhr bereit sein würden. Während sie noch über ihrem Kaffee sitzen blieben, sprachen sie kein Wort. Mrs. Pollifax nahm an, daß auch Farrell sich fragte, was wohl bis morgen abend um diese Stunde geschehen sein mochte.

6

Als Bishop an diesem Mittwoch morgen zur Arbeit kam, fand er Carstairs aufgebracht und leise fluchend vor. Kaum sah er Bishop an der Tür stehen, knurrte er: »Kommen Sie rein, damit ich meine Wut an Ihnen auslassen kann.«
Bishop schloß die Tür hinter sich, setzte sich neben Carstairs' Schreibtisch und sagte vergnügt: »Tun Sie sich keinen Zwang an. Was ist denn passiert?«
»Passiert ist«, entgegnete Carstairs gereizt, »daß ich eben einen Anruf von John Stover beim FBI bekommen habe. Und – wie Ihnen wohl nicht entgangen ist – ich bin wütend. Er vielleicht auch, aber er kann sich offenbar besser beherrschen.«
»Und was ist passiert?« erkundigte sich Bishop geduldig.
»Sie erfuhren gestern – von einem Informanten, wohlgemerkt! –, daß es Suhair Slaman irgendwie gelungen ist, unerkannt in die USA einzureisen und drei Tage im Land zu bleiben. Ein Terrorist wie Slaman könnte in drei Tagen Gott weiß was in die Luft gejagt haben!«
Bishop verzog das Gesicht. »Wie in aller Welt konnte das passieren? Er steht auf jeder Fahndungsliste, und sein Bild hängt in jedem Flughafen aus!«
Verbittert antwortete Carstairs: »Er kam ohne seinen üblichen Bart sowie unter einem anderen Namen und offensichtlich mit einem hervorragend gefälschten Paß.«
»Soviel haben sie bereits festgestellt?«

Carstairs nickte. »Das FBI ließ von einem ihrer Phantomzeichner Slaman ohne seinen Bart zeichnen, und Kopien der Skizze wurden verteilt – zu spät, natürlich, verdammt! Sie nehmen an, daß er am 8. von Kennedy wieder ausgeflogen ist.«

»Vor zwei Tagen«, murmelte Bishop. »Weiß man schon wohin und mit welcher Fluggesellschaft?«

»Nein, aber einer der Sicherheitsbeamten des Flughafens erinnert sich an sein Gesicht. Er sieht sich die Fluggäste, die durch die Kontrolle kommen, sehr genau an. Er glaubt, es war am achten.«

»Und er hat keine Ahnung, unter welchem Namen er reiste?«

Carstairs seufzte. »Nein. Aber sämtliche Passagierlisten werden durchgekämmt, angefangen mit den Flügen in den Nahen Osten, und die Zeichnung wird allen Flugbegleitern gezeigt. Bedauerlicherweise müssen, wie bei Zugvögeln, erst deren Rückflüge abgewartet werden. Das wird noch eine Weile dauern. Mein Instinkt rät mir, Ermittlungen darüber anzufangen, was er hier angestellt hat. Offenbar war er sehr diskret, denn sonst hätten wir etwas aus den Schlagzeilen erfahren.«

»Vielleicht war er ja nur als Kurier unterwegs«, meinte Bishop, »der Geld gebracht oder geholt hat.«

Carstairs ließ sich gar nicht erst dazu herab, darauf zu antworten. Ein Mann mit Slamans Vorliebe für Mord würde sich nie zum Botenjungen herabsetzen lassen. Er sagte statt dessen: »Es muß etwas sehr Wichtiges gewesen sein, das ihn hierherbrachte. Es gibt Extremisten, die streng nach dem Koran leben und harmlos bleiben; es gibt zornige Extremisten, die sich Gruppen anschließen und nur protestieren, marschieren und provozieren, und dann gibt es die Suhair Slamans, die so voll Haß sind, daß sie bei den ersten Anzeichen von Stabilität irgendwo töten müssen. Vernichten, morden, unterminieren, erschüttern – und auf verdammt schlaue Weise.«

»Hat er nicht in Jordanien gelebt?«

»Ja. Aber er kann nicht wagen, sich dort je wieder sehen zu lassen.« Carstairs schwieg kurz, dann nickte er. »Wenn Suhair Slaman drei Tage hier in den USA war und das Land am 8. wieder verließ, muß er am 4. oder 5. Oktober eingeflogen sein. Ich brauche von diesen drei oder vier Tagen Zeitungen, Bishop – aus New York, Chicago, Washington, Los Angeles. Ich glaube nicht, daß sie unten bereits Mikrofilme davon haben, Sie werden ganz schön schleppen müssen. Sehen wir mal, ob wir etwas zutage fördern.«

Bishop sagte zweifelnd: »Sie glauben wirklich ...«

»Ich glaube gar nichts«, erwiderte Carstairs. »Aber ein Mann wie Slaman fliegt nicht in die Vereinigten Staaten, wenn er nicht irgend etwas im Schilde führt. Falls er sich nur mit jemandem treffen wollte, werden wir Pech haben. Ging es aber um das, was er am besten kann – Anschläge verüben –, könnten wir etwas in den Todesanzeigen finden oder in den allgemeinen Nachrichten, das vielleicht auf den ersten Blick nicht von Bedeutung zu sein scheint.«

»Ist das nicht sehr weit hergeholt?«

»Ist nicht alles in unserem Job sehr weit hergeholt?« entgegnete Carstairs sarkastisch.

Bishop grinste und ging, nicht sehr erfreut über die Vorstellung, vier oder fünf Großstadtzeitungen durchzusehen, wo doch auf seinem Schreibtisch soviel wichtige Arbeit wartete. Als er zurückkam, war seine Stimmung noch düsterer, denn die Zeitspanne schloß Sonntagsausgaben ein – dreimal so umfangreich.

Carstairs war jedoch bereit, mit ihm daran zu arbeiten, und seine eigene dringende Arbeit ebenfalls liegenzulassen, was Bishop überraschte. Aber Carstairs war nicht zu zügeln, wenn seine Neugier erst einmal geweckt war. *Er muß auch jede kleinste Spur mit seinem Feuereifer verfolgen,* dachte Bishop.

Sie machten sich an die Arbeit und begannen jeweils mit der Rückseite der Zeitungen. Besonders sorgfältig studierten sie Berichte über Gewaltverbrechen sowie die Todesanzeigen und Nachrufe. Die *Washington Post* vom 8. Oktober entlockte Carstairs schließlich ein »Ah …«

Es waren nur acht Zeilen unter der nicht sehr auffälligen Überschrift RAUBÜBERFALL ENDET TÖDLICH. Das Verbrechen hatte sich um dreiundzwanzig Uhr in Washington auf der Massachusetts Avenue zugetragen, und es las sich wie ein typischer Überfall, bei dem das Opfer sich gewehrt und dafür mit dem Leben bezahlt hatte. Zeugen gab es keine; dem Opfer, einem Mann namens Brahim Zayyad von der jordanischen Botschaft, war die Kehle durchgeschnitten worden.

Carstairs las den Bericht ein zweites Mal und runzelte die Stirn. »Interessant«, murmelte er.

»Hören wir jetzt auf?«

»Es ist interessant, aber wir machen weiter.« Trotzdem nahm Carstairs eine Schere und schnitt den Bericht aus. »Schauen wir mal, wie viele andere Ausschnitte wir diesem hinzufügen können.«

Aber als sie mit allen Zeitungen fertig waren, gab es keine weiteren. Carstairs griff nach dem Telefon und ließ sich mit Detective-Lieutenant Gavin von der *District of Columbia*-Polizei verbinden.

»Hier Carstairs«, sagte er, als er ihn am Apparat hatte. »Ich wüßte gern Näheres über einen angeblichen Raubüberfall am siebten, bei dem ein Angehöriger der jordanischen Botschaft getötet wurde.«

Gavins Zögern war interessant. »Der Botschafter bat darum, daß davon so wenig an die Öffentlichkeit dringen sollte wie nur möglich. Das Opfer arbeitete nicht in der Botschaft, müssen Sie wissen, er war nur ein Besucher. Vom Militär – ein Oberst, genau gesagt –, der herübergeschickt worden war, um die Sicherheitsvorkehrungen der Botschaft zu überprüfen und auf den neuesten Stand zu bringen. Er sollte nächste Woche nach Jordanien zurückkehren.«

»Ich verstehe«, murmelte Carstairs. »Haben Sie eine Ahnung, was gestohlen wurde?«

»Angeblich nur seine Brieftasche.«

»Glauben Sie an einen politischen Hintergrund?« fragte Carstairs.

»Wäre schon möglich«, meinte Gavin. »In der Botschaft war man jedenfalls ziemlich verstört. Und wir wurden gebeten, es als Raubüberfall zu behandeln. Nach allem, was wir wissen, könnte es das auch gewesen sein. Ist da mehr für uns drin?«

Carstairs seufzte. »Ich wollte, ich wüßte es. Aber im Augenblick habe ich nichts außer einer vagen Ahnung. Vielen Dank, Gavin.«

Nachdem er aufgelegt hatte, fragte Bishop: »Geben wir diese Ahnung an das FBI weiter?«

Carstairs lächelte. »Sie wissen doch, was man dort von meinen Ahnungen hält ... Brüten wir erst einmal darüber und warten, ob sie mehr über Suhair Slaman herausfinden.«

»Sie meinen, falls Stover sich herabläßt, uns Bescheid zu geben. Er muß ja nicht.«

Carstairs war optimistisch. »Er arbeitete mit uns am Bidwell-Fall*; und wir reichten ihn ihm auf einem silbernen Tablett. Er schuldet uns was.«

Es war Spätnachmittag, als sie wieder von Stover hörten. »Ich dachte, Sie würden es gern wissen«, sagte er. »Eine Roberta Murshid, Flugbegleiterin der Royal Jordanian Airlines, hat unseren Mann Slaman auf dem bartlosen Bild erkannt. Er saß am 8. Oktober auf Platz 42F, wo gewöhnlich die Fluggäste sitzen, die im letzten Augenblick gebucht haben. Glücklicherweise tat er das selber und nicht durch ein Reisebüro, was die Sache erleichterte. Die Fluggesellschaft war sehr hilfsbereit. Also: Der Mann auf Platz 42F stand als Mr. Nayef auf der Passagierliste. Er hatte ein Ticket bis Amsterdam und muß das Flugzeug dort verlassen haben.«

»Interessant«, sagte Carstairs. »Passen Sie auf, was wir nach Ihrem Anruf heute morgen herausgefunden haben.« Er erzählte von ihrer Entdeckung in der *Washington Post* vom 8. Oktober.

Stover pfiff durch die Zähne. »Eine weitere Ihrer Ahnungen, Carstairs? Er könnte sich zur Zeit in Amsterdam aufhalten. Wir müssen sehen, was wir dort über einen Mann namens Nayef in Erfahrung bringen können.«

Carstairs legte auf. »Amsterdam«, murmelte er nachdenklich. »Ich frage mich ... Wenn er wirklich hinter dem Raubüberfall in der Massachusetts Avenue steckt, ist stark anzunehmen, daß es etwas mit Jordanien zu tun hat. Wir wissen, daß er Verbindungen nach Syrien hat, und von dort ist es nur ein Katzensprung nach Jordanien. Er braucht bloß in Amsterdam zu landen, in den nächsten Flieger nach Istanbul zu steigen und von dort direkt nach Damaskus zu fliegen.«

* Dorothy Gilman: *Jagd auf Mrs. Pollifax*

Bishop nickte. »Probleme?«
»Was uns beunruhigt – am meisten beunruhigt«, Carstairs verzog finster das Gesicht, »ist, daß in Jordanien zu viele Leute schlecht auf König Hussein zu sprechen sind, weil er den Friedensvertrag mit Israel geschlossen hat. Er hat mächtige Feinde in seiner islamischen Oppositionspartei, die sich dadurch verraten fühlen. Es ist eine schwierige Zeit für ihn.« Er seufzte und schüttelte den Kopf. »Wir müssen unser Büro in Amman unbedingt sofort informieren. Kümmern Sie sich darum, Bishop. Und was uns betrifft ...«
»Ja?«
»Für uns ist es höchste Zeit, daß wir uns wieder an die Arbeit machen.«

7

An ihrem zweiten Vormittag in Karak unterhielt Josef sie mit Geschichten seines Großvaters über den Engländer John Bagot Glubb, Oberbefehlshaber der Arabischen Legion, aus der die erste jordanische Armee hervorging. Danach wurde Josef sehr ernst und pedantisch, als er in seine Schulmeisterrolle schlüpfte und eine detaillierte Beschreibung über Petra zum besten gab, das sie am Nachmittag besuchen würden. Mrs. Pollifax und Farrell tauschten Blicke. Er blinzelte ihr verstohlen zu und setzte ebenfalls einen sehr ernsten Ausdruck auf. »Was heißt das, daß die Stadt Petra ›verschollen‹ war?« erkundigte er sich.

»Hunderte von Jahren wußte niemand, daß sie da war. Niemand erinnerte sich. Vor langer, langer Zeit war sie eine sehr wichtige Station für die Karawanen auf ihrem Weg nach Damaskus und Aleppo. Auch eine der Seidenstraßen hatte hindurchgeführt. Sie werden gleich sehen, weshalb die Stadt so lange Zeit wie vom Erdboden verschwunden war. Sie liegt in der schwer zugänglichen Schlucht des oberen Wadi Musa, von Bergen eingeschlossen, und hat bloß einen Zugang, außer man klettert die Felsen hinunter. Lediglich die Beduinen wußten von ihr und schlugen dort all die Jahre ihre Zelte auf, bis schließlich der Schweizer Forscher Johann Ludwig Burckhardt sie 1812 wiederentdeckte.«

»Gibt es auch jetzt nur einen Zugang?« fragte Mrs. Pollifax.

»O ja. Er führt durch den Siq, ein über eineinhalb Kilometer langer, sehr schmaler Gang, der sich durch die Felsen windet und an vielen Stellen von den Überhängen zu beiden Seiten verborgen ist.«

»Wenn das kein Abenteuer wird, Herzogin!« Farrell grinste.

»Einmal gab es eine Sturzflut im Siq«, erzählte Josef ernst, »und viele Leute ertranken. Er ist so eng, wissen Sie, und das Wasser schoß von den hohen Felsen hinunter – sehr tragisch –, aber jetzt wird das Wasser abgeleitet, und so etwas kann nicht mehr passieren.«

»Sehr beruhigend«, entgegnete Mrs. Pollifax trocken. Sie beobachtete einen Schwarm Vögel, die sich vom Wind tragen ließen. *Cyrus würde wissen, was das für welche sind,* dachte sie. Und dann flogen sie südwärts und waren bald nicht mehr zu sehen.

Am Vormittag brachte Josef Scheiben des flachen, runden Brotes das die Jordanier *Chubs* nennen, und einen Krug mit dem dickflüssigen Joghurt, der ihr so schmeckte. Er strich Joghurt auf eine dünne Brotscheibe, die er dann zusammenrollte, ehe er sie Mrs. Pollifax anbot. Danach rollte er eine für Farrell und eine für sich. Mrs. Pollifax trug ihren Imbiß zur Brüstung und blickte nach unten. Inzwischen waren drei Reisebusse angekommen, und bald würden Gruppen von Touristen auf ihre Galerie hinauswandern. Wenn es wieder so zuging wie gestern, würden sie drei neugierig beäugt werden, während die Touristen mit einem Ohr zuhörten, was ihre Fremdenführer auf arabisch, deutsch oder englisch erklärten. Den Höflicheren würde es sichtlich peinlich sein, daß sie ihre Ruhe störten, während ein paar andere versuchen würden, einen Blick auf Farrells Skizzen zu erhaschen, und das Ganze würde recht lästig sein.

Bedauerlicherweise kam nur ein einziger Personenwagen

an, eine rostrote Limousine. Mrs. Pollifax und Farrell beobachteten sie zwar hoffnungsvoll, aber die beiden Männer, die darin saßen, stiegen nicht aus und fuhren nach einiger Zeit wieder weg.
Um Viertel nach zwölf waren sie überzeugt, daß Ibrahim auch an diesem Vormittag nicht kommen würde. Mrs. Pollifax entging Farrells grimmige Miene nicht. Als sie die dunklen Stufen hinunterstiegen, war er bedrückend still und runzelte die Stirn. Schweigend fuhren sie durch die Stadt Karak, doch als sie den Desert Highway erreichten, fiel Mrs. Pollifax eine rostrote Limousine auf, die aus einer staubigen Seitenstraße kam und hinter ihnen herfuhr. Der gleiche Wagen, wie ihr bewußt wurde, der in der Festung geparkt hatte und dann weggefahren war, und dieselben dunklen Umrisse der beiden Männer auf den Vordersitzen. Mit einem Funken Hoffnung fragte sie sich, ob vielleicht einer davon Ibrahim war, der Farrell ja nicht kannte und nicht damit gerechnet hatte, ihn in Begleitung eines Fremdenführers und einer Frau anzutreffen. Doch keiner der beiden Insassen hatte die Burg betreten, erinnerte sie sich, wie hätten sie Farrell da sehen oder wissen können, daß er zwei Personen bei sich hatte? Sie sah zu Josef und bemerkte, daß er den Rückspiegel im Auge behielt. Ihre Blicke begegneten sich, und sie erkannte, daß auch ihm der Wagen aufgefallen war, der auf ihrem Weg nach Petra hartnäckig hinter ihnen blieb.
Sie sah sich nicht um und machte auch Farrell nicht darauf aufmerksam, aber Josefs häufige interessierte Blicke in den Spiegel entgingen ihr nicht. Sie wandte ihre Aufmerksamkeit statt dessen der Landschaft zu, mit fruchtbaren Äckern satter brauner Erde, vielen Gewächshäusern und zahlreichen Reklameschildern entlang der

Straße, die Werbung machten für NABIL FOOD PRODUCTS, die ARAB BANK, KUMHO TIRES, GOODYEAR und FIRESTONE. Und dann führte der Weg aufwärts, und gewaltige Felsmassive lagen vor ihnen.

Die Straße schlängelte sich nach Petra hinab, wo Reihen von Reisebussen abgestellt waren. Außerdem gab es ein Postamt, eine Polizeistation, einen Laden, in dem man Filme und T-Shirts kaufen konnte, und eine Menge Touristen, die auf Pferde stiegen.

»Pferde!« rief Mrs. Pollifax entsetzt.

Farrell grinste. »Wußten Sie das nicht? Wenn Sie nicht reiten wollen, können Sie durch den Siq wandern – ein sehr langer Weg.«

»Pferdewagen gibt es ebenfalls«, beruhigte Josef sie.

Einen Pferdewagen zu nehmen erschien feige, aber Mrs. Pollifax mußte sich eingestehen, daß die Vorstellung, auf ein Pferd zu steigen, ihr zu schaffen machte. Sie erinnerte sich an ihren Ritt auf einem Esel in Albanien und an das durchgehende Pferd in China, das sie ein gebrochenes Handgelenk gekostet hatte.

Geduldig erklärte Josef, daß jedes Pferd von seinem Besitzer geführt wurde – gewöhnlich ein Beduine, dessen Familie sich in der Nähe aufhielt.

»Geführt?« erkundigte sie sich stockend. *»Langsam?«*

»Langsam«, versicherte er ihr. »Kommen Sie, ich zeige sie Ihnen. Jedes Pferd hat eine Nummer. Gefällt Ihnen das da? Es ist Nummer 24. Und dieses selbe Pferd Nummer 24 wird später in der Schlucht auf Sie warten, bis Sie von Ihrem Besuch in Petra zurückkommen, zu einer verabredeten Zeit.«

Argwöhnisch musterte Mrs. Pollifax den Mann, der stoisch neben dem Pferd Nummer 24 wartete. Es war ein schwarzes Pferd mit einer knallroten Satteldecke. Sein

Besitzer wirkte erfahren, allerdings etwas müde. Er trug ein weißes Tuch um den Kopf, einen *Kaffiyeh,* das von einer schwarzen, geflochtenen Kordel, *Aigal* genannt, zusammengehalten wurde, eine mattgraue Hose und ebensolche Jacke. Der Schnurrbart unter seiner Knollennase war etwas kärglich; sein furchiges, dunkles Gesicht wirkte geduldig.
»Und sein Name?« fragte sie. »Er wird doch sein Pferd nicht galoppieren lassen?«
Josef lachte. »Er heißt Mohammed. Und da Mr. Farrell offenbar keine große Lust auf Besichtigungen hat, werde ich Mohammed bitten, uns mit dem Pferd Nummer 24 da unten ...«, er deutete in die Richtung des Siq, »... in einer Stunde zu erwarten. Um uns hierher zurückzubringen.«
Mrs. Pollifax ließ sich überreden und stieg auf das Pferd. Es erschien ihr schrecklich breit und sehr hoch, und während sie sich auf den dunklen Spalt des Siq zubewegten, beschäftigte sie sich nur damit, nicht herunterzufallen, was sie insgeheim für unvermeidlich hielt, denn das Tier schwankte eigenartig ruckweise von einer Seite zur anderen. Als sie und Mohammed den dämmerigen Siq erreichten, wurde sie zuerst von Farrell überholt, der ihr zuwinkte, dann von Josef. Hoch oben sah sie einen Spalt blauen Himmels, eingerahmt von den aufragenden Felswänden; weiter vorne, wo er abwärts führte, wurde der Durchgang schmaler. Hinter sich vernahm sie das Klappern von Hufen, und zwei einheimische Halbwüchsige galoppierten an ihr vorbei. *Angeber!* dachte sie ungehalten. Aber nachdem sie sich eine Weile an das rhythmische Schaukeln und Schwanken des Pferdes gewöhnt hatte, fühlte sie sich fast verwegen. In dem Moment, da der Siq klaustrophobisch eng zu werden drohte, wurde

er wieder breiter und ebener, und strahlender Sonnenschein empfing sie.
Endlich erreichten sie Petra, die verborgene Stadt. Und dort, links von ihr, sah sie das berühmte Schatzhaus des Pharao, über das sie in Farrells Reiseführer gelesen hatte. Mühsam saß sie ab, dankte Mohammed höflich, und schon kamen Farrell und Josef auf sie zu. Sofort begann Josef, seine vorherigen Erläuterungen über die Sehenswürdigkeiten Petras im Detail zu vertiefen. Die Stadt war von Nabatäern, Griechen und Römern bewohnt worden. Die mit Gewürzen beladenen Kamelkarawanen, die in alter Zeit hindurchzogen, wurden oft von den Nabatäern ausgeplündert. Sogar die Königin von Saba war auf diesem Weg gereist, und es waren Spuren von Behausungen gefunden worden, die bis ins Jahr 10 000 v. Chr. zurückreichten. Aber am interessantesten fand Mrs. Pollifax, daß nicht ein einziges Bauwerk des Talkessels von Petra frei stand; alle waren in die Sandsteinwände hineingehauen. Ehrfürchtig starrte sie auf die gewaltige Höhe des *El Khazneh,* des Schatzhauses, und versuchte sich vorzustellen, wie Arbeiter dreißig und mehr Meter über dem Erdboden ihr Leben aufs Spiel setzten, um Säulen aus dem Felsen zu hauen und kunstvoll zu verzieren. Wie viele waren wohl dabei in den Tod gestürzt? Jetzt mochte es ja für den Besucher eine romantische Ecke der Welt sein, aber sie bezweifelte, daß es vor Tausenden von Jahren ein romantischer Ort zum Leben gewesen war. Außer Plünderungen hatte es Kriege gegeben, Seuchen, Hungersnöte und Überschwemmungen – vom hygienischen Zustand ganz zu schweigen. Doch offenbar waren die Menschen damals von einem großen Bedürfnis nach Schönheit durchdrungen: zur Ehrung ihrer Götter, ihrer Vorfahren und gewissermaßen ihrer selbst. Und all das

verborgen in der Wüste; ein Geheimnis. Mrs. Pollifax mochte Geheimnisse; schließlich führte sie, seit sie Aufträge von Carstairs angenommen hatte, hinter ihrer bürgerlichen Fassade selbst ein geheimes Leben, von dem immer noch nur ganz wenige wußten.

Wenn es hier ein berühmtes Urnengrab gab, so fanden sie es nicht, wohl aber sahen sie eine große Menge von Höhleneingängen, mit denen ganze Felswände übersät waren. Nach vielem Rauf- und Runterklettern stellte sich heraus, daß sie den früher hier lebenden Beduinen teils als Gräber und teils als Wohnungen gedient hatten. Doch Farrell, der ja nicht wirklich ein Tourist war, wurde ruhelos, und ihr Pferd Nummer 24 wartete mit Mohammed. Als sie aber bei dem Pferd ankam, wurde es nicht von Mohammed geführt, sondern von einem jungen Mann in Bluejeans mit einem roten Tuch um den Kopf.

»Aber wo ist Mohammed?« fragte sie. »Das kann nicht Nummer 24 sein!«

Josef lachte. »Egal, wer es führt, es ist Ihr Pferd, sehen Sie? Nummer 24 ohne Zweifel – alle *Bedu* haben Verwandte.«

Ein Podest erleichterte das Aufsitzen. Auch Josef und Farrell stiegen auf ihre Pferde und ritten voraus, während sie in gemütlichem Schritt dahintrottete. Sie fühlte sich im Sattel bereits viel sicherer, als sie in den Siq kamen und langsam den Anstieg aus der Schlucht begannen.

Sie hatten gerade einen Engpaß erreicht, als der junge Mann, der ihr Pferd führte, stehenblieb. Auch Nummer 24 hielt an, und Mrs. Pollifax, die hoffte, daß der Führer Englisch verstand, fragte: »Was ist los?«

Er drehte sich um und blickte lächelnd zu ihr hinauf. Er ließ den Zügel fallen und deutete auf etwas, immer noch lächelnd. Leicht verärgert fragte sie noch einmal: »Was *ist* denn?«

Er zückte ein Messer, trat wortlos neben sie, griff zu ihrem Rucksack hinauf und machte sich ruhig daran, den Schultergurt zu zerschneiden.
Verdutzt starrte sie auf ihn hinunter, ehe sie ihn wütend anbrüllte: »Hören Sie sofort auf!« Sie zog einen Fuß aus dem Steigbügel und trat heftig nach ihm. Er ließ das Messer fallen, packte ihren Fuß und zog sie vom Pferd. Sie landete auf den Knien. Ohne sie weiter zu beachten, hob er sein Messer auf und fuhr fort, an dem dicken Gurt ihres Rucksacks zu säbeln, dem seine ganze Aufmerksamkeit galt.
Mrs. Pollifax kam mühsam auf die Füße. In dem menschenleeren Siq waren weder Hufgeklapper noch Stimmen zu hören. Als sie endlich aufrecht stand, wappnete sie sich. Es gelang ihr, ein paar Zentimeter Abstand zwischen sich und dem Angreifer zu gewinnen und ihm wütend einen schnellen und sehr harten Karateschlag gegen die Kinnlade zu versetzen. Ächzend sackte der Bursche zu Boden.
Mrs. Pollifax schlang den Rucksack, von dem nun ein Gurt herunterhing, über den Arm und sah sich dem Problem gegenüber, wie sie schnell wieder auf das Pferd kam. Sie stellte einen Fuß in den Steigbügel, stieß sich ab und kämpfte sich in den Sattel. Als sie die Zügel hochgezogen hatte, stupste sie das Pferd mit den Knien. Es schritt los, fiel in Galopp, und Mrs. Pollifax, die nicht richtig im Sattel saß und sich unsicher fühlte, fielen die Zügel aus den Händen. Sie kippte nach vorn, beide Arme um den Hals des Pferdes geschlungen, und so schoß sie, wie ein Korken aus der Sektflasche, aus dem Siq.
»Was in aller Welt!« entfuhr es Farrell, der auf sie wartete. Seine Augen wurden schmal, als er ihr gerötetes Gesicht bemerkte und den Rucksack, der nur an einem Gurt

von ihrem Arm hing. Er half ihr vom Pferd. »Herzogin, was …?«
»Wo ist Josef?«
»Er kommt gerade auf uns zu.«
»Jemand muß bestochen worden sein«, keuchte sie. »Farrell, er hatte ein Messer, *und er wollte meinen Rucksack!*«
»Das einzige Gepäckstück, das nicht in Ihrem Hotelzimmer war, als es durchsucht wurde! Wo ist der Kerl jetzt?«
»Noch im Siq, er kommt wahrscheinlich gerade wieder zu sich. Farrell …«
»Keine Polizei!« sagte er gepreßt. »Verschwinden wir, und zwar schnell.« Er wandte sich an Josef. »Wir möchten sofort weiter, Josef. Mrs. Pollifax' Pferd ist mit ihr durchgegangen, und sie ist noch ganz durcheinander.«
»Selbstverständlich.« Josef blickte sie neugierig an. Sie gingen zum Wagen, und Mrs. Pollifax hinkte ein wenig von ihrem Sturz. Sie stieg ins Taxi, mit Farrell neben sich und dem Rucksack auf ihrem Schoß, und Josef fuhr los. Als sie Petra hinter sich ließen, tauchte die rostrote Limousine wieder auf, jetzt mit nur einem Mann darin, und folgte ihnen in größerem Abstand den ganzen Weg nach Amman zurück.
Es war spät, als Josef sie am Hotel absetzte, und während Farrell zum Speisesaal ging, eilte Mrs. Pollifax nach oben, um in eine frische Hose zu schlüpfen und der, die sie in Petra getragen hatte, den Schmutz von den Knien zu waschen.
Fünfzehn Minuten später betrat sie den Speisesaal und stellte erstaunt fest, daß Farrell nicht allein war. Mit ihm an Tisch saß ein Herr im schwarzen Seidenanzug, mit dunklem Haar und graumeliertem Schnurrbart, der gestikulierend etwas erklärte. Als sie näher kam, erhob sich Farrell höflich. Der Fremde drehte sich überrascht um

und bedachte Mrs. Pollifax mit einem Blick, der ihr verriet, daß er auf ihre Gesellschaft lieber verzichten würde.
»Meine Reisebegleiterin«, sagte Farrell, ohne jedoch ihren Namen zu nennen. »Noch jemand aus Amerika, den Sie vielleicht kennenlernen möchten, ehe Sie an Ihren Tisch zurückkehren.«
Ein Wink mit dem Zaunpfahl, dachte Mrs. Pollifax. Sie fragte sich, wie lange der Mann wohl schon hier saß, und nahm auf dem dritten Stuhl Platz. Wie Farrells voller Teller verriet – gefüllte Weinblätter, Brathähnchen, Auberginen –, hatte er sich bereits am Büfett bedient. »Das ist Mr. ...«
»Namen sind so unwichtig.« Der Fremde lächelte.
»Er hat mir eine Einführung in islamische Literatur gegeben«, sagte Farrell.
»Wie freundlich von Ihnen«, meinte Mrs. Pollifax.
Der Herr nickte. »Ja, Romane sind für uns Araber etwas verhältnismäßig Neues, aber wir haben bereits einige sehr gute Schriftsteller. Die Autorinnen ...«, er zuckte die Schultern, »... neigen zu Tragödien und jammern über Unterdrückung, aber wir haben auch wirklich gute Autoren, die Islamische Staatsführung, Politik und Ideologie vertreten, wie beispielsweise in Ägypten ...« Er nannte zwei Schriftsteller.
»Und das Moderne ablehnen.« Farrell nickte ernst.
»Und jeden *westlichen* Einfluß ablehnen«, berichtigte er. »Ganz im Gegensatz zu den altmodischen Autoren, die von europäischen Anschauungen geprägt sind, wie – vielleicht kennen Sie ja die Werke von Dib Assen?«
Mrs. Pollifax hielt das für einen etwas eigenartigen Zufall und bedachte Farrell mit einem unauffälligen Blick.
Farrell wiederholte diesen Namen nachdenklich. »Möglicherweise habe ich etwas von ihm auf englisch gelesen.

Irgendwie kommt mir der Name bekannt vor. Er ist Iraker, nicht wahr?« Er wandte sich an Mrs. Pollifax: »Sie waren ja noch gar nicht am Büfett!« Er stand auf und fügte hinzu: »Ich begleite Sie. Ich möchte mir noch eine Nachspeise aussuchen.« Dann sagte er zu dem Fremden: »Es war nett, mit Ihnen zu plaudern. Ich wünsche Ihnen einen angenehmen Abend.«
Damit war der Herr in Schwarz verabschiedet. Er wirkte für einen Moment verärgert, dann lächelte er charmant und erhob sich. »Ich wünsche Ihnen einen guten Appetit. Sind Sie miteinander verwandt?«
»Cousins«, antwortete Mrs. Pollifax prompt. Während sie mit Farrell zum Büfett ging, fragte sie: »Wo ist der denn hergekommen? Ich fand es interessant, daß er Dib Assen erwähnte.«
»*Zu* interessant«, entgegnete Farrell. »Er beobachtet uns übrigens. Er hat zwei Begleiter, aber ich kann nicht erkennen, ob auch sie zu uns hersehen. – Nehmen Sie doch von den gefüllten Weinblättern, die sind gut.« Er sah beunruhigt aus. Sie stellte sich hastig ihre Vorspeisen zusammen, während er sich ein Stück Torte nahm, und sie kehrten an ihren Tisch in der Ecke zurück.
Farrell zwang sich für ihre Beobachter zu einem Lächeln, aber seine Stimme klang grimmig. »Er kam einfach an meinen Tisch und fragte sehr freundlich, ob ich Amerikaner sei und ob es mir hier gefiele, und setzte sich. Es gelang ihm auch, mich taktvoll – oder vielmehr raffiniert – zu fragen, was mich hierher führte. Aber seine Augen lächelten nicht mit.«
»Ihre jetzt auch nicht«, stellte sie fest.
»Kein Wunder. Er sagte, er hoffe, ich habe einen fähigen Führer, der mich in die wundervolle islamische Kultur und vor allem in arabische Literatur einführen könne.

Falls es Ihnen nichts ausmacht, auf Ihre Nachspeise zu verzichten … Wir müssen reden. Da ist etwas, das ich Ihnen sagen wollte – und mir selbst auch.«

Das klang geheimnisvoll. »Gehen wir gleich.« Sie wickelte die gefüllten Weinblätter in ihre Serviette und steckte sie in ihre Handtasche. »Ich esse oben weiter.«

Sie fuhren schweigend mit dem Fahrstuhl nach oben und gingen in ihr Zimmer. »Also, worum geht es?« fragte sie.

Er setzte sich auf die Bettkante. »Etwas, das Carstairs mir bei meinem Besuch sagte und das ich gar nicht richtig registrierte, weil er so gleichmütig dabei war. Er erwähnte es ganz nebenbei, als ich sein Büro verließ. Er sagte, daß möglicherweise auch *andere* hinter Dib Assens Manuskript her sein könnten.«

»Andere? Warum?«

»Weil es vielleicht nicht *nur* ein Roman ist. Weil, verdammt noch mal, Carstairs sagte, daß Dib Assen etwas für *ihn* getan hätte. Für Carstairs … für die CIA.«

Da setzte auch Mrs. Pollifax sich auf die Bettkante und starrte ihn an. »Großer Gott, Farrell, warum haben Sie mir das nicht schon früher gesagt?«

»Weil ich es nicht glaubte – oder einfach nicht glauben *wollte*«, antwortete er bitter, »und möge ich auch dafür verdammt sein.«

»Aber – warum?« fragte sie stockend. »Warum wollten Sie Carstairs nicht glauben?«

»Pure Eitelkeit«, erwiderte er heftig. »Dib Assen wußte, daß ich für Carstairs arbeitete – so nahe standen wir uns. Wir waren seit Jahren befreundet, trotzdem sagte er mir nie, daß er Carstairs kannte. Offenbar hat er mir nie genug vertraut. Und das tat *weh.*«

Sie blickte in sein gequältes Gesicht und sagte sanft: »Farrell, *Sie* haben nie im Irak gelebt.«

»Ich weiß.« Er schlug die Hände vors Gesicht. »Ich weiß, ich *weiß*. Dieser Kerl im Speisesaal hat wenigstens eines für mich getan: Er hat mich daran erinnert, was Carstairs zu mir sagte und was ich verdrängte. Er hat mich in Alarmbereitschaft versetzt. Aber das alles erklärt weder ihn noch den Überfall auf Sie in Petra.«

»Und auch nicht die rote Limousine, die uns verfolgt«, fügte sie hinzu.

»Stimmt.« Er hob den Kopf. »Aber lassen Sie uns um Himmels willen diesen Schlüssel mit der Schnitzerei zur Polizei bringen, dann sollen *die* sich darum kümmern!«

»Einverstanden.« Mrs. Pollifax lächelte. »Farrell, Sie sind müde. Ich rate Ihnen, nehmen Sie eine heiße Dusche, essen Sie noch eine Kleinigkeit, und dann nichts wie ins Bett. Wir fahren ja morgen früh wieder nach Karak.«

Er seufzte. »Ja, zum dritten Mal, verdammt, und immer noch kein Ibrahim.«

Zur selben Zeit, in einem anderen Stadtteil, wandte Josef sich besorgt an seinen Bruder. »Ich brauche deinen Rat, Mifleh.«

Sie saßen auf dem Balkon ihres Hauses. Die Straße unter ihnen war dunkel, nur an einem Obststand gegenüber brannte noch gedämpftes Licht. Alle anderen Läden waren geschlossen und die stählernen Rolläden heruntergelassen. Es war still, bis auf das Stimmengemurmel von unten, wo ihre Familie – Vater, Mutter, Schwester – sich die Nachrichten im Fernsehen ansah.

»Shu hada?« fragte sein Bruder.

Josef wußte kaum, wo er anfangen sollte. Mrs. Pollifax und Mr. Farrell waren Amerikaner und sehr nett, und sie interessierten sich auch persönlich für ihn. Er und Hanan verdankten ihnen einen wundervollen Abend im Hotel, und er war überzeugt, daß sie gute und anständige Menschen waren. Aber er mußte auch an seinen Ruf und seine Zukunft denken, und es war ihm durchaus bewußt, daß ihnen auch heute der rostrote Wagen nachgefahren war. Er hatte ihn in seinem Rückspiegel gesehen, und auch die zwei Männer, die darin saßen. Josef war ehrgeizig. Sein Traum war ein eigener, richtiger Reisebus und Hochglanzbroschüren von *Jidoor Tours*, die er in die Hotelfoyers legen und bei den Reisebüros verteilen konnte. Mrs. Pollifax und Mrs. Farrell würden Jordanien in wenigen Tagen wieder verlassen, aber dies war seine Heimat, sein Zuhause, und wenn es Schwierigkeiten gab, was würde dann aus ihm?

Nach einem Blick auf sein Gesicht stand Mifleh auf, ging und kam mit zwei Dosen warmem Bier zurück – Importbier noch dazu. Das konnte sein Bruder sich leisten, weil er der Public Security Force angehörte. Er hatte eine einjährige militärische Ausbildung absolviert und danach die Royal Police Academy in Amman besucht. Nun war er bei der Kriminalpolizei. Er war dort zwar noch neu und ohne Erfahrung, aber immerhin bei der Kriminalpolizei der Hauptstadt.

»Ich habe gehört, daß du diese Woche zwei reiche Kunden hast«, sagte Mifleh.

Jetzt rückte Josef ohne große Vorrede mit dem heraus, was ihm Sorgen machte. »Ein Auto folgt uns, Mifleh, heute schon wieder.« Sein Bruder kniff die Augen zusammen. »Folgt euch? Bist du sicher? Ein Streifenwagen?«

»Die sind doch gewöhnlich weiß, nicht wahr? Aber das ist es, was ich dich fragen wollte: Fährt die Polizei je rostrote Limousinen?«

Mifleh schüttelte den Kopf. »Unwahrscheinlich, Juseff, außer es handelt sich um eine verdeckte Ermittlung. Aber

du hast recht, das ist wirklich merkwürdig. Hast du dir das Kennzeichen notiert?«
Josef schüttelte den Kopf. »Es fährt immer zu weit hinter uns.«
»Wissen deine zwei Kunden, daß man ihnen folgt?«
Josef antwortete nachdenklich: »Da bin ich mir nicht sicher, Mifleh. Hin und wieder dreht sich Mrs. Pollifax um und schaut nach hinten – das kann ich sehen –, aber meistens, nachdem ich sie auf einen Berg oder eine Moschee aufmerksam gemacht habe. Doch das ist nicht alles, Mifleh. Wir waren heute in Petra. Du weißt doch, wie die Pferde immer hinunter in den Siq und dann später wieder zurück geführt werden. Auf dem Rückweg ritt ich mit Mr. Farrell voraus, und wir warteten oben, bei der Touristeninformation, auf Mrs. Pollifax. Und Mifleh, plötzlich galoppierte ihr Pferd aus dem Siq – es *galoppierte!* Sie hatte die Arme um seinen Hals geschlungen und klammerte sich an ihm fest. Und sie war allein, Mifleh, niemand führte das Pferd! Ihr Gesicht war gerötet und ihr Haar zerzaust. Sie und Mr. Farrell sprachen rasch miteinander, nachdem sie abgestiegen war, und dann sagte Mr. Farrell scharf: ›Wir möchten sofort weiter, Josef.‹«
»Und ihr seid gefahren?«
Josef nickte. »Aber da war noch etwas, das mir aufgefallen ist, als wir ins Auto stiegen. Sie hatte einen kleinen Rucksack umgeschnallt gehabt – die sind neuerdings so beliebt, weißt du. Aber nun hatte sie ihn am Arm hängen, und ein Tragegurt war durchgetrennt – es sah aus wie mit einem Messer durchgeschnitten.«
Mifleh pfiff leise durch die Zähne.
»Und der rote Wagen folgte uns zurück nach Amman, aber mit nur einem Mann statt vorher zwei darin.«

»Ich bin froh, daß du mir das erzählt hast. Ich verstehe es zwar nicht«, gestand Mifleh, »aber es ist auf jeden Fall sehr merkwürdig. Ich habe gehört, daß Hanan mit dieser Frau zu Abend gegessen hat und sie mochte?«

Josef nickte.

»Wegen des Essens im Hotel?«

Josef schüttelte den Kopf. »O nein, sie mag sie wirklich, Mifleh. Hanan möchte Mrs. Pollifax am Freitag gern ihr Kamel zeigen, wenn sich das einrichten läßt.«

Mifleh grinste. »Dann muß sie sie wahrhaftig *sehr* gern mögen.«

»Oh, ja!«

Mifleh sagte nachdenklich und mit einem fast verlegenen Lächeln: »So seltsam das auch klingen mag, Juseff, aber ich vertraue dem Urteil unserer kleinen Schwester. Hat sich Hanan je bei einem Kamel, einem Pferd oder einem Menschen getäuscht? Erinnerst du dich, wie überglücklich wir waren, als unser Vater den Ägypter mit nach Hause brachte, der ihn beauftragt hatte, ihm zehn teure Teppiche zu liefern? Nur Hanan mochte ihn nicht und traute ihm auch nicht – und der Schurke hat nie für die Teppiche bezahlt, die Vater ihm sandte – nie, und das ist uns teuer zu stehen gekommen.«

»Ich erinnere mich.« Josef nickte.

Mifleh trank sein Bier aus und stand auf. »Ich werde mich erkundigen, ob irgendwelche unserer Wagen zwei Amerikaner namens Pollifax und Farrell beschatten. Ich bin sehr froh, daß du es mir gesagt hast.« Er streckte die Hand aus und legte sie kurz auf Josefs Arm. »Ich weiß, daß du gern einen Reisebus hättest. Ich werde tun, was ich kann.«

Josef nickte erleichtert. »*Shukram,* Mifleh. Du kannst nachforschen, ohne daß sie es bemerken? Ich möchte sie nicht verlieren, Mifleh. Mr. Farrell bezahlt mehr, als ich je im Traum verlangt hätte, und sie sind beide sehr nett. Nicht wie die meisten anderen.«

»Verlaß dich auf mich, Bruder«, beruhigte ihn Mifleh, und Josef war damit zufrieden.

8

Am nächsten Morgen machten sie sich wieder auf den Weg über den Desert Highway nach Karak. Farrells Zeichenblock füllte sich: Nachdem er von der Landschaft, den braunen und roten Felsen und Bergen und dem Grün dazwischen genug hatte, fing er damit an, Josefs Ritter in ihren Harnischen und Rüsthandschuhen und Sporen zu zeichnen. Er kopierte sie nicht einfach, sondern skizzierte sie in einer Prozession mit fliegenden Fahnen auf ihren Streitrossen. *Er ist gut, wirklich gut,* dachte Mrs. Pollifax. Seine Strichführung war fließend und spontan, als er das Mittelalter mit Feder und Tinte wieder zum Leben erweckte. Sie hatte bereits die Hoffnung geäußert, Farrell möge eine der Skizzen signieren und ihr gestatten, sie ihm für Cyrus abzukaufen, der zweifellos davon fasziniert sein würde.

Während der Fahrt fragte sie Farrell leise: »Zu welchem Ergebnis sind Sie bei dem Mann im schwarzen Seidenanzug von gestern abend gekommen?«

»Eigentlich zu keinem«, gestand Farrell. »Er wirkte irgendwie herablassend, als wäre er ein hohes Tier, ein Regierungsbeamter beispielsweise.«

»Wie kann irgend jemand etwas über Sie wissen?«

Er seufzte. »Nur aus Dib Assens Akten und den Papieren und Briefen in seinem Haus in Bagdad. Oder man hat irgendwie erfahren, daß Dib Assen einen Freund namens John Sebastian Farrell hatte. An andere Möglichkeiten möchte ich lieber gar nicht denken.«

Sie nickte. »Durch Folterung, meinen Sie. Aber in diesem

Fall wäre der Mann im schwarzen Seidenanzug ...«, sie warf einen raschen Blick auf Josef vor ihnen, »... kein Jordanier, sondern aus einem anderen Land.«
Er nickte.
»Und plötzlich erfahren sie, daß ein John Sebastian Farrell in Amman angekommen ist.« Nachdenklich fuhr sie fort: »Es könnte sogar sein, daß diese Leute mehr über *Sie* wissen als über Ibrahim. – Folgt man uns?«
Er drehte sich um und schaute zurück. »Ja.«
»Sicher nicht der Mann mit dem schwarzen Seidenanzug. Nicht nach dem gestrigen Angriff wegen meines Rucksacks, und nach dem durchsuchten Zimmer.«
Farrell grinste. »Sie meinen Ihren Freund Mr. Nayef.«
»Ja, mit seinen guten Ratschlägen, was ich mir in Jordanien unbedingt ansehen muß, und seiner Andenkenfirma in Amsterdam«, erwiderte sie erbittert. »Wir sollten sichergehen, daß sie uns heute nachmittag zur Polizeiwache in Amman folgen, damit dieser Unsinn endlich aufhört.«
Während der restlichen Fahrt schwiegen sie. Jeder hing seinen Gedanken nach und hoffte inbrünstig, daß Ibrahim bei diesem dritten Besuch der Burg dasein würde. Der einzige Unterschied zu den beiden vorherigen Fahrten nach Karak war eine lange Unterbrechung durch eine Schafherde von mehreren Dutzend Tieren, die den Highway überquerten, während sie ein Schäfer in einem langen, grauen Gewand vom Rücken seines Esels überwachte. Die rostrote Limousine hielt ebenfalls an, doch in sicherer Entfernung, und verschwand, als sie Karak erreichten; zweifellos würde sie auf ihre Rückkehr warten, um ihnen weiter zu folgen.
Eine elegante schwarze Limousine stand auf dem Festungsparkplatz, und ein Reisebus war soeben ange-

kommen, aus dem gerade paarweise die Touristen quollen. »Wir gehen ihnen lieber aus dem Weg«, meinte Josef, nach einem langen, neidvollen Blick auf den Bus. »Der Fremdenführer wird sie jeden Raum ansehen lassen und überall alles erklären und ...«

Farrell, dessen ganze Aufmerksamkeit dem eleganten schwarzen Wagen neben dem Bus galt, unterbrach ihn. »Ein großartiges Auto, dieser Volvo! Es ist auch noch jemand anderes hier. Sehen wir uns doch mal um.«

Sie traten in die Düsternis der Stallungen und folgten Josef, der mit einer starken Stablampe leuchtete, die schmale steile Treppe hinauf. Mrs. Pollifax hatte ihre kleine Taschenlampe ebenfalls angeknipst. Aufgewirbelter Staub brachte sie zum Niesen, und sie war froh, vor ihnen Tageslicht zu sehen.

»Hier ist eine Abkürzung«, erklärte Josef, als sie auf eine lange Galerie an der Felswand kamen.

»Endlich frische Luft!«

»Ja. Wir gehen jetzt an diesen Räumen vorbei zu einer ziemlich versteckten Treppe und auf ihr hinauf zu Ihrem bevorzugten Zeichenplatz, Mr. Farrell.«

»Sehr schön!« dankte Farrell. »Aber verraten Sie mir doch bitte, wie Saladin 1189 die Festung eroberte? Durch Belagerung?«

Mrs. Pollifax lächelte heimlich. Farrells Interesse für die Burg war gewachsen, während ihres, nach zwei langen Vormittagen hier, angefangen hatte abzunehmen. Sie ging ohne die beiden weiter und blieb stehen, um in eine der Kammern hineinzuspähen, die nur ein bißchen Licht durch einen Schlitz in der Felswand bekam und deren Boden aus gestampfter Erde völlig kahl war. Und wieder fragte sie sich, wer sich in einem so gruftähnlichen Raum zu Hause gefühlt haben könnte. Ohne einzutreten wandelte sie weiter auf die letzte Felskammer zu. Die Aussicht von der Brüstung aus beeindruckte sie so sehr, daß sie kaum darauf achtete, wohin sie ging, als plötzlich ein Mann aus dem Raum vor ihr stürzte. Sein Gesicht war von einem *Kaffiyeh*, das sich gelockert hatte, halb verborgen, aber er hatte den Mund unverkennbar zu einem lautlosen Schrei aufgerissen. Er bemerkte sie kaum, als sie sich an die Brüstungswand drückte, um ihn vorbeizulassen. Während er vorbeiraste, sah sie, daß der Ärmel seines grauen Gewandes mit frischem Blut beschmiert war.

Ohne Zögern wandte sich Mrs. Pollifax der Kammer zu, aus der er herausgestürmt war, um festzustellen, weshalb sein halb verborgenes Gesicht so schreckverzerrt gewesen war. Der Raum war stockdunkel. Mrs. Pollifax leuchtete mit ihrer winzigen Taschenlampe hinein und schnappte nach Luft, als der Schein auf einen Mann fiel, der seltsam verrenkt an der hinteren Wand lag und mit glasigen Augen zur Decke starrte.

»Farrell! Josef!« schrie sie entsetzt.

Die Panik in ihrer Stimme brachte Farrell umgehend an ihre Seite. »Herzogin, was ...« Er trat in die Kammer. »Großer Gott!«

»Ich – ich glaube, er ist tot, Farrell«, brachte sie zitternd hervor. »Ein Mann raste vor etwa einer Minute heraus, haben Sie ihn gesehen? Er hatte Blut an seinem Gewand.«

Josef war ihnen mit seiner weit stärkeren Stablampe in die Kammer gefolgt. *»Bismallah!«* keuchte er.

»Haben *Sie* den Mann gesehen, der aus diesem Raum hinausgerast ist?«

Farrell griff nach Josefs Stablampe und sagte abwesend: »Jemand ist an uns vorbeigekommen – wir unterhielten uns gerade.«

Mrs. Pollifax deutete auf den Toten und fragte stockend: »Kann das *Ibrahim* sein?«

»Halten Sie die Lampe für mich«, bat Farrell Josef. »Wir müssen nachsehen, ob er tatsächlich tot ist.« Er beugte sich über den Mann und versuchte, Puls und Herzschlag festzustellen. »Nichts«, murmelte er. »Er ist leider tot.«

»Ibrahim?« wiederholte Mrs. Pollifax.

»Ich weiß es nicht – ich muß ihn durchsuchen.« Farrells Stimme klang grimmig. »Jemand, der ein Manuskript schmuggelt und damit reist, würde es gut verpackt um seine Taille gegurtet tragen. So würde ich es jedenfalls tun.«

»Aber er trägt westliche Kleidung«, sagte Mrs. Pollifax zweifelnd. »Und er ist dünn, er sieht gar nicht so aus, als trüge er etwas unter seiner Kleidung versteckt.«

»Wie ist er gestorben?« fragte Josef. »Sehen Sie, er hält noch einen Dolch in der Hand, aber ich sehe kein Blut an *ihm.*«

Farrell tastete unter dem Hemd des Mannes herum. »Kein Manuskript!« Er kauerte sich auf seine Fersen und starrte die Leiche an.

»Wenn er nicht der Mann ist, auf den Sie gewartet haben, wer ist er dann?« fragte Josef.

Seufzend steckte Farrell das Hemd des Mannes zurück in die Hose, begann die Jacke des Toten zu durchsuchen und zog eine Brieftasche aus der inneren Brusttasche. »Das ist arabische Schrift«, wandte er sich an Josef. »Daraus müßte hervorgehen, wer er ist.«

Josef trat, gefolgt von Farrell, ins Freie. Mrs. Pollifax betrachtete den Toten eingehender. Sie studierte den Winkel seines Sturzes und neigte wagemutig seinen an der Wand lehnenden Kopf nach vorn.

»Farrell!« rief sie. »Das Blut ist am Hinterkopf, er muß

damit gegen die Wand gekracht sein. – Josef, bitte geben Sie mir Ihre Stablampe. Ich sehe Blut an seinem Dolch, noch nasses Blut.«

Niemand hörte ihr zu. Sie stand auf und trat zu den beiden anderen ins Freie. Ein Blick auf Josefs bestürztes Gesicht ließ sie verstummen.

»*Was?*« fragte Farrell heftig.

»Er ist Iraker!« sagte Josef bestürzt. »Und seine Adresse First Circle, Jebel Amman – das ist die irakische Botschaft – und ...« Er wurde kreidebleich. »*Bismallah!*« flüsterte er, »er ist – er ist *Mukhabarat!*«

»Was ist das?«

»Die Geheimpolizei der Ba'th-Partei im Irak. Mr. Farrell, das ist furchtbar! Worauf sind wir hier nur gestoßen? Wir müssen sofort die Polizei verständigen!«

»Ich fürchte, es bleibt uns nichts anderes übrig«, entgegnete Farrell widerstrebend. »Aber wie? Von Karak aus?«

»Vielleicht hat der Reisebus ein Autotelefon. Manche haben eines. Falls sie unterwegs eine Panne haben.«

»Nein!« warf Mrs. Pollifax ein. »Wir *müssen* zuerst diesen anderen Mann finden. Er hatte frisches Blut am Ärmel und er ... er ...«

»Er könnte Ibrahim sein«, beendete Farrell den Satz für sie.

»Ibrahim?« stammelte Josef benommen.

»Jetzt ist keine Zeit für langes Reden, Josef«, sagte Mrs. Pollifax ungeduldig. »Sie kennen die Burg, versuchen Sie, den Mann zu finden; er hat sich entweder versteckt oder ist auf dem Weg hinaus. Der Ausgang muß beobachtet werden, ebenso die schwarze Limousine. Ich kann das von der oberen Galerie aus tun, wo wir bisher unsere Vormittage verbracht haben.«

»Sie haben natürlich recht«, pflichtete Farrell ihr bei.

»Ich suche den Fremdenführer und frage ihn nach einem Telefon. »Josef ...«

Josef nickte. »Ich brauche meine Stablampe, bitte. Mrs. Pollifax, dort ist die Treppe nach oben.« Er berührte leicht ihren Arm und wies ihr den Weg, dann raste er die Galerie entlang, um seine Suche zu beginnen.

Mrs. Pollifax, die sich eine weitere dunkle Treppe hochtastete, stellte verwundert fest, daß sie zu einem länglichen, dämmerigen Raum führte, an den sie sich vage von Josefs Führung am ersten Tag erinnerte. »Verdammt!« murmelte sie wütend, weil Josef sich nicht die Zeit genommen hatte, sie zu begleiten oder ihr zu erklären, wie es von hier weiterging. Frustriert ging sie an den Wänden entlang herum, und der aufsteigende Staub brachte sie immer wieder zum Niesen. Kostbare Augenblicke verstrichen, bevor sie die kleine Treppe ganz nach oben fand. Sie eilte sofort zur Brüstung und blickte hinunter. Bus und Limousine waren leer. Minuten später kamen Farrell und der Fremdenführer aus der Burg und stiegen in den Bus. Farrell hatte also offenbar ein Telefon gefunden.

Niemand sonst war zu sehen, außer einer Frau und einem Jungen auf der Straße, die aus Karak hinausführte. Die Frau trug ein langes schwarzes Gewand und ein Kopftuch. Der Junge half ihr mit einem Korb.

Mrs. Pollifax hielt Ausschau, bis die Polizei eintraf, aber der Mann, den sie suchten, war verschwunden.

Sie wurden gleich in der Burg von einem Angehörigen der Provincial Public Security Force befragt und dann zu der Polizeistation in der Stadt Karak geschickt, wo ihre Aussagen zu Protokoll genommen wurden. Der Beamte dort telefonierte mehrere Male nach Amman, doch da die Gespräche auf arabisch geführt wurden, wußte Mrs. Pollifax nicht, worum es ging. Der Mann war sehr freundlich, schließlich waren sie Touristen und hatten amerikanische Reisepässe. Mrs. Pollifax, die den Toten gefunden hatte, konnte wahrheitsgetreu aussagen, daß sie das Gesicht des an ihr Vorbeilaufenden nicht zu beschreiben vermochte. Sie erinnerte sich nur an die Farbe seines *Kaffiyehs* und daß seine helle Robe blutverschmiert gewesen war. Farrell und Josef, die ihr in einigem Abstand gefolgt waren, hatten sich über Ritterrüstungen und Kriegsführung im Mittelalter unterhalten. Sie hatten den an ihnen vorbeilaufenden Mann kaum wahrgenommen und waren erst durch Mrs. Pollifax' Hilfeschrei aus ihrem Gespräch gerissen worden. Nachdem sie ihre Aussagen unterschrieben hatten, notierte sich der Polizist den Namen des Hotels, ihre Zimmernummern und die Nummern ihrer Reisepässe sowie Josefs Adresse und wies sie darauf hin, daß die Polizei von Amman sie nach ihrer Rückkehr ins Hotel näher befragen würde.

Mrs. Pollifax hatte während der kurzen Vernehmung insgeheim Josefs Gesicht beobachtet. Es war sehr ernst geworden, mit zusammengepreßten Lippen und ausdruckslosen Augen. Den größten Teil seiner Aussage hatte er auf arabisch gemacht; selbst wenn er noch nicht über ihre zwei vorherigen Besuche in der Festung gesprochen haben sollte, so war ihr doch klar, daß seine Loyalität Grenzen hatte. Sie würden ihm entweder ihre Suche nach Ibrahim erklären oder auf Josefs weitere Dienste verzichten und sich selbst einen Wagen mieten müssen, jetzt, da sie das Land etwas besser kannten. Oder ahnte Josef etwa bereits zuviel? Dann wäre es wohl besser, ihn im Auge zu behalten. Immerhin hatte er gesehen, wie Farrell den Toten durchsuchte.

Es war Farrell, der auf ihrer Rückfahrt nach Amman die Entscheidung traf. »Josef«, sagte er, »Sie müssen nicht weiter unser Führer bleiben, wenn Sie nicht wollen. Weiß der Himmel, mit *so* etwas konnten Sie nicht rechnen.«

Josef fuhr an den Straßenrand, stellte den Motor ab und drehte sich zu ihnen um. »Sie dachten einen Augenblick – glaubten, der Tote sei Ihr Freund. *Ganz offensichtlich wußten Sie nicht, wie Ihr Freund aussieht!*«

»Das stimmt«, gab Farrell zu.

»Und Sie haben ihn durchsucht«, fuhr Josef nachdenklich fort, »und Sie fragten sich, ob der Mann, der ihn getötet hat, Ihr Freund sei.«

»Ja«, bestätigte Farrell.

»Ich bin mir nicht sicher, daß der Mann, der fortrannte, ihn getötet hat«, warf Mrs. Pollifax ein. »Sie haben die Kammer zu bald verlassen. Es hat dort zwar offenbar ein heftiger Kampf stattgefunden, aber nicht einmal Sie, Josef, sahen Blut an dem Toten. Doch da *war* Blut! Sie waren beide schon weg, als ich mir den Hinterkopf des Toten anschaute. Da war eine Menge Blut, genau wie an seinem Dolch. Es ist sehr wahrscheinlich, daß sein Fall gegen die Mauer ihn getötet hat.«

Als beide Männer sie verblüfft ansahen, sagte sie: »Oh, nun machen Sie schon, Farrell. Erzählen Sie ihm, weshalb Sie hier sind.«

Farrell seufzte. »Ich kann nur hoffen, daß er nicht … Aber es stimmt, wir schulden ihm eine Erklärung. – Josef, ich bin nach Jordanien gekommen, um einen Mann namens Ibrahim zu treffen – mehr als seinen Namen weiß ich nicht. Falls es ihm glückt hierherzukommen, wird er mir ein wertvolles Manuskript von einem Freund übergeben, der in einem Gefängnis im Irak gestorben ist.«

Josefs Augen weiteten sich. »Ein Manuskript? Sie meinen ein *Buch*? Ist das alles?«

»Ja.«

»Ich verstehe nicht.« Josef runzelte die Stirn. »Warum würde dieser Ibrahim das tun? Es ist gefährlich! Welches Buch könnte so wichtig sein? Und wie kann ein Toter im Irak *Sie* gekannt haben?«

»Weil der Verfasser dieses Buches viele Jahre mein Freund war«, erwiderte Farrell. »Er hat längere Zeit auf einer Universität in den Vereinigten Staaten unterrichtet, dort haben wir uns kennengelernt. Er ist ein sehr bekannter, sehr mutiger Schriftsteller. Sein Name ist Dib Assen.«

»Dib Assen!« wiederholte Josef. *»Dib Assen?* Aber ...«

»Aber was?« fragte Mrs. Pollifax sanft.

»Aber wir haben seine Bücher auf der Universität gelesen!« rief Josef nun aufgeregt. »Jeder kennt ihn, er ist einer von *uns*!«

Er verstummte, und keiner sagte etwas, während er diese Information verdaute. Sein Gesicht verriet Staunen, gefolgt von Zweifel, Mißtrauen und zuletzt Neugier. »Darauf warten Sie, nicht auf einen Mann aus Syrien? Sie sind doch kein – kein *Spion*?«

»Nein«, versicherte ihm Farrell ernst.

»Glauben Sie, der Mann, der den irakischen Agenten getötet hat, war dieser Ibrahim?«

Farrell zuckte mit den Schultern. »Sie haben gehört, was Mrs. Pollifax festgestellt hat. Jetzt muß die Polizei entscheiden. Vielleicht hat er nur mit ihm gekämpft, wie Mrs. Pollifax meint. Es wäre durchaus möglich.«

»Ja, das stimmt«, gab Josef zu. »Aber wohin ist er verschwunden, wer immer er war? Er hat sich anscheinend in Luft aufgelöst. Bevor die Polizei kam, war ich in jedem Raum, und Mrs. Pollifax beobachtete den Eingang und hat ihn nicht gesehen. Wohin ist er verschwunden?«

Er wird sich in ein Versteck zurückgezogen haben, dachte Mrs. Pollifax. *Und Farrell wird Jordanien verlassen müssen, ohne*

sein Versprechen halten zu können. Und was wird aus dem Manuskript, wenn es tatsächlich Ibrahim gewesen ist?
»Ich weiß es nicht«, antwortete Farrell grimmig. »Aber ich werde morgen vormittag noch einmal zur Festung zurückkehren. Ich muß einfach, denn nur dort kann er mich finden. Josef, könnten Sie das bitte für sich behalten – um Dib Assens willen?«
Stirnrunzelnd dachte Josef darüber nach. Schließlich sagte er fest: »Ja, Sie müssen morgen wiederkommen.« Versonnen fügte er hinzu: »Wenn ich ein einziges Mal die Seiten berühren dürfte, die ein solcher Mann geschrieben hat! Ich wäre der erste, der sie sieht, ja die ersten Worte lesen darf, denn bestimmt hat er auf arabisch geschrieben, nicht wahr?«
»Ja«, antwortete Farrell vorsichtig.
Josef nickte. »Ich werde weiter Ihr Führer sein, und ich schwöre Ihnen, ich werde nicht darüber sprechen, nicht einmal zu meinem Bruder ... Ich werde Sie nicht im Stich lassen. Außerdem«, fügte er mit jungenhaftem Grinsen hinzu, »wie könnte ich das auch tun, wenn doch Hanan am Freitag Mrs. Pollifax ihr Kamel zeigen will und es ihr das Herz brechen würde, wenn das nicht ginge.«
Er drehte den Zündschlüssel wieder, und sie setzten ihren Weg nach Amman fort. Lange waren sie schweigend gefahren, als Josef plötzlich sagte: »*Die Maske des Mullah* war mein Lieblingsbuch! Oh, wie mir dieser Roman gefallen hat!«

9

Mrs. Pollifax war gerade vom Dinner zurückgekehrt, als jemand leise an ihre Tür klopfte. Davor stand ein schlanker Herr in einem maßgeschneiderten Anzug, mit graumeliertem Haar. Mrs. Pollifax fand, daß sie sich allmählich zu einer wahren Kennerin von Schnurrbärten entwickelte, und seiner wirkte in gleichem Maße dezent wie elegant. »Inspektor Jafer«, stellte er sich vor, »Kriminalpolizei. Sie sind Mrs. Pollifax?«
Er zeigte ihr seinen Ausweis, und sie bat ihn herein.
Er setzte sich in den weichen Sessel beim Fenster und sie sich auf ihr Bett. »Ich bin sehr froh, daß Sie gekommen sind – da ist etwas, das wir eigentlich zur Polizei bringen wollten. Aber ich nehme an, daß Sie zuerst mehr über den Mann in der Festung Karak erfahren möchten? Es ist nur so, daß mir nicht die geringste Kleinigkeit einfällt, die wir in unseren Protokollen vergessen haben könnten.«
»Nein?« fragte er glatt. »Uns ist jedoch etwas zu Ohren gekommen, das unser Interesse geweckt hat. An Ihnen«, fuhr er mit einem charmanten Lächeln fort.
»An mir?«
Er nickte und sagte höflich: »Sie haben die Leiche entdeckt, das wissen wir natürlich, und daß Sie und Ihr Begleiter, ebenso wie Ihr Fremdenführer, zunächst auf der Festung Karak von der Polizei befragt wurden. Aber …«
»Ja?« Mrs. Pollifax blickte ihn fragend an.
»Nachdem Sie gegangen waren, wurde auch die Reisegruppe befragt, und so erfuhren wir, daß Sie alle drei sich

bereits am vergangenen Vormittag in der Festung aufgehalten hatten.« Als er ihr unwillkürliches Blinzeln bemerkte, fügte er fast entschuldigend hinzu: »Der Reiseleiter ... Es wird Ihnen vermutlich nicht aufgefallen sein, daß er Sie an beiden Vormittagen gesehen hat, während er mit zwei verschiedenen Touristengruppen die Führung machte.«

Er hatte sie überrumpelt und wußte es. *Er ist wirklich ein sehr guter Schauspieler mit ausgezeichnetem Timing,* dachte sie.

»Natürlich«, fuhr er fort, »erscheint dies unter solchen Umständen – der Ermordung eines Mannes aus einer unserer ausländischen Botschaften – als eigenartiger Zufall.«

Und wie eigenartig, dachte sie, und sofort wurde ihr klar, daß es an ihr war, Farrell und den Grund seiner Anwesenheit ebenso zu schützen, wie den Unbekannten, der vom Tatort geflohen war und bei dem es sich möglicherweise um Ibrahim handelte. Sie sagte: »Wir waren dort, weil wir es leid waren, daß man uns folgte, und da Mr. Farrell Künstler ist ...«

»Ihnen folgte?«

»Ja, und mein Zimmer wurde durchsucht.« Mit Bedacht erzählte sie ihre Geschichte und sah dabei unverwandt in Inspektor Jafers Gesicht. »Ich hätte eher zur Polizei gehen sollen, gleich nachdem mein Zimmer durchsucht worden war, aber ich verstand nicht, was da eigentlich vor sich ging und weshalb man uns auf Schritt und Tritt folgte, bis ich mich an den Mann erinnerte, der auf dem Flug von New York neben mir gesessen hatte.«

Inspektor Jafer seufzte, sagte jedoch höflich: »Der Mann im Flugzeug«, und dann mit leichtem Spott: »Es war ein Mann im Flugzeug?«

Sie konnte ihm seine Skepsis nicht verübeln. Da es ihr

selbst passiert war, wußte sie, daß es stimmte, doch wenn sie sich so erzählen hörte, war ihr auch klar, daß diese Geschichte wie das Drehbuch eines schlechten Films wirken mußte. »Ich glaube«, sagte sie möglichst würdevoll, »es ist an der Zeit, Ihnen zu übergeben, was in meiner Reisetasche versteckt wurde, während ich mir im Waschraum die Zähne putzte.«
»Drogen vielleicht?«
»Ich habe es der Sicherheit halber in meinem Geldgürtel verstaut. Würden Sie mich bitte einen Moment entschuldigen? Und es sind *keine* Drogen.«
Sie trat ins Badezimmer, wo sie den Geldgürtel unter ihrem Kleid abnahm. Sie brachte ihn ins Zimmer, öffnete den Reißverschluß und holte den in Seidenpapier gewickelten Schlüssel heraus. Sie reichte ihm beides. »Da waren dieser Schlüssel und die auf dieses Seidenpapier geschriebenen arabischen Worte. Vielleicht könnten Sie mir sagen, was sie bedeuten?«
Behutsam legte er den Schlüssel auf die Armlehne des Sessels, warf einen Blick auf die Zeichnung und steckte beides ein. »Woher haben Sie das?« fragte er.
»Das sagte ich Ihnen doch. Es muß ganz unten in meine Reisetasche geschmuggelt worden sein, während ich nicht auf meinem Platz war. Von dem Mann, der neben mir saß.«
»Woher wollen Sie wissen, daß der Mann neben Ihnen es getan hat?« Geduldig antwortete sie: »Weil ich am Gang saß und sonst niemand neben mir war. Außerdem zeigte er mir, während wir uns unterhielten, diese Schnitzerei, in deren Sockel wir den Schlüssel fanden, und es war auch die Schnitzerei ...«
»Welche Schnitzerei?«
»Im Augenblick ist sie unter einem Kopfkissen in Mr.

Farrells Zimmer versteckt. Eine Abbildung des Urnengrabs von Petra, auf dickem Sperrholz montiert. Und der Schlüssel war in einer Mulde im Sperrholz.«

»Ich möchte diese Schnitzerei gern sehen. Aber Sie sagten, daß Sie und dieser Mann sich unterhielten. Hat er Ihnen zufällig seinen Namen genannt?«

»O ja, und bedauerlicherweise ich ihm auch meinen. Er hat sich mir als Mr. Nayef vorgestellt.«

»Nayef«, wiederholte Inspektor Jafer. Er holte ein Notizbuch zum Vorschein und schrieb den Namen auf. »Und wie kam es, daß Sie diesen Schlüssel, wie Sie beschrieben, in einem Sperrholzsockel fanden?«

Glücklicherweise wurden sie durch ein Klopfen an der Tür unterbrochen; Farrell spazierte herein und war überrascht, Mrs. Pollifax nicht allein vorzufinden. Sie sagte sofort: »Farrell, dieser Herr ist von der Kriminalpolizei ... Einer der Fremdenführer sagte aus, daß er uns schon gestern und nicht nur heute in der Festung gesehen hat, was Inspektor Jafer merkwürdig fand. Ich habe ihm *erklärt*«, betonte sie und sah Farrell direkt in die Augen, »daß wir dort Zuflucht suchten, weil wir es müde waren, ständig von diesem roten Wagen verfolgt zu werden, und daß wir glauben, die Durchsuchung meines Zimmers sowie dieser Wagen hängen mit Mr. Nayef zusammen.« Sie zeigte auf ihren Besucher. »Ich habe ihm den Schlüssel gegeben.«

»Gott sei Dank!« rief Farrell mit solcher Inbrunst, daß der Inspektor ihn erstaunt anstarrte.

»Sind Sie verwandt?« erkundigte er sich sichtlich verwirrt.

»Cousin und Cousine«, erwiderte Mrs. Pollifax. »Wir verreisen oft gemeinsam. Mr. Farrell ist Kunstmaler, er besitzt eine Galerie in Mexico City, und er interessiert sich sehr für die hiesigen Ruinen. Er hat Zeichnungen von der

Burg Karak gemacht und wird wahrscheinlich morgen noch einmal dorthin gehen, um sie fertigzustellen. Er hat vor, einen illustrierten Artikel über Ihr Land zu schreiben.«

Farrell war froh über ihre Phantasie, aber er ahnte, wohin das führen würde, und unterbrach daher ihren Redefluß. »Ich hole die Schnitzerei«, sagte er. »Sie ist in meinem Zimmer.«

»Ich komme mit.« Inspektor Jafers Ton duldete keinen Widerspruch. »Es interessiert mich sehr, wie Sie einen so gut versteckten Schlüssel finden konnten.«

Mrs. Pollifax lächelte Farrell an. Sie war der Ansicht, daß sie ihren Teil getan hatte. »Das erklärst am besten du ihm, teurer Vetter.«

Mrs. Pollifax schloß die Tür hinter ihnen ab, und nach einem Blick auf ihre Uhr legte sie ihren Schlafanzug aufs Bett und ging ins Bad. Sie hielt es für den passenden Augenblick, sich die Zähne zu putzen, da in ihren Erklärungen ausgerechnet eine Zahnbürste eine so zentrale Rolle gespielt hatte. Aber Mr. Nayef beschäftigte sie jetzt nicht mehr; sie war erleichtert, daß sie seinen Schlüssel auf so praktische Weise losgeworden war. Außerdem war es ihr gelungen, den Inspektor von näheren Fragen über ihren wiederholten Vormittagsbesuch in der Festung Karak abzubringen. Sie freute sich darüber, die Sache so geschickt gemeistert zu haben.

Ihre Gedanken wanderten zu dem Toten, den sie in der dunklen Kammer entdeckt hatte, und zu dem Mann, der an ihr vorbeigestürmt und verschwunden war. Sein Verschwinden war ihr nach wie vor ein Rätsel. Sie fragte sich, ob er sich wohl noch einmal in die Festung wagen würde und ob er vielleicht Ibrahim gewesen war.

Wie, dachte sie verärgert, *hat er es fertiggebracht?* Er war in solcher Hast an ihr vorbeigerannt, daß sie kaum etwas von ihm gesehen hatte, und doch sah sie sogar jetzt noch seine vor Entsetzen verzerrten Züge vor sich. Wie Munchs Bild *Der Schrei,* dachte sie, und von diesem kleinen Detail abgesehen, hatte nur noch das Blut an seinem Gewand einen klaren Eindruck hinterlassen.

Gewand – an seinem Gewand ... Wieso drängte sich ihr das auf? Es machte ihr zu schaffen, warum?

Sie legte die Zahnbürste zur Seite und grübelte darüber nach. Sie fragte sich, weshalb das Wort »Gewand« ihren Argwohn weckte. Verärgert dachte sie: *Mein Unterbewußtsein sendet wieder einmal Botschaften.* Abrupt erkannte sie, was ihr da unter die Nase gehalten wurde. Etwas war übersehen worden, kaum zu glauben, und doch ...

Sie verließ ihr Zimmer und klopfte an Farrells Tür. »Ich bin's, Farrell«, rief sie.

Er öffnete mit einer Landkarte in der Hand. Gut sah er aus in seinem roten Seidenpyjama. »Was ist los? Ich habe dem Inspektor die Schnitzerei gegeben.«

»Deswegen bin ich nicht hier. Farrell, sagen Sie mir bitte ganz genau, was Sie gesehen haben, als Sie mit diesem Fremdenführer zu seinem Bus gegangen sind. Sie haben sich umgeschaut, das konnte ich sehen.«

Offenbar hielt er sie nicht für völlig verrückt. Er schloß die Augen, um sich besser erinnern zu können. »Den Reisebus, die schwarze Limousine und Josefs Taxi.«

»Und?«

Er öffnete die Augen. »Das genügt Ihnen nicht? Also: Berge, Kies, Sand, ein paar verkrüppelte Bäume, die kurvenreiche Straße, eine von Kopf bis Fuß in Schwarz gekleidete Frau, die mit einem Jungen von der Festung wegging.«

»Richtig. Aber wo sind die zwei hergekommen?«

Er sah sie verständnislos an. »Die Frau und der Junge? Keine Ahnung. Von einem Haus?«
»Ich habe in dieser Richtung nirgendwo Häuser gesehen. Wenn sie aus der Stadt gekommen wären, hätten wir sie unterwegs überholen müssen. Ein Wagen brachte sie nicht. Josef hat mir sehr oberflächlich erklärt, wie ich in der Festung nach oben kommen würde. Während ich nach einer weiteren Treppe suchte, hätte jeder die Burg verlassen können, auch diese Frau und der Junge.«
Verblüfft sagte er: »Herzogin, Sie wollen doch nicht andeuten ...?«
»Nur so ein Gedanke.« Sie lächelte. »Schließlich ist es noch gar nicht so lange her, daß ich eine Stadtstreicherin war. Interessant, was man mit einer Verkleidung alles erreichen kann, finden Sie nicht auch?«
Er wirkte sehr nachdenklich, als sie ihn verließ, um in ihr Zimmer zurückzukehren. Sie schlüpfte rasch in ihren Pyjama, stieg ins Bett und schaltete das Licht aus. Der Tag war sehr ereignisreich gewesen. Sie schlief sofort ein.

10

Am nächsten Tag wollte Farrell den Vormittag mit seinem Zeichenblock auf der Burg verbringen, während Josef Mrs. Pollifax zum Toten Meer fahren sollte und sie beide danach Farrell abholen würden. »Doch zuerst«, bestimmte Mrs. Pollifax mit einem vielsagenden Blick zu Farrell, »werden Josef und ich einen Spaziergang die Straße entlang machen.«

»Spaziergang?« fragte Josef erstaunt. »Nicht mit dem Taxi?«

»Nicht mit dem Taxi.«

»Falls sich etwas ergeben sollte, das ich wissen müßte, geben Sie mir bitte gleich Bescheid«, bat Farrell. »Ansonsten sehen wir uns mittags.«

Bei ihren Spaziergang entlang der ungepflasterten Straße fragte Josef: »Mr. Farrell hat immer noch Hoffnung?«

»Er hat große Ausdauer, aber ich fürchte, daß er allmählich verzweifelt wird, wo er doch den weiten Weg hierher nur gekommen ist, um diesen Mann zu treffen.«

»Ja«, Josef nickte ernst, »er hat einen *sehr* weiten Weg gemacht! Wenn ich bedenke, daß er ein Freund von Dib Assen war! Und *was* für ein Freund. In meinem Land gibt es ein Sprichwort: ›Ein Freund ist ein zweites Selbst und ein drittes Auge.‹ Ich habe große Hochachtung vor Mr. Farrell ... Darf ich fragen, wonach wir bei diesem Spaziergang suchen, Mrs. Pollifax?«

»Einem Haus – einer Hütte – einem Ort, wo ein Mann sich verstecken könnte – ich meine den Mann, der an uns vorbeigerannt ist und der dann plötzlich wie vom Erdboden verschluckt war, nachdem er die Burg verlassen hatte.«

»Aber es hat niemand die Burg verlassen!« wandte Josef ein. »Es war überhaupt niemand zu sehen.«

»Das stimmt nicht«, widersprach sie. »Eine Frau ganz in Schwarz und ein kleiner Junge gingen diese Straße entlang. Farrell hat sie ebenfalls gesehen.«

Josef schenkte ihr einen bewundernden Blick. »Und Sie glauben – Sie glauben, daß dieser Mann, den wir suchten, irgendwo ein schwarzes Gewand und einen *Burqa* bereit hatte?«

»Nur eine Vermutung. Jedenfalls waren sie die einzigen auf der Straße. Und wir hatten sie bei der Hinfahrt nicht gesehen.«

Josef grinste. »Sie denken wie ein Detektiv, Mrs. Pollifax. Hanan hat zwei sehr sehr alte, sehr sehr abgegriffene Bücher über ein Mädchen namens Nancy Drew. Vielleicht sind Sie auch eine Nancy Drew?«

»Eine etwas ältere«, entgegnete sie trocken.

Sie hatten sich ein gutes Stück von der Festung entfernt, als Josef stehenblieb und zu einer niedrigen Erhebung rechts der Straße spähte. »Jemand war dort!«

Mrs. Pollifax sah nichts, folgte ihm jedoch über den kahlen, kiesigen Grund und fragte sich, was seine Aufmerksamkeit wohl erregt haben mochte. »Sehen Sie!« Er blieb stehen und deutete auf den Boden.

»Ein Aschehaufen ... Ein Feuer?« fragte sie stirnrunzelnd.

Er steckte die Hand in die Asche. »Sogar noch ein bißchen warm. Und sehen Sie, da – *wallah!* – ein Loch von einer Zeltstange! Da müßte es eigentlich noch mehrere geben.« Leicht gebeugt ging er herum, betrachtete den

Boden und zeigte ihr weitere drei Löcher im Kies. Der Aschehaufen befand sich in der Mitte.
»Jemand hat hier ein Zelt aufgeschlagen«, erklärte er, »und ist weitergezogen, irgendwann in der Nacht. Zigeuner oder Beduinen, wer weiß.«
Mrs. Pollifax blieb stehen und beobachtete ihn, während er um die niedrige Erhebung herumging und schließlich nickte. »Zwei Esel, die Richtung Süden gezogen sind.«
»Ich sehe nichts!« protestierte Mrs. Pollifax.
Josef lächelte nachsichtig. »Vielleicht denken Sie ja wie die Amerikanerin Nancy Drew, aber Sie sind kein Beduine. Hanan könnte es noch besser – aber gewiß sehen Sie diesen schwachen Abdruck, wo der Kies zu Sand wird? Es ist der Hufabdruck eines Esels. Und sehen Sie, hier ist Eselsdung –, doch jetzt wird der Boden wieder hart, und es gibt keine Möglichkeit zu erkennen, wohin sie zogen; nur Awad Ibn Jazi könnte eine solche Spur verfolgen.«
»Hanans Freund?«
Er nickte. »Sie lernt von ihm, er war – ist – ein berühmter Fährtensucher.«
»Aber es waren Menschen hier?« vergewisserte sie sich. »Zigeuner oder Beduinen?«
»Ja. Ein kleines Lager, aber es gab ein Feuer zum Wärmen und zum Kochen. Keine Frauen, sonst wäre das Zelt größer gewesen, mit einem *Muharram.*«
»Aber – *könnte* es Ibrahim gewesen sein.«
Taktvoll erwiderte er: »Wie wäre das möglich? Er ist doch kein *Bedu,* oder?«
»Nein.« Sie seufzte. »Auch kein Zigeuner. Aber falls die Frau in Schwarz wirklich eine Frau war, wohin ist *sie* gegangen?«
Er zuckte die Schultern. »Sie hat keine Spuren hinterlassen. Wer weiß das schon.« Er bemerkte Mrs. Pollifax'

Enttäuschung und sagte sanft: »Zigeuner kommen und gehen, wissen Sie. Vielleicht hatte sie hier etwas zu erledigen.«
»Ja.« Wieder seufzte sie. Mehr war nicht zu sehen, also kehrten sie zum Taxi zurück und fuhren zum Toten Meer, unauffällig gefolgt von einer rostroten Limousine.

Um 12.15 Uhr waren sie zurück in der Festung. Farrell saß am Parkplatz in der Sonne und wartete mit düsterer Miene auf sie.
»Es ist also niemand gekommen?« fragte Mrs. Pollifax.
»Scharen von Polizisten trieben sich mehr als eine Stunde lang hier herum. Inspektor Jafer kletterte sogar zur Galerie hinauf, um mir beim Zeichnen zuzusehen. Wahrscheinlich wollte er sich vergewissern, daß ich nicht gelogen habe«, brummte Farrell grimmig. »Sinnlos, daß ich heute vormittag überhaupt herkam. Und Sie haben das Tote Meer gesehen?«
Mrs. Pollifax nickte. »Es schimmerte beinahe schneeweiß, aber als ich aus dem Wagen stieg, war es so heiß, daß ich glaubte, ich würde umkippen. So saßen wir dann eben in dem Rasthaus mit Klimaanlage und beobachteten, wie mutigere Leute hinunter zu den Duschen und zum Meer gingen.«
»Herzogin, wir haben nicht viel Glück«, stellte Farrell bedrückt fest.
»Wir brauchen ein bißchen Abwechslung«, sagte sie entschlossen. »Josef wollte uns eigentlich Jarash zeigen, fünfzig Kilometer nördlich von Amman, aber ich habe momentan genug von Ruinen und möchte lieber unter Menschen. Das habe ich ihm gesagt, daraufhin hat er uns zu sich nach Hause eingeladen, und – Sie werden es kaum glauben, Farrell, seine Mutter hat einen *Garten!*«

Josef nickte. »Seit Hanan Sie kennengelernt hat, schwärmt sie von Ihnen. Ich weiß, daß meine Mutter Sie auch gern sehen würde. Sie sagt es nicht, aber sie macht sich Sorgen, weil Hanan morgen in die Wüste fährt – mit mir, natürlich, aber auch mit zwei Fremden. Ich bin sicher, sie möchte Sie gern kennenlernen.«
»Also ich habe wahrhaftig genug von Karak gesehen«, erklärte Farrell verbittert. »Und von Ruinen habe ich ebenfalls genug. Übrigens, war der rostrote Wagen wieder da?«
»Natürlich«, antwortete Mrs. Pollifax. »Sie hängen sehr an uns. Sie folgten uns den ganzen Weg hin und zurück, erst kurz vor Karak haben sie sich abgesetzt; aber weit weg sind sie sicher nicht.«
Nicht einmal das interessierte Farrell.
»Für mich war das Überraschendste am Toten Meer, daß das gegenüberliegende Ufer zu Israel gehört«, erklärte Mrs. Pollifax munter. »Ich kann wirklich nur staunen, wie nah alle diese Länder beisammen sind.«
Auch hierauf bekam sie keinen Kommentar von Farrell.
»Sie sind deprimiert«, sagte sie zu ihm. »Fahren wir, Josef. Mr. Farrell braucht ein wenig Aufheiterung, und ich brauche einen Garten ...«

Das Haus, in dem die Jidoors wohnten, gefiel Mrs. Pollifax sofort. Es lag an einer belebten Straße, hatte zwei Stockwerke und einen Balkon im ersten Stock, von dem Körbe voll Blumen hingen, und Mrs. Pollifax liebte Blumen. Das Haus selbst stand wie eingezwängt zwischen zwei anderen Gebäuden. Durch ein Wohnzimmer mit bequemen Diwanen, Sesseln, einem Fernsehgerät und kahlen Wänden, von denen einzig König Hussein aus einem Bild auf sie herabschaute, gelangten sie in den Garten, der hinter

dem Haus lag, von Mauern umgeben, und erstaunlich groß und sehr fruchtbar war. Eine ganze Mauerseite war mit Wein berankt, davor reihten sich ordentliche Beete mit Buschbohnen, Kohl und Auberginen. Eine Wäscheleine war durch den Garten gespannt. In einem Plastiktreibhaus gab es Tomaten und noch mehr Töpfe mit Blumen. Der Platz vor der hinteren Haustür war gepflastert. Auf dieser kleinen Terrasse standen Gartenstühle, ein Tisch und etwas, das aussah wie ein Ofen zum Kochen und Grillen im Freien.
Das ist offenbar das Herz des Hauses, entschied Mrs. Pollifax. Die Frau, die gerade Gurken erntete, blickte auf. Sie sah Josef und rief: *»Mash', Allah, Juseff! Taib!«*
Er antwortete ihr auf arabisch, und sie ging ihnen lächelnd entgegen. Ihr fröhliches rundes Gesicht war von der Sonne gerötet. *»Ahlan wa sahlan«,* grüßte sie.
»Umm«, sagte er, »sie sind Amerikaner, du mußt Englisch mit ihnen reden. Ich habe dir Mrs. Pollifax und Mr. Farrell mitgebracht.«
Aber dank dem schändlichen Mr. Nayef konnte Mrs. Pollifax mit *»As salam alaikum«* antworten.
»Sehr schön!« lobte Frau Jidoor.
»Mrs. Pollifax möchte sich gern deinen Garten anschauen.«
Seine Mutter strahlte vor Freude. »Ja, ja, aber zuerst Tee – mit *sukar* – Zucker –, und mögen Sie Minze dazu? Setzen Sie sich, bitte.«
Stühle wurden an den Tisch gerückt, und Josefs Mutter verschwand im Haus, kehrte jedoch alsbald mit einem Tablett zurück, auf dem winzige Tassen Tee standen und eine Platte mit honiggetränktem Feingebäck. Sofort hellte sich Farrells Miene auf. Und Mrs. Pollifax war glücklich, in der Sonne sitzen und sich entspannen zu können;

es war friedlich, wie sie es in Gärten immer empfand. Und jetzt erst wurde ihr bewußt, wie Unruhe und Aufregung, ohne daß sie es merkte, immer mehr von ihr Besitz ergriffen hatten. Der gestrige Tag hatte ihre Nerven angespannt, und sie spürte, wie diese Anspannung nachließ. Josefs Mutter schien das zu sehen, sie lächelte ihr freundlich zu. »Es ist *taib* – gut?«
»Sehr *taib*«, dankte Mrs. Pollifax. »Haben wir Ihre Erlaubnis, Hanan morgen mitzunehmen, damit sie uns ihr Kamel zeigen kann?«
»Ah, diese Hanan!« Mrs. Jidoor lachte. »Sie wird Ihnen viele Kamele zeigen.«
Jetzt grinste Farrell. »In ihren Cowboystiefeln.«
Mrs. Jidoor nickte heftig. »Sie wird jeden Moment aus der Schule heimkommen, dann werden Sie sie sehen.«
Josef lächelte. »Sie hat viele Pläne für Sie. Als erstes möchte sie, daß Sie Awad Ibn Jazi kennenlernen, der in einer kleinen Ortschaft namens Arb'Tn in der Nähe der Königsstraße wohnt. Sie hofft, daß er uns in seinem Kleinlaster durch die Wüste zu unserem Großvater fährt. Aber sie möchte auch«, fuhr er fort und verzog das Gesicht, »daß uns Awad das halbversunkene Fort zeigt, von dem er aus seiner Zeit in der *Badiya* weiß.«
»Sie hat es noch nicht gesehen?«
»Doch, einmal vor drei oder vier Jahren nahm Awad sie dorthin mit«, erwiderte Josef. »Sie war noch sehr klein. Jetzt würde man ihr nie erlauben, hinauszureiten und selbst danach zu suchen. Zu viel kann in der Wüste passieren, das Kamel kann lahmen, man kann sich verirren, zu wenig Wasser mitnehmen – und wer von uns hat schon Zeit, sie zu begleiten? Unser Großvater hat viele Schafe, er ist *reich* an Schafen und hat als Oberhaupt unseres Stammes große Verantwortung.«

Verblüfft fragte Mrs. Pollifax: »Bedeutet das – wollen Sie damit sagen, daß Ihr Großvater ein Scheich ist?«

Josef nickte stolz. »Ja, aber wir nennen es *Shaykh.*«

»Wenn das nichts ist, Herzogin«, warf Farrell ein. »Ihr erster *Shaykh.*«

Mrs. Pollifax erinnerte sich an die Schweiz und einen Playboy-Scheich, der sich sehr viel Mühe gegeben hatte, sie aus dem Weg zu räumen, aber sie lächelte und bat Mrs. Jidoor: »Dürfte ich mir jetzt Ihren Garten ansehen?« Die beiden Frauen verließen Farrell – der prompt in der Sonne einnickte –, um jedes einzelne Beet zu begutachten und sich in eine angeregte Unterhaltung über Gärten und Gartenarbeit zu vertiefen.

Etwas später kam Hanan in ihrer Schuluniform nach Hause und staunte beim Anblick ihrer amerikanischen Freunde. »Sie sind *hier*!« rief sie aufgeregt und riß Farrell damit unsanft aus seinem Schlummer. »Möchten Sie *jetzt* fahren?«

Ihre Mutter ging auf sie zu und tadelte sie streng auf arabisch. Hanan stammelte: »*Assif – afwan!* Ich meine, tut mir leid – entschuldigen Sie. Bitte!«

Farrell blickte Mrs. Pollifax an. »Wir könnten eigentlich, wissen Sie.«

»Könnten, was?«

»Gleich fahren.« Er zuckte hilflos mit den Schultern. »Was kann ich denn schließlich hier noch tun? Es hat sich als ziemlich hoffnungslos erwiesen. Ich habe vier Vormittage auf der Burg verbracht, und falls das gestern tatsächlich Ibrahim war, wird er es wohl kaum wagen, noch einmal dorthin zu kommen. Würden Sie es an seiner Stelle? Außerdem erwähnte Inspektor Jafer heute – sichtlich verärgert, wie ich betonen möchte –, daß Vertreter der irakischen Botschaft verlangen, den Raum in der

Festung in Augenschein zu nehmen, in dem ihr Mann getötet wurde. Von jetzt an wird es dort eine geraume Weile von Polizisten wimmeln.«
»Oje«, bedauerte Mrs. Pollifax. »Dann war Ihre ganze Reise hierher vergebens?«
Er seufzte. »Was sonst sollte ich davon halten? Trotzdem will ich noch nicht zurückfliegen, nicht mit diesem drückenden Gefühl, versagt zu haben. Das bin ich nicht gewöhnt, es macht mir zu schaffen. Und da wir eigentlich noch drei Tage bis zu unserem Heimflug haben, können wir genausogut so lange bleiben. Vielleicht vergeht dann dieses ungute Gefühl, Herzogin. Betrachten wir es einfach als Urlaub. Außerdem«, fügte er mit wiedergewonnenem Humor hinzu, »nachdem ich Sie auf einem Pferd gesehen habe, interessiert es mich wirklich, wie Sie mit einem Kamel zurechtkommen werden.«
Sie lachte, aber seine gespielte gute Laune konnte sie nicht täuschen.
»Also, was meinen Sie?« Er wandte sich Josef zu. »Können wir jetzt gleich mit Hanan fahren? Es wird noch ein paar Stunden hell sein.«
Auch Josef durchschaute ihn. »Sie sind unruhig.« Er nickte. »Ich fühle Ihre Enttäuschung und teile sie, denn auch ich hatte so sehr gehofft ... Aber ja, wir können jetzt gleich fahren. Wir würden zumindest bis Arb'Tn kommen, ehe es dunkel wird, und dort lebt Awad Ibn Jazi.«
»Was sollen wir mitnehmen?« erkundigte sich Mrs. Pollifax, die den Ausflug für ein ideales Mittel gegen Farrells Trübsinn und ihre Besorgnis um ihn hielt. Es würde wie ein Ausflug zu einem Picknick oder zum Camping sein, ein wunderbares Abenteuer in der Wüste und eine Entspannung nach den Ereignissen der vergangenen Tage.
»Pullover für die Nacht«, antwortete Josef. »Kleidung

zum Reiten. Sandalen, vielleicht, und Sonnenbrillen. Hanan, pack du deine Sachen und kümmere dich um den Wasserkrug … Dann werden wir zum Hotel fahren, damit Mr. Farrell und Mrs. Pollifax holen können, was sie brauchen – und *los* geht's! Also, beeil dich, Hanan.«

Mrs. Pollifax bedachte Farrell mit einem teilnahmsvollen Blick. »Es wird ein entspannendes Abenteuer für uns werden«, versprach sie ihm.

Hanan war im Haus verschwunden. Farrell, der kein Spielverderber war, hob eine leere Teetasse. »Also dann, auf Hanans Wüste!«

11

Inspektor Jafer war alles andere als entspannt. Nach seinem Besuch in der Festung Karak am Vormittag saß er nun in seinem Büro und dachte über die Komplikationen nach, die der Tod eines Ausländers in Karak – eines Irakers noch dazu – nach sich ziehen mochte. Seine Männer waren dorthin zurückgekehrt, um noch einmal zu fotografieren und die Größe der Kammer genau auszumessen; dabei hatten sie noch ein paar Tropfen Blut entdeckt, die in den erdigen Fußboden gesickert waren. Die höchst aufgebrachte irakische Botschaft bezeichnete den Tod eines ihrer Angehörigen als Mord, doch der Inspektor war da nicht so sicher. Blutproben von dem Toten hatten nicht mit dem Blut an dem Dolch übereingestimmt, den er in seiner von der Leichenstarre verkrampften Hand hielt, sondern waren von einer völlig anderen Blutgruppe. Jafer vermutete, daß der tote Iraker der Angreifer gewesen war und das Blut am Dolch von seinem unbekannten Opfer stammte, das sich in Luft aufgelöst zu haben schien. Es erwies sich als außerordentlich schwierig, die Leute von der Botschaft zu überzeugen, daß die einzige Verletzung des Toten, der FarTq Chalki hieß, die vom Aufprall gegen die Wand herrührende Quetschung am Hinterkopf war. Jemand hatte hart mit ihm gekämpft und ihn dabei zu Fall gebracht. Der Inspektor folgerte mit wachsender Überzeugung, daß das die Ursache seines Todes gewesen war. Er war völlig sicher, daß die Untersuchung des Blutes am Boden und am Dolch bestätigen würde, daß es nicht von FarTq

Chalki stammte; und ebenso sicher war er, daß diese Tatsache den Irakern gar nicht gefallen würde.
Er seufzte. Jordanien bewahrte ein äußerst empfindliches Gleichgewicht im Nahen Osten. Nach Jahrzehnten der Konfrontation mit Israel hatte der König einen Friedensvertrag mit den Israelis geschlossen, womit die islamischen Konservativen, die in Jordanien die Opposition bildeten, überhaupt nicht einverstanden waren. Während des Golfkriegs hatte Jordanien den Irak unterstützt, doch die Beziehungen zwischen den beiden Nachbarländern waren in letzter Zeit abgekühlt, vor allem, seit zwei von Saddams Töchtern sich samt Ehemännern nach Jordanien abgesetzt hatten und der König ihnen Asyl gewährt hatte. Ihre Anwesenheit in Jordanien war bei anderen irakischen Flüchtlingen, die so engen Familienangehörigen des Diktators mißtrauten, auf Mißtrauen gestoßen. Und sechs Monate später hatten sie die Welt damit überrascht, daß sie Saddam ersuchten, zurückkehren zu dürfen, und er hatte ihnen Vergebung versprochen. Drei Tage nach ihrer Heimkehr wurden sie ermordet. Saddam hatte ihnen doch nicht vergeben. Die Frage war, würde er Jordanien verzeihen, daß es ihnen Zuflucht gewährt hatte? Eine mehr als beunruhigende Situation. Der Golfkrieg hatte ihnen neue Feinde beschert und sie viel gekostet: Die Arbeitslosigkeit war hoch; sie befanden sich immer noch in der unangenehmen Lage, für Ölimporte auf den Irak angewiesen zu sein, ebenso aber für Wirtschaftshilfe auf die nun verbündeten Länder – und vor allem auf die Vereinigten Staaten. Ihr weiser und einfallsreicher König hatte über vierzig Jahre einen Drahtseilakt vollbracht. Und nun mußte das passieren. Sie konnten sich im Augenblick keinen verärgerten und bis an die Zähne bewaffneten Nachbarn leisten. Der Irak war wie

ein Phönix aus der Asche des Krieges neu erstiegen und manövrierte seine Truppen provozierend herum, was die Vereinigten Staaten ebenso verwirrte und beunruhigte wie Jordanien.
Er seufzte. Er hatte seinem Vorgesetzten einen umfangreichen Bericht über alles vorgelegt, was seine Männer in der Festung Karak entdeckt hatten. Die Einzelheiten waren vermutlich ein wenig umfangreicher als im Bericht der Polizei von Karak. Seiner Darstellung hatte er das Interview in Amman mit der Frau hinzugefügt, die die Leiche gefunden hatte. Besonders sorgfältig war er auch bei seiner Beschreibung des Reiseandenkens vorgegangen, das man ihr auf dem Flug nach Jordanien ohne ihr Wissen zugesteckt hatte. Gewöhnlich handelte es sich bei solchen Schmuggeleien um Haschisch, nicht um Souvenirs, die ahnungslosen Reisenden untergeschoben wurden. Der Zoll war mit solchen Machenschaften vertraut, aber ein Reiseandenken als Schmuggelware war ungewöhnlich. Inspektor Jafer war jedoch immer noch verwirrt darüber, wie sie und ihr Cousin den Schlüssel im Sperrholzsockel entdeckt hatten. »Ist auf den Boden gefallen und auseinandergebrochen«, hatte Mr. Farrell behauptet, was kaum glaubwürdig erschien, aber er hatte es einstweilen dabei belassen. Noch schwerer war ihm gefallen, die Geschichte der Frau zu glauben, daß ihnen ständig eine rostrote Limousine folgte. Nur der Verfolgungswahn einer spleenigen Touristin, das war seine Meinung darüber gewesen, bis dann sowohl Farrell als auch ihr Fremdenführer, Juseff Jidoor, diese Aussage bestätigt hatten.
Ohne Kommentar hatte er das alles in seinem Bericht dargelegt, in allen Einzelheiten; auch die Erklärung der Frau, sie sei sicher, daß das Reiseandenken von dem

neben ihr im Flugzeug sitzenden Mann namens Nayef heimlich in ihre Reisetasche gesteckt worden war. Jafer hatte den Schlüssel und das Seidenpapier in einen gekennzeichneten Umschlag gelegt und diesen einstweilen in seinen Schreibtisch verstaut. Irgendwann würde sein Vorgesetzter dazu kommen, seinen Bericht zu lesen. Den ganzen Vormittag war er zu beschäftigt gewesen, die erregten Anrufe von der irakischen Botschaft so diplomatisch wie nur möglich zu beantworten. Für siebzehn Uhr hatte er jedoch eine Besprechung der Abteilung anberaumt.

Es war allerdings erst sechzehn Uhr, als sein Chef, Jafers Bericht schwenkend, in dessen Büro gestürmt kam. Sein Gesicht war knallrot.

Jafer erhob sich. »Sir?«

»Nayef!« platzte sein Vorgesetzter heraus.

»Nayef?«

Er fuchtelte ihm mit dem Bericht unter der Nase herum. »Diese Frau behauptet, der Mann, der im Flugzeug von New York neben ihr saß, nannte sich *Nayef?*«

Inspektor Jafer nickte.

»Wir haben soeben vom Geheimdienst erfahren, daß Suhair Slaman am Sonntag auf einem Flug von New York den Namen Nayef benutzte!«

Jafer riß den Mund auf. *»Suhair Slaman!«* keuchte er. »*Bismallah,* die Frau hat die Wahrheit gesagt!«

»Offenbar ja«, brummte sein Vorgesetzter grimmig. »Ich habe Ihren Bericht höchstpersönlich zum Polizeidirektor gebracht. Lassen Sie mal sehen, was Sie hier haben ... Übrigens stieg Slaman in Amsterdam aus, aber es besteht der Verdacht, daß sein Besuch in den Vereinigten Staaten etwas mit Jordanien zu tun hatte. Und da uns seine Beteiligung bei mindestens zwei versuchten Anschlägen auf unseren König bekannt ist, ist das alles andere als eine gute Nachricht. Wenn er in Amsterdam aus dem Flugzeug gestiegen ist, brauchte er nur den nächsten Flug nach Istanbul zu nehmen und von dort einen Direktflug nach Damaskus. Und in Syrien hat er viele Freunde. *Also, wo sind jetzt dieses Souvenir und der Schlüssel?«*

Jafer griff in seine oberste Schublade und zog die zwei Teile des Sockels heraus sowie den Umschlag mit der Aufschrift »Beweisstück 5032«. »Hier ist der Schlüssel. Mrs. Pollifax und Mr. Farrell erklärten, daß er in dieses Seidenpapier gewickelt war, auf das ein Datum und rätselhafte Linien gekritzelt sind, die aussehen wie – nun, vielleicht können Sie mir das sagen.«

Sein Chef studierte es eingehend, bevor er sagte: »Das Datum hier gefällt mir ganz und gar nicht ... *IshrTn al awal, talatTn* ... 30. Oktober ... Haben Sie es vergessen? Der ägyptische Staatspräsident trifft am neunundzwanzigsten in Amman ein, und er und König Hussein nehmen am dreißigsten in Begleitung von Quidat al-Am, dem ranghöchsten Offizier der Streitkräfte, an einer Inspektion der Luftwaffe teil.« Stirnrunzelnd studierte er das Diagramm. »Vielleicht könnte das uns etwas über Suhair Slamans Pläne sagen. Jafer ...«

Der Inspektor sprang auf. »Sir?«

»Rufen Sie den Chef der Abwehr an und sagen Sie ihm, daß wir den in Ihrem Bericht erwähnten Schlüssel und die Schnitzerei hier haben, dann kommen Sie zu mir, damit wir uns gemeinsam einige Landkarten ansehen. Rufen Sie auch Sadrati von der Dechiffrierabteilung an und bringen Sie ihn mit. Und diese Mrs. ...« Er blickte auf den Bericht. »... diese Mrs. Pollifax. Wir werden sie brauchen ... Aber nein, dafür haben wir jetzt keine Zeit. Lassen Sie sie einstweilen von zwei guten Männern observieren und sagen Sie ihnen, sie sollen auch herausfinden, wer in dieser roten Limousine sitzt. Wir wollen diesen Wagen, Jafer!«

»Jawohl, Sir.«

Nachdem sein Chef aus dem Zimmer gerannt war, rief Jafer den Geheimdienst an. Sein Assistent beorderte Tuhami und Nasiri herbei, und Jafer gab ihnen seine Anweisungen. »Mrs. Pollifax«, er buchstabierte es: »P-o-l-l-i-f-a-x, Zimmer 310, Hotel Continental.« Er fügte eine Beschreibung von ihr und Mr. Farrell hinzu und das, was er von der rostroten Limousine wußte, die Jidoors Taxi folgte. Danach rief er noch Sadrati in der Dechiffrierabteilung an und eilte zu seinem Chef in den Kartenraum.

»Sie haben die Grenzpatrouille verstärkt«, waren die ersten Worte, nachdem sie sich dort eingefunden hatten. »Bevor wir das zur Abwehr schicken, Sadrati, sollten Sie sehen, ob Sie sich hierauf einen Reim machen können ...« Er betrachtete das Seidenpapier noch einmal stirnrunzelnd. »Für mich ist es nur ein Gekritzel mit Linien.«

Sadrati setzte sich an einen freien Tisch. Er holte ein Vergrößerungsglas aus seiner Jackentasche und begann das Gewirr von O's zu studieren, die in einem interessanten Muster angeordnet waren, mit drei auf die Mitte gerichteten Pfeilen und darunter einer waagrechten Linie. Nach angestrengter Überlegung bemerkte Sadrati: »Ich glaube nicht, daß das ein Code ist. Ich halte diese Gruppen von Kreisen für Bäume oder Büsche, die drei zur Mitte gerichteten Pfeile für Zugänge und diesen langen Strich darunter für eine Straße. Was haben Sie für einen Verdacht?«

»Daß für den 30. Oktober etwas geplant ist, möglicherweise ein Anschlag«, antwortete der Inspektor.

Sadrati pfiff leise durch die geschlossenen Zähne. »Dann schlage ich vor, daß wir uns Luftaufnahmen ansehen. Vielleicht können wir ja eine ähnliche Anordnung von Bäumen finden, möglicherweise sogar von kleinen Häusern an einem wichtigen Punkt und eine Straße unterhalb ...«

»Einen Versuch ist es wert.« Der Inspektor nickte. »Aber wir müssen uns beeilen!«

Sie breiteten die Luftbildkarten auf dem Tisch aus, und die drei Männer beugten sich darüber. Sadrati kopierte die Gruppe von O's auf eine Klarsichtfolie, die sie, identische Punkte suchend, über die Karten schoben.

»Wer auch immer Skizze und Schlüssel bekommen sollte – wer hoffte, sie von dieser Mrs. Pollifax stehlen zu können«, sagte Inspektor Jafer, »weiß natürlich genau, was diese Markierungen bedeuten. Deshalb müssen wir unbedingt ihre Verfolger in der roten Limousine verhören.«

»Ja«, pflichtete ihm sein Chef grimmig bei, »aber sie sind vielleicht nur kleine Fische oder bezahlte Gehilfen.«

»Wenigstens haben wir die Zeit auf unserer Seite«, wurde er erinnert. »Heute ist – was? Der 13. Und das Datum, hier, für was auch immer, ist der 30. Oktober.«

»Man kann keiner Sache sicher sein, hinter der Suhair Slaman steckt!«

»Suhair Slaman!« entfuhr es Sadrati. »Gütiger Allah, *das* haben Sir mir nicht gesagt. Erwähnten Sie nicht, daß eine Frau in diese Sache verwickelt ist?«

Jafer nickte. »Eine amerikanische Touristin, die man den Schlüssel nach Amman schmuggeln ließ – ohne ihr Wissen, zumindest bis ihr Zimmer durchsucht wurde und sie merkte, daß man sie beschattete.«

Sadrati blickte den Chef vorwurfsvoll an. »Sie sagen,

zwischen heute und dem 30. Oktober ist viel Zeit, aber zweifellos werden sie dieser Frau schon lange zuvor auf den Leib rücken und den Schlüssel von ihr verlangen!«
»Es ist unser Glück, daß sie immer noch glauben, sie hätte ihn«, sagte der Chef.
Sadrati sah ihn entsetzt an. »Ich bin froh, daß ich nur mit Codes und Dechiffrierungen zu tun habe. Sie denken doch nicht wirklich, daß Terroristen ihren Beteuerungen glauben würden, daß sie nicht hat, was sie wollen? Sie setzen sie wirklich einer großen Gefahr aus!«
»Wir sind keine Dummköpfe!« sagte der Inspektor barsch. »Wenn wir sie zu früh hierherbringen, berauben wir uns jeder Hoffnung, die zwei Männer festzunehmen und zu verhören, die ihr in dem roten Wagen folgen. Wir beschützen sie so gut wie nur möglich ... Ich habe bereits zwei meiner besten Männer dafür abgestellt, die sie nicht aus den Augen lassen. So, nun zurück zu unserem eigentlichen Problem.«
Sie beugten sich wieder über die Luftbildkarten und konzentrierten sich auf mögliche Gefahrenzonen: den König Hussein- und den König Abdullah-Luftwaffenstützpunkt sowie den königlichen Palast. Doch eine Baum- oder Gebäudegruppe, die am 30. Oktober Schauplatz eines Attentats sein könnte, ließ sich auf einer so riesigen Luftaufnahme nicht finden.
»Es ist sinnlos«, meinte Jafer, und sein Chef nickte. »Doch wir kennen immerhin das Datum, und wir haben diesen Schlüssel.«
»Genügt nicht«, brummte der Chef. »Aber es ist besser als nichts. Und wir haben diese Mrs. Pollifax. Wir haben sie doch, nicht wahr, Jafer?«
»Ich werde vorsichtshalber mal nachfragen.« Er ging zum Telefon und sprach mit seinem Assistenten. »Meine Män-

ner sind bereits auf ihrem Posten am Hotel, Sir. Mrs. Pollifax und ihr Cousin sind schon den ganzen Tag unterwegs, und beide Zimmerschlüssel wurden am Empfang abgegeben. Der Speisesaal öffnet um neunzehn Uhr dreißig, und sie haben bisher immer im Hotel zu Abend gegessen.«

Der Chef nickte. »Gut. Und jetzt bringen Sie bitte den Inhalt dieses Sockels zur Abwehr.«

Nachdem Inspektor Jafer gegangen war, sagte Sadrati nachdenklich: »Glauben Sie wirklich, Sir, daß Suhair Slaman persönlich nach Jordanien zurückkommen wird, was immer auch geplant ist? Das letzte Mal ist er der Verhaftung nur um Haaresbreite entgangen, und er ist der Wüstenpatrouille, der Armee und der Polizei wohlbekannt.«

Der Chef lachte bitter. »Schwer zu glauben, das stimmt. Aber nach allem, was der Geheimdienst erfahren hat, ist er letzte Woche in die Vereinigten Staaten eingereist, hat dort drei Tage verbracht und ist wieder abgereist, ohne daß er erkannt worden wäre.«

Das entlockte Sadrati einen leisen Pfiff. »*Hada'atel!* Das ist schlimm!«

»Sehr schlimm. Und dieser Schlüssel? Ich wünsche der Abwehr viel Erfolg. Es ist – wie heißt es bei den Amerikanern so schön? –, als suche man eine Nadel in einem Heuhaufen.«

»Was machen Sie jetzt?« fragte Sadrati interessiert.

»Wir machen weiter mit den Ermittlungen in dem Mordfall, und sobald diese Mrs. Pollifax in ihr Hotel zurückkommt, werden wir mehr erfahren, viel mehr. Das übrige ...« Er zuckte mit den Schultern. »Das übrige liegt jetzt in den Händen der Abwehr.«

12

Während sie den Desert Highway entlangfuhren – wie üblich in einigem Abstand gefolgt von der rostroten Limousine –, bekamen Mrs. Pollifax und Farrell ihre erste Kostprobe von der Wüste. Karak lag bereits hinter ihnen, als Josef plötzlich am Straßenrand anhielt und rief: »Sehen Sie den Himmel – ein Sandsturm! Ich schlage vor, wir gehen dorthin!« Er deutete zu dem einzigen Haus in der Nähe, ein schäbiges Rasthaus an der Straße. Als sie ausstiegen, drängte er: »Schnell!«
Andere hatten dort bereits Zuflucht gesucht. In der Gaststube standen vereinzelt billige Kunststofftische und -stühle. An einer Theke konnte man Limonade, Kartoffelchips, Süßigkeiten und Zigaretten erstehen. Von der roten Limousine war nichts zu sehen. Farrell kaufte Hanan eine Limonade; sie stellten sich ans Fenster und sahen zu, wie der Himmel sich immer noch gelber färbte. Der Wind war stärker geworden, er erfaßte Staub, Steinchen und Abfälle am Straßenrand, verstreute sie wieder und rollte verspielt kleinere Dinge über den Boden, bis sie vom Fenster aus nicht mehr zu sehen waren.
Ein Lieferwagen fuhr auf den Parkplatz, gefolgt von einer schwarzen Limousine. Farrell kniff die Augen zusammen und betrachtete sie eingehend. »Dieser Volvo – Herzogin, können Sie den Mann auf dem Rücksitz erkennen? Er sieht aus wie der, der sich mit mir im Speisesaal über arabische Literatur unterhielt.«
»Der Mann im schwarzen Seidenanzug?« Mrs. Pollifax folgte seinem Blick, sah jedoch nur schattenhaft ein Ge-

sicht, ehe der Sturm über sie kam und Josefs Taxi sowie der Volvo hinter einer gelben Staubwand verschwanden. Sie schüttelte den Kopf. »Tut mir leid. Ich konnte ihn nicht erkennen.«

»Kommt er herein? Verdammt, nein«, knirschte Farrell. »Er und der Fahrer suchen im Wagen Schutz gegen den Sturm. Aber Herzogin, ich bin *sicher* ...«

»Ist schon gut, ich glaube es Ihnen ja«, beruhigte sie ihn. Der Sandsturm tobte eine gute halbe Stunde und ließ dann so abrupt nach, wie er gekommen war. Josefs Taxi wurde wieder sichtbar; der schwarze Volvo fuhr weiter, der Himmel klärte sich allmählich auf und gewann sein strahlendes Blau zurück, und sie setzten ihre Fahrt nach Arb'Tn fort. Merkwürdigerweise war Farrells Besorgnis wegen des Mannes im Volvo jetzt auf Mrs. Pollifax übergesprungen. Sie erinnerte sich an etwas, das Farrell bisher nicht aufgefallen war: an den verwaisten schwarzen Wagen, der am Vormittag des Mordes auf dem Parkplatz in der Festung gestanden hatte und entweder dem toten Iraker gehört haben mußte oder dem Mann, der davongerannt war ... Nur, wenn es der Wagen des Fliehenden gewesen wäre, hätte er ja bloß hineinzuspringen brauchen und wäre rasch entkommen. Aber als sie mit der Polizei die Burg verließen, hatte der schwarze Wagen noch dort gestanden. Am nächsten Tag war er allerdings weggebracht worden, und sie fragte sich, von wem: von der Polizei oder von jemandem aus der irakischen Botschaft?

Natürlich mußte es allein in Amman Dutzende von schwarzen Volvos geben, versuchte sie sich zu beruhigen. Und der Mann im schwarzen Seidenanzug hatte das Recht zu reisen, wohin er wollte. Aber er war auch der Mann, der im Hotelspeisesaal das Gespräch über arabi-

sche Literatur so geschickt gesteuert hatte, daß auch von Dib Assen die Rede war.
Zufall oder nicht?
Sie schüttelte den Kopf. Die Verbindung war zu vage, um mit Farrell darüber zu sprechen, und sie wandte ihre Aufmerksamkeit wieder ihrer Umgebung zu. Hanan, die vorn neben ihrem Bruder saß, redete unentwegt über Pferde. Ihr Freund Qasim, den sie so bewunderte, hatte einen neuen reinrassigen Braunen – mit weißen Fesseln und einer Blesse. Er hatte ihn ihr gezeigt, als sie vor ein paar Wochen das letzte Mal zu Besuch bei ihrem Großvater gewesen war. Sie drehte sich zu Mrs. Pollifax und Farrell um und erzählte, daß da viele Gäste ihre Zelte aufgeschlagen hatten, die für den nahenden Winter in den Süden gekommen waren.
Josef lache. »Vielleicht wissen Sie nicht, daß wir *Bedu* sehr gastfreundlich sind; es ist ein Gesetz der Wüste.«
»Ich habe davon gehört«, antwortete Farrell. »Ob Freund oder Feind, jeder erhält zu essen und eine Schlafstätte – zumindest drei Tage lang, stimmt das?«
Josef zuckte mit den Schultern. »Für einen Freund von Juseff und Hanan gilt dieses Gesetz nicht. Für Sie wird unser Großvater ein Schaf schlachten und ein *Mansef* geben – ein Fest.«
O je, dachte Mrs. Pollifax, *ich kann nur hoffen, daß Schafaugen nicht mehr als Delikatesse gelten.*
»Es ist jetzt nicht mehr weit bis Arb'Tn«, sagte Josef nun. »Arb'Tn heißt vierzig. So wurde es vor vielen, vielen Jahren genannt, aber warum weiß niemand mehr. Möglicherweise vierzig Kilometer bis irgendwo, vielleicht zu einem Brunnen, einer Quelle oder einer Ortschaft, aber die nächste Stadt ist Sad as Sultani, und sie ist *nicht* vierzig Kilometer entfernt.«

»Awad sagt: ein *Brunnen!*« Hanan klang sehr bestimmt. Ihre Loyalität gegenüber einem Freund war offenbar unerschütterlich.

Josef lachte. »Also gut, dann ein Brunnen.«

Es war schon fast dunkel, als sie vor Awad Ibn Jazis Haus anhielten. Wenn Arb'Tn eine Ortschaft war, dann eine winzige, nur ein paar beisammenstehende Häuser, wie bei einer kleinen Bahnstation. Als sie ausgestiegen waren und den Hof betraten, hörte Mrs. Pollifax das Gurren von Tauben und sah hoch oben in der Hauswand einen Taubenschlag. Die Vorderseite des quaderförmigen Betonhauses lag im Schatten von Obstbäumen, und der Weg zur Haustür war mit flachen, in zartem Blau, Türkis und Rosa bemalten Steinen gepflastert.

Ihre Stimmen brachten einen kleinen Mann an die Tür. Er ging etwas gebeugt, sein mit Runzeln und Falten durchzogenes Gesicht erinnerte an poliertes braunes Leder; seine Augen waren glänzend und schlau und strahlten plötzlich vor Wärme, als sie auf Hanan fielen. Er trug ein graues Gewand und einen karierten *Kaffiyeh*, der von einer schwarzen Kordel oder *Aigal* gehalten wurde, seine Füße steckten in Sandalen. Sowohl Hanan als auch Josef grüßten ihn förmlich mit einem Ritual von Fragen und Antworten in Arabisch: *Kif halak*, wie geht es dir ... *al-hamdu lillah*, gut, Allah sei Dank, und dann sagte Josef: »Wir haben zwei Amerikaner gebracht, Awad Ibn Jazi. Hanan möchte, daß sie morgen unseren Großvater kennenlernen.«

Die klugen Augen des Alten musterten Mrs. Pollifax und Farrell eingehend. Dann sagte er: *»Ahlan wa sahlan – faddal!«*

»Sie sind Amerikaner«, erinnerte ihn Josef grinsend.

»Dann sage ich zu Ihnen: Ich heiße Sie willkommen, bitte

treten Sie ein.« Er lächelte breit, offenbarte dabei eine Lücke zwischen den Schneidezähnen und fuhr auf englisch fort: »Zweifellos möchte meine kleine Hanan Ihnen ihr weißes Kamel zeigen.« Mrs. Pollifax lachte. »O ja, allerdings.«

»Kannst du uns morgen hinbringen?« fragte Josef Awad hoffnungsvoll.

Awad rümpfte die Nase über diese Frage. »Als wüßtest du nicht genau, daß ich nichts lieber tue. Ich habe schon wieder genug von festen Wänden um mich.«

Jetzt erst bemerkten sie die kleinen Kinder, die hinter Awad Schutz gesucht hatten und sie neugierig anstarrten; und beim Betreten des Hauses begegnete ihnen eine hübsche, stattliche junge Frau in schwarzem Gewand.

»Awads Enkelin Rehab«, stellte Josef sie ihnen vor, und die Namen der Kinder prasselten herab. Die Mädchen waren Ghada, Saadija und Nawal, und der kleine Junge war Tahar. Es waren die Kinder von Rehab und ihrem abwesenden Mann Omar. Mrs. Pollifax staunte insgeheim, als ihr klarwurde, daß sie alle in diesem winzigen Drei-Zimmer-Haus lebten. Mit einem leichten Gefühl von Klaustrophobie blieben sie verlegen im Wohnzimmer stehen, einem kleinen Raum mit einem Fernsehapparat, einem Stoß ordentlich aufgestapelter Matratzen in einer Ecke und einem Wirrwarr von Bänken und Kissen. Rehab holte zwei Stühle aus dem Hof hinter dem Haus herein und begann Befehle, offenbar auf arabisch, zu erteilen.

Josef übersetzte. »Sie schickt Ghada zu ihrer Schwester im Nachbarhaus, um mehr Reis für unser Abendessen zu besorgen, und da es zu kalt ist, um auf dem Dach zu schlafen, soll Saadija Matratzen für Hanan und Sie, Mrs. Pollifax, in das Zimmer im ersten Stock tragen. Und sie erinnert Awad daran, daß im Fernsehen heute ein ägyptischer Film gesendet wird, den Sie sich vielleicht ansehen möchten.«

Mrs. Pollifax sagte rasch: »Bitte danken Sie ihr und entschuldigen Sie sich dafür, daß wir ihr solche Umstände machen.«

»Kein Problem«, versicherte ihr Josef. »Wir werden alle ein gutes Abendessen bekommen, es wird *Kusa mahshi* geben, und Rehab verspricht, es in eineinhalb Stunden fertig zu haben.«

Farrell nickte nach einem Blick auf seine Uhr. »Also um halb acht. Das ist eine vornehme Zeit für das Dinner in den Vereinigten Staaten, für Mexiko allerdings etwas früh. Bitte danken Sie ihr auch in meinem Namen.«

13

Genau zu dieser Stunde wartete Inspektor Jafer in Amman darauf, von seinen beiden zum Hotel abkommandierten Männern zu hören, die wiederum darauf warteten, mit der Observation von Mrs. Pollifax und ihrem Cousin zu beginnen. Nachdem noch weitere Nachrichten eingegangen waren, verflochten sich nun viele zuvor unzusammenhängend erscheinende Ereignisse zu einem deutlich erkennbaren und gefährlichen Muster. Der Geheimdienst wußte beispielsweise bereits seit Tagen von dem tödlichen Überfall auf Brahim Zayyad am 7. Oktober in Washington, D. C., war sich jedoch nicht darüber im klaren gewesen, ob es sich um einen eher zufälligen oder vorsätzlichen Mord gehandelt hatte. Seine Brieftasche und gewisse andere Gegenstände waren dabei gestohlen worden, doch es hatte eine Zeitlang gedauert, bis sie in Erfahrung bringen konnten, was außer dem Geld noch vermißt wurde.

Als die Amerikaner dann meldeten, daß sich Suhair Slaman am 7. in den Vereinigten Staaten aufgehalten und sie am 8. verlassen hatte, bekam diese Sache eine neue, bedrohliche Dimension. Jafer hatte diese Information von Hugh Rawlings aus dem CIA-Büro in Amman erhalten. Vom jordanischen Geheimdienst wiederum hatte er erfahren, daß Brahim Zayyad nicht nur ein hoher Offizier des Palast-Sicherheitsdienstes gewesen war, sondern auch immer – zumindest in Jordanien – gewisse Schlüssel bei sich gehabt hatte. Und da diese Schlüssel fehlten, befürchtete man, daß er sie während seines zehntägigen

USA-Aufenthalts als Berater des Sicherheitsdienstes der Botschaft aus Nachlässigkeit, Zerstreutheit oder vielleicht sogar Naivität bei sich getragen hatte.
Offensichtlich hatte jemand davon gewußt und Suhair Slamans Gruppe informiert. Es war inzwischen bereits eine rigorose Untersuchung nach Mitwissern im Gange, und wer aus dem Palast ein heimliches Mitglied von Slamans Terroristengruppe sein könnte. Jafer hoffte, daß in *dieser* Sache bald Köpfe rollen würden.
Bis achtzehn Uhr war der Schlüssel, den Mrs. Pollifax ihm ausgehändigt hatte, identifiziert worden, doch das war alles, was der Palast-Sicherheitsdienst darüber verlauten ließ. Kurz vor zwanzig Uhr erhielt Jafer einen Anruf von Tuhami. Er und Nasiri hatten abwechselnd den Empfang und besonders die Fächer, in denen sich die Schlüssel für die Zimmer 308 und 310 befanden, überwacht. Als der Speisesaal um halb acht öffnete, war Tuhami wieder zum Empfang gegangen, um noch einmal mit dem Empfangschef zu reden.
»Für mich ist jetzt Feierabend«, hatte der Mann gesagt. »Und Sie sind immer noch da?«
»Natürlich sind wir noch da! Wir warten auf die Rückkehr der Gäste von Zimmer 308 und 310. Sie hatten mir doch gesagt, daß sie hier zu Abend essen.«
Der Portier hatte genickt und die Achseln gezuckt. »Ja, aber Sie sehen ja selbst, daß die Gäste noch nicht zurückgekommen sind.« Der Kassierer, der etwa zwei Meter entfernt unter einem Schild mit der Aufschrift ›KASSE‹ stand, hatte gefragt: »Gibt es irgendwelche Probleme?«
»Die beiden Polizisten warten auf die Rückkehr der Gäste von 308 und 310, Pollifax und Farrell.«
Der Kassierer hatte erstaunt geblinzelt. »Aber die sind schon lange weg. Sie haben *mir* die Schlüssel gegeben,

und die Frau – Pollifax war der Name, nicht? –, sagte mir, daß sie über Nacht wegbleiben würden, aber ihre Zimmer behalten wollten.«
Es war dann zu einer längeren Streiterei gekommen, wieso der Kassierer die Schlüssel überhaupt entgegengenommen hatte, statt die beiden Gäste an den Empfangschef zu verweisen, und ob dieser wirklich gerade zu beschäftigt gewesen war. Tuhami steckte mitten in seiner Schilderung, als Jafer ihn unterbrach: »Warten Sie, da ist ein Anruf auf der anderen Leitung. Es könnte wichtig sein.«
Er war nicht wichtig. Es war wieder Hugh Rawlings aus dem CIA-Büro in Amman, der sich nach Neuigkeiten erkundigte. *Beharrlicher Bursche,* dachte Jafer müde und bat auch ihn, kurz zu warten, während er sein Gespräch mit Tuhami fortsetzte.
»Konnten Sie sonst etwas erfahren?« erkundigte er sich brüsk.
»Wir haben danach die Hausdiener befragt. Nur einer hatte am nachmittag Dienst gehabt. Er erinnert sich an die zwei, weil sie immer ein so gutes Trinkgeld geben, sagte er. Sie sind beide in ein wartendes Taxi gestiegen und weggefahren.«
»Und danach? Sonst noch irgend etwas?«
Tuhami seufzte. »Danach haben wir eine Münze geworfen, ein 5-Fil-Stück, wer von uns Ihnen die schlechte Neuigkeit mitteilen mußte.«
»Und das haben Sie getan«, sagte Jafer grimmig. »Suchen Sie jetzt diesen Fremdenführer! Er heißt Juseff Jidoor, seine Adresse steht in dem Bericht von der Karaker Polizei. Finden Sie das amtliche Kennzeichen seines Taxis heraus und fahren Sie zu seiner Familie, vielleicht weiß die, wohin er mit den beiden Amerikanern über Nacht

unterwegs ist, nach Wadi Rum, vielleicht, oder nach Aqaba. *'Ajjel* – beeilt euch!« schrie er wütend in den Hörer. Dann zwang er sich, mit ruhigerer Stimme das Gespräch auf der anderen Leitung fortzusetzen. »Ja, Rawlings, Sie hätten gern weitere Informationen ...«

Zwanzig Uhr in Jordanien war vierzehn Uhr in Langley, Virginia. Carstairs regte sich gerade fürchterlich auf über einen weiteren Staatsstreich in Westafrika und über aufkeimende Probleme in Mazedonien. Manchmal hatte er das Gefühl, daß die ganze Welt in einen Ausbruch von Nationalismus und archaischem Staatsdünkel explodieren würde. Und besonders wütend wurde er, wenn einer seiner Leute in dem daraus resultierenden Chaos und Blutvergießen als vermißt gemeldet wurde. Heute erfuhr er jedoch zu seiner Erleichterung, daß Tuku Adair im allerletzten Augenblick Burkina Faso verlassen konnte und ein Krankenhaus in Botswana erreicht hatte.
Immer ungeduldiger wartete er auch auf einen Anruf von Hugh Rawlings aus dem CIA-Büro in Amman. Der Fall fiel nicht mehr in die Zuständigkeit des FBI, seit die Ermittlungen nun auch außerhalb der USA geführt werden mußten. Carstairs hatte jetzt die Aufgabe, an allen Informationen über Suhair Slaman dranzubleiben. Die Vereinigten Staaten verfolgten in Jordanien gezielte politische Interessen, da es für sie quasi eine Tür zum Nahen Osten darstellte, durch die man ein wachsames Auge auf Syrien, den Libanon, Irak und Iran haben konnte. Sie hatten Jordanien zu Verteidigungszwecken gewaltige Mengen von Waffen geliefert und wollten keineswegs mit ansehen müssen, wie Radikale die Macht an sich rissen und das Land zu einem weiteren Irak oder Iran machten. Der König hatte bereits vierzehn oder fünfzehn

Attentatsversuche überlebt, und Suhair Slaman hatte zumindest zwei davon angezettelt. Die Frage war nun: Wie sahen Suhairs Pläne aus? Seine Söldnertruppe hatte schon mehr als genug Menschen im Nahen Osten terrorisiert, bombardiert und ermordet. Carstairs sah keinen Grund, daran zu zweifeln, daß der Mann wieder etwas in Jordanien plante.

Es war außerordentlich wichtig, mit den Vorfällen in Amman auf dem laufenden zu bleiben, und Rawlings hatte versprochen, ihm sofort Bescheid zu geben, sobald er von der Polizei oder dem Geheimdienst dort etwas erfahren konnte. Doch seit Carstairs' erstem Anruf hatte er sich nicht gerührt. Rawlings' Schweigen machte ihm zu schaffen, und der Zeitunterschied trug noch zu seiner Frustration bei.

Als Bishop von seinem Büro herüberrief: »Rawlings aus Amman auf Leitung 3, Sir!«, stieß Carstairs ein inbrünstiges »Gott sei Dank!« aus und griff zum Hörer. »Sie haben mich ganz schön warten lassen, Rawlings!« rügte er. »Also, wie sieht's aus?«

»Hier drüben sind sie ganz schön nervös und verschlossen«, sagte Rawlings, »aber schließlich konnte ich doch zu ein paar Leuten vordringen. Bis jetzt hatte ich nichts zu berichten, aber nun sind sie offenbar sicher, daß Slamans teuflische Gruppe etwas im Schilde führt, und was immer es auch sein mag, es ist für den 30. Oktober geplant.«

»Das ist schon mal ein Anfang«, lobte Carstairs. »Aber *was* haben sie vor?«

»Mehr als das Datum kennen sie noch nicht. Und das wenige, das sie wissen, wurde auf verdammt ungewöhnliche Weise entdeckt. Auf seinem Flug nach Amsterdam vergangenes Wochenende verstecke Slaman ein Souvenir – eine Holzschnitzerei –, wenn ich es recht verstanden habe, im Handgepäck der Frau, die neben ihm saß, einer amerikanischen Touristin. Ein recht merkwürdiges Andenken, das sie später in ihrer Reisetasche fand. Irgendwie ist es auseinandergebrochen – keine Erklärung, wie *das* passierte, es ist ganz schön solide – sie haben es mir sogar gezeigt! Und in diesem kleinen Souvenir waren ein geheimnisvoller Schlüssel versteckt sowie ein Stück Papier mit dem Datum 30. Oktober und einem Diagramm oder einer Karte oder was auch immer, das jetzt untersucht wird.«

»Verdammtes Glück! Aber reden Sie weiter.«

»Ja. Bedauerlicherweise hat diese Frau das nicht sofort gemeldet, sondern ist erst damit herausgerückt, nachdem sie in der Burg Karak über die Leiche eines irakischen Agenten stolperte.«

»Wie bitte?« fragte Carstairs verblüfft.

»Ja, das ist wohl alles ein bißchen viel für die Arme, jedenfalls hat sich da die Polizei eingeschaltet. Während sie befragt wurde, erwähnte sie, daß ihr überallhin eine rote Limousine folgte, und sie fragte sich, ob der in ihrer Reisetasche entdeckte Ramsch der Grund war, daß man ihr Zimmer durchsucht hatte und sie verfolgt wurde. *Da* händigte sie dieses Souvenir der Polizei aus.«

»Großer Gott! Aber Sie haben nun den Inhalt dieses Andenkens?«

Rawlings seufzte. »Ja, schon, aber jetzt hat die Polizei die Frau aus den Augen verloren. Das heißt, sie ist mit ihrem Cousin über Nacht irgendwo hingefahren, offenbar immer noch gefolgt von diesem roten Wagen, und sie müssen sie finden, um die Männer zu fassen, die ihr folgen.«

»Das ist alles ziemlich verwirrend«, beschwerte sich Carstairs. »Es klingt unglaublich kompliziert!«

»Nicht wirklich, Sir. Diese Touristin hat ihr Hotelzimmer in Amman nicht aufgegeben, sie wird also zurückkommen. Ich habe soeben erfahren, daß die Polizei sich mit Jidoor Tours in Verbindung setzt, um herauszufinden, wohin sie gefahren sind. Diese Mrs. Pollifax ...«

Benommen fragte Carstairs: »Mrs. *wer*?«

Bishop hinter ihm fing laut zu lachen an, und Carstairs bedachte ihn mit einem vernichtenden Blick. Zu Rawlings sagte er ruhig: »Eine harmlose Touristin, aber was ist mit diesem irakischen Agenten in der Burg Karak?«

»Sie und ihr Cousin ...«

»Entschuldigen Sie, kennen Sie den Namen dieses Cousins?«

»Ich habe ihn irgendwo notiert«, antwortete Rawlings. »Ah, ja, da ist er. Er heißt Farrell und ist anscheinend Kunstmaler. Offenbar wurde er zwei Tage hintereinander auf der Burg gesehen, was der Polizei verdächtig vorkam. Das führte zu einer weiteren Vernehmung, bei der Mrs. Pollifax – etwas verspätet – mit dem Inhalt des auseinandergebrochenen Souvenirs herausrückte.«

»Ich verstehe«, sagte Carstairs, der jetzt weit mehr verstand als Rawlings. »Irgendwelche Hinweise, wer den irakischen Agenten getötet hat?«

»Es wurde beobachtet, daß ein Mann wegrannte. Er kam ganz dicht an dieser Mrs. Pollifax vorbei, aber zu schnell, als daß sie eine brauchbare Beschreibung hätte geben können. Dann ist er verschwunden, wie vom Erdboden verschluckt.«

»Sehr interessant«, bemerkte Carstairs nachdenklich. »Bleiben Sie dran, ja? Ich muß jetzt auflegen, Rawlings, aber ich weiß es zu schätzen, daß Sie mich auf dem laufenden halten.«

Stirnrunzelnd schob er das Telefon zur Seite. Bishop sagte amüsiert: »Nun? Entschuldigen Sie, daß ich lachte, aber immerhin – Mrs. Pollifax!«
»Wirklich kein Grund zur Heiterkeit!« rügte Carstairs barsch. »Lassen Sie mich überlegen.«
Bishop wartete, immer noch lächelnd, aber stumm.
Schließlich sagte Carstairs: »Offenbar sollte Farrell Dib Assens Freund Ibrahim auf dieser Burg treffen.«
Bishop nickte. »Glauben Sie, daß es Ibrahim war, der den irakischen Agenten getötet hat?«
Carstairs zuckte die Schultern. »Falls es tatsächlich Ibrahim war, der floh, ist das Beunruhigendste an der Sache, daß zuviel über seinen Plan, das Manuskript nach Jordanien zu schmuggeln, bekannt ist. Es kann nur bedeuten, daß er verraten wurde, daß in Bagdad jemand geredet hat. In diesem Fall könnte Ibrahim seit seiner Ankunft in Jordanien observiert oder ein Bild von ihm in der Botschaft in Amman herumgezeigt worden sein, und man hat auf ihn gewartet oder ihn gesucht, sobald er die Grenze nach Jordanien überschritten hatte.«
»Und sie haben ihn gefunden?«
»Möglich – falls der Fliehende überhaupt Ibrahim war. Aber Sie haben Rawlings ja gehört, der Mann ist verschwunden und nicht mehr auffindbar. Dann ist da auch noch die Sache, daß Mrs. Pollifax verfolgt und ihr Zimmer durchsucht wurde, wahrscheinlich auf Anweisung von Suhair Slaman. Das kompliziert natürlich auch die Sache für Farrell.« Er schüttelte heftig den Kopf. »Das alles gefällt mir überhaupt nicht.«
»Nein«, pflichtete ihm Bishop bei. Und dann: »Warum starren Sie mich so an?«
Carstairs runzelte die Stirn. »Ich denke an Antun Mahmoud in Manhattan mit seinen Untergrund-Verbindun-

gen im Irak. Er wurde von *jemandem* in Bagdad wegen Farrell, dem Manuskript, möglicherweise sogar wegen des Treffpunkts Karak kontaktiert.«
Erschrocken fragte Bishop: »Sie glauben doch nicht – daß Mahmoud ...?«
Carstairs schüttelte den Kopf. »Nein, nicht Mahmoud. Auf diesem Gebiet traue ich ihm völlig. Aber wer weiß, was am anderen Ende, in Bagdad passiert ist? Mah- mouds Kontakt im Irak beispielsweise – wurde die Botschaft abgefangen, oder wurde er oder sie verhaftet und verhört?« Er dachte kurz darüber nach und kam zu einem Entschluß: »Rufen Sie Ferad in der Nahost-Abteilung an. Fragen Sie ihn, ob er weiß, wo Mahmoud sich diese Woche aufhält und wie man ihn erreichen kann – der Mann scheint ständig herumzuziehen. Sagen Sie Ferad, daß es außerordentlich wichtig ist und daß uns Mahmoud, falls er das vorzieht, über die ›Decknummer‹ in Baltimore anrufen kann.«
»Wird sein Telefon angezapft?« fragte Bishop.
Carstairs bedachte ihn mit einem amüsierten Blick. Bishop war nie gejagt worden oder hatte ständig auf der Flucht leben müssen. Die einzige Widerstandsbewegung, die er aus eigener Erfahrung kannte, war möglicherweise die, die ihm half, der drohenden Ehe mit einer jener Blondinen zu entgehen, die er zu sammeln schien. »Er wird von einer Telefonzelle aus anrufen, Bishop.«
»Oh – verzeihen Sie«, murmelte Bishop zerknirscht.
Carstairs nickte. »Es sei Ihnen verziehen. Sehen Sie zu, was Sie tun können.«
»Aber was ist mit Emily?«
Nachdenklich erwiderte Carstairs: »Ich würde sagen, da der ganze jordanische Polizeiapparat auf der Suche nach Mrs. Pollifax und Farrell ist, wird die Polizei sie

vor Suhair Slaman finden. Jordanien ist schließlich ein recht kleines Land. So, und jetzt gehen Sie Ferad an!«

Am Spätnachmittag stellte Betsy in Baltimore einen Anruf an sie durch. »Antun«, meldete sich eine gedämpfte Stimme, und im Hintergrund war Verkehrslärm zu hören.

Inzwischen hatte Carstairs seine Frage in eine möglichst knappe Erklärung verpackt. »Es hat sich ein Problem ergeben, das Farrell betrifft.«

»Ja.«

»Die *Burg Karak*«, betonte er, »hat sich als erstaunlich gut besuchter Ort erwiesen. Wir haben erfahren, daß gestern in einer der Kammern ein ausländischer Agent tot aufgefunden wurde. F und seine Begleitung sahen einen fliehenden Mann. Verstehen Sie mich?«

»Ja.«

»Der Fliehende ist verschwunden und wird immer noch vermißt. Wenn er derjenige ist, für den ich ihn halte – und er sich in ein Versteck zurückgezogen hat –, ist F's Mission gescheitert. Was mich argwöhnisch macht, ist die Nationalität des Toten und wie er überhaupt dorthin kam. Ich frage mich, ob es bei Ihnen eine undichte Stelle gibt?«

»Das«, entgegnete Mahmoud ruhig, »ist immer, *immer* möglich.«

»Ich werde nicht fragen, wie Sie die Information bekamen ...«

»Aus zweiter Hand. Einer sagt es einem anderen, und dieser wiederum mir«, erwiderte Mahmoud geheimnisvoll. »Ich werde mich sofort, oder doch so schnell wie möglich darum kümmern. Es könnte Übles bedeuten.«

»Ja«, bemerkte Carstairs nachdenklich.

»Danke«, sagte Mahmoud knapp und hängte ein.

Bishop war neugierig geworden. »Was glauben Sie, *wie* er seine Informationen aus dem Irak erhält?«
»Da Antun nicht für uns arbeitet, habe ich keine Ahnung, und ich glaube auch nicht, daß ich es wissen möchte. Der Nahe Osten ist Ferads Abteilung. Ich kann nur Vermutungen anstellen.«
»Welche?«
Carstairs seufzte. »Es hat so viele Verhaftungen und Morde gegeben, daß ich annehmen würde, Antun Mahmouds Kontaktperson ist entweder ein sehr hoher und über jeden Verdacht erhabener Beamter, wenn er von den permanenten Verhaftungen verschont blieb – falls es solche Amtsträger überhaupt noch gibt, was ich bezweifle –, oder jemand, der so unauffällig ist, daß man ihm keine Beachtung schenkt: ein bescheidener Ladenbesitzer oder Verkäufer im Suk oder ein ruhiger, untertäniger weiser Bürokrat, der seine Meinung für sich behält.«
Stirnrunzelnd dachte er darüber nach. »Seit Jordanien in seiner Politik gegenüber dem Irak eine Kehrtwendung vollzogen hat, sammeln sich in Amman immer mehr irakische Dissidenten, so daß der König – und das ist riskant für *ihn* – irakische Oppositionsführer ermutigt hat, in der Hauptstadt ein eigenes Informationsbüro zu eröffnen. Aber ich bezweifle, daß Mahmoud irgendeinen von ihnen als Mittelsmann benutzen würde, dazu kennt er sie noch nicht lange genug.« Er schüttelte den Kopf. »Nein, ich schätze eher, daß Antun seine Kontakte aufgebaut hat, lange bevor er in die Vereinigten Staaten kam; ein paar Leute, die er persönlich kannte, und zumindest einer davon hatte das Glück zu überleben. Es muß sich um einen Mann handeln, der entschieden hat, daß sein Leben der Sache mehr nutzt, wenn er es aufs Spiel setzt,

statt es im Exil zu führen. Es gibt solche Männer – und sie sind die Besten.«

»Und was wird jetzt geschehen?« fragte Bishop.

»Was jetzt geschehen wird«, antwortete Carstairs knapp, »ist, daß Mahmoud wieder seinen Aufenthaltsort wechselt. Das kann ich so gut wie garantieren, denn diese Ereignisse können auch ihn in Gefahr bringen. Wo immer er jetzt noch ist, in ein paar Stunden wird er ganz woanders sein.«

»So schnell?« fragte Bishop fast erschrocken.

Carstairs erinnerte sich an die schon lange vergangene Zeit, als er unter dem Codenamen Black Jack gelebt hatte und selbst immer auf dem Sprung gewesen war. »Möglicherweise schon in *einer* Stunde.«

14

In Arb'Tn, in Awad Ibn Jazis Haus, zog sich Mrs. Pollifax noch vor dem Ende des ägyptischen Fernsehfilms zurück. Sie verstand kein Wort, und englische Untertitel hatte er nicht. Offenbar wurden schwülstige und leidenschaftliche Liebeserklärungen abgegeben, und zwei verführerisch gekleidete junge Frauen schienen entschlossen zu sein, einen attraktiven und reichen Mann zu erobern, der Rudolfo Valentino ähnlich sah. Außerdem gab es eine mutige, unschuldsvolle junge Heldin mit großen Augen, die der playboyhafte Held ignorierte. Aber Mrs. Pollifax war sicher, daß er zum Ende des Filmes ihren wahren Wert erkennen und sie wie Aschenputtel mit ihm in den Sonnenuntergang wandeln würde. Deshalb begab sich Mrs. Pollifax zu dem kleinen Zimmer im Obergeschoß und legte sich auf die ihr zugedachte Matratze. Sie schlief sofort ein.

Auch eine Matratze auf dem Boden war ein Bett, und Mrs. Pollifax hatte schon unbequemer gelegen. Aber obwohl sie gut schlief, war sie sich der nächtlichen Betriebsamkeit im Haus bewußt. Als sie einmal die Augen öffnete, bemerkte sie, daß Hanans Matratze neben ihr leer war, und etwas später hörte sie Stimmen von unten, eine davon Farrells. Doch sie war zu müde, um neugierig zu sein. Als sie beim ersten Morgengrauen erwachte, schlief Hanan auf ihrer Matratze, und im Haus war es still. Sie fragte sich, ob sie die Abwesenheit des Mädchens und die Stimmen etwa nur geträumt hatte.

Sie stand leise auf und stieg auf Zehenspitzen die Treppe

hinunter. Awads Enkelin Rehab hatte in der Küche auf einem Spirituskocher Wasser erhitzt und war gerade dabei, Joghurt in Schlüsselchen zu verteilen. Sie blickte auf und lächelte. Im Wohnzimmer stapelte Saadija Matratzen in einer Ecke auf, und durchs Fenster sah sie Farrell aus dem Schuppen kommen.

Er machte ein finsteres Gesicht. »Eine aufregende Nacht«, sagte er grimmig.

»Wie meinen Sie das?«

»Unwillkommener Besuch. Awad hörte jemanden draußen herumschleichen, Hanan hörte, wie Awad aufstand – und dann wurde auch ich wach. Awad versuchte, mir ihre Spuren mit einer Stablampe zu zeigen, aber ich sah absolut nichts – er ist wirklich erstaunlich! Ein Mann hatte Wache gestanden, sagt Awad, der blieb an einer Stelle. Der andere schlich ums Haus, blieb vor Türen und Fenstern stehen, bis er Awad hörte, dann verschwanden die zwei Hals über Kopf. Wahrscheinlich«, fügte er verärgert hinzu, »in dieser verdammten rostroten Limousine.«

»Sie glauben wirklich ...? Wissen Sie, ich habe nachts Stimmen gehört.«

Er nickte. »Ich mußte Awad so einiges über Sie erklären. Er hat vorgeschlagen, daß wir in einer Stunde zur Wüste aufbrechen. Sehen Sie, sie hatten bereits die Batterie aus Josefs Taxi entfernt.«

»Wa-as?«

»Es ist keine Batterie mehr im Taxi. Wir können Gott danken, daß Awad sie hörte, ehe sie sich auch noch an seinem Lieferwagen vergreifen konnten.«

»Aber dann wären wir hier gestrandet gewesen.« Ihre Stimme zitterte. »Wir hätten wie auf dem Präsentierteller gesessen!«

»Genau. Wir wären jedenfalls nicht weit gekommen.«

»Und sie wären zurückgekehrt und ... Oh, wenn sie nur *wüßten*«, rief sie. »Wenn sie wüßten, daß wir den Schlüssel fanden und ihn jetzt die Polizei hat! Ist Ihnen klar, daß die keine Ahnung davon haben, daß wir das Souvenir auseinandergenommen haben?«

»Wieder die naive Touristin.« Farrell seufzte.

»Wie können wir es sie wissen lassen?« fragte Mrs. Pollifax heftig. »Sie bleiben immer so weit hinter uns, sie verschwinden und tauchen wieder auf. Wir hatten keine Möglichkeit, es ihnen irgendwie mitzuteilen.«

Farrell nickte. »Auch ziemlich amateurhaft von ihnen, immer denselben Wagen zu benutzen.«

»Wohl kaum Amateure!« entgegnete sie hitzig, »wenn sie hofften, in Awads Haus einzudringen, um sich mit uns zu befassen!«

»Aber erst nachdem sie unsere Flügel gestutzt und sich vergewissert hatten, daß wir in der Falle saßen. Verzeihen Sie«, fügte er nach einem Blick auf ihr Gesicht hinzu. »Keine Angst, wir werden bald losfahren. Awads Neffe wird während seiner Abwesenheit mit den Frauen im Haus bleiben, und Awads Vetter wird sich bemühen, eine Batterie für Josefs Wagen aufzutreiben.«

»Die sollten wir ihm bezahlen!«, sagte sie fest.

»Werden wir. Jetzt trinken Sie erst einmal eine Tasse Tee, und dann holen Sie Ihre Reisetasche herunter. Wir dürften in der Wüste sicher sein; Hanan sagt, daß beim Zelt ihres Großvaters immer Männer sind, und vergessen Sie nicht, Awad ist Polizist im Ruhestand und müßte aus seiner Zeit in der Wüstenpatrouille bestimmt noch eine Pistole oder zwei haben.«

Beunruhigt fragte sie: »Kann man sich in Jordanien ebenso einfach Schußwaffen besorgen wie in den Vereinigten Staaten?«

Farrell war froh, das Thema wechseln zu können. »Nein«, antwortete er. »Zweifellos ist das auch der Grund für die niedrige Kriminalitätsrate hier. Nach dem, was Josef mir erzählt hat, muß zunächst ein Antrag gestellt werden, der genauestens überprüft wird. Danach dauert es eine Weile, bis eine Schußwaffe gekauft werden darf. Dem Käufer werden mit der Waffe drei Patronen ausgehändigt, nicht mehr. Seine Fingerabdrücke werden genommen und sein Name in einem Computer gespeichert.« Farrell sah auf seine Uhr. »Ich gehe jetzt besser und kümmere mich um mein Gepäck.«

Mrs. Pollifax, die bereits ihre Reisetasche heruntergeholt hatte, spazierte zu Awad hinüber, um ihm einen guten Morgen zu wünschen. Er schlug die Motorhaube seines Kleintransporters zu und erwiderte Mrs. Pollifax' Gruß mit einem Nicken. »Okay, kein Schaden.«

»Verraten Sie mir eines«, sagte sie neugierig, »wie konnten Sie so viel über die beiden Männer sagen, nur indem Sie sich den Boden ansahen?«

Er lächelte ihr anerkennend zu. »Ich zeige es Ihnen. Wissen Sie, sogar in der Wüste gibt es Tau, und vergangene Nacht gab es besonders viel. Kommen Sie, so früh hat die Sonne den Tau noch nicht getrocknet.«

Sie folgte ihm zum Anfang der holprigen Einfahrt neben dem Haus und kniete sich neben ihn, als er auf den Kies deutete.

»Was sehen Sie?«

»Nichts«, gestand sie und lächelte ihn an.

»Schauen Sie noch einmal. Der Kies glitzert vom Tau, *na'am*?«

Sie nickte.

»Aber sehen Sie hierher ...« Er deutete. »Der Kies wurde bewegt, da ist kein Tau.«

»Sie haben recht! Die Steinchen sind *trocken*«, rief sie aufgeregt. »Heißt das ...?«
»*Na'am* – ja. Die Spitze oder der Absatz eines Stiefels bewegte den Stein und drehte ihn um. Und wegen dem Tau kann man dort zwei leichte Eindrücke sehen, wo ein Mann lange genug gestanden hat, um den Kies tiefer in den Boden zu drücken.«
»Es ist schwer zu sehen«, gestand sie. »Aber ja, ich *glaube,* ich sehe es jetzt.«
Er richtete sich auf und ging ein paar Schritte die Einfahrt hinauf, bis zu einer Stelle, wo drahtiges Gras zwischen den Steinen gewachsen war. »Und hier?«
Triumphierend rief Mrs. Pollifax: »Hier wurden ein paar Grashalme niedergetreten!«
Er strahlte sie an. »Ja, durch einen schweren Schuh. Wenn die Sonne es erst wärmt, wird alles verschwinden.« Er führte sie zur Hintertür. »Und hier?« Er blickte sie verschmitzt an.
»Ein kompletter Fußabdruck!«
»*Na'am* – ja, weil die Wüste nicht nur aus Steinen besteht, sondern hier auch Sand ist. Ich werde diesen Schuhabdruck wiedererkennen, wenn ich noch einen sehe. Er ist nicht von einer Sandale, sondern von einem Straßenschuh. Ein Mann von mittlerer Größe und mittlerem Gewicht, nicht so groß wie Mr. Farrell, aber schwerer.«
»Unglaublich!« staunte Mrs. Pollifax.
Sie drehte sich um, als Hanan mit einem kleinen Sack erschien. Sie hatte ihre Schuluniform ausgezogen und war in eine abgetragene schwarze Pumphose und einen grauen Kittel geschlüpft, der ihr bis zu den Knien reichte, und trug selbstverständlich ihre Cowboystiefel. Ihre dichten dunklen Locken waren unter einem neonpinken Kopftuch verborgen. Sie sah Mrs. Pollifax ernst an. »Juseff

sagt, daß uns gestern ein Wagen folgte. Awads Cousine nebenan könnte Ihnen ein Gewand und einen Schleier leihen, wenn Sie möchten. Als Tarnung, wissen Sie. Sie ist sehr religiös.«

»Würde Nancy Drew sich so verkleiden?« fragte Mrs. Pollifax.

Hanan dachte darüber nach. »Ich glaube schon, Sie nicht? Das *Thobe* und der Schleier würden in der Wüste zwar sehr heiß für Sie sein, aber es wäre klug.«

»Noch klüger von dir, daran zu denken«, lobte Mrs. Pollifax. »Ich sehe schon, daß du uns in Notlagen sehr nützlich sein wirst.«

Hanan, die zum Lieferwagen blickte, sagte bedauernd: »Leider bleibt uns keine Zeit mehr zum Umkleiden. Sehen Sie? Juseff winkt uns, wir müssen gleich losfahren.«

»Wir unterhalten uns später weiter«, versicherte ihr Mrs. Pollifax. Sie rechnete damit, daß die Sonne bald wirklich brennen würde; also nahm sie ihre Sonnenbrille aus der Handtasche und setzte einen Strohhut mit sehr breiter Krempe auf.

Es war sieben Uhr, als sie ihre Reise in die Wüste antraten, und kaum hatten sie Arb'Tn hinter sich, da wurde es eine äußerst rauhe Fahrt, teilweise über alte Kamelpfade, aber öfter scheinbar querfeldein in nördliche Richtung. Weil der Wagen so heftig holperte, wechselten sie sich ab, vorne neben dem Fahrer zu sitzen, wo ein Beifahrer Platz hatte, und hinten auf der offenen Ladefläche, wo ein paar dünne Kissen die Stöße erträglicher machen sollten, Mrs. Pollifax jedoch bei jeder Drehung des Lenkrads von einer Seite zur anderen rutschte. Der Boden war so eintönig braun und uneben, daß die vereinzelten Büschel Grün – Besengras nannte Hanan es – ein erfrischender Anblick waren. In der Ferne konnte Mrs. Pollifax verschwommene Streifen Grau sehen, vermutlich eine Bergkette, die jedoch sehr weit weg sein mußte. Die Wüste selbst blieb flach, aber leider nicht so flach, daß sie nicht von Erdbukkeln und in der Sonne glitzernden Steinen beachtlich geschüttelt worden wären. Und einmal mußten sie ein ausgetrocknetes Flußbett durchqueren – ein Wadi, erklärte Hanan, dessen Böschungen so steil waren, daß Mrs. Pollifax befürchtete, der Wagen würde kippen, ehe er den Rand auf der anderen Seite wieder hinaufgekrochen war. Es war schon fast neun Uhr, als Hanan nach vorne zeigte und Mrs. Pollifax eine Gruppe langer schwarzer Gebilde wahrnahm.

»*Buyut sha'ar!*« rief Hanan erfreut. »Zelte!«

»Aber was sind diese Hunderte von Punkten?«

»Punkte?« fragte Hanan verwirrt, und dann: »Oh! Das sind Schafe und Ziegen. Sie haben hier gutes *Nassi* zu fressen. Das große Zelt gehört meinem Großvater!« fügte sie stolz hinzu.

Als sich Awads Wagen stotternd und aufheulend ins Lager plagte, kamen Kinder angerannt, Hunde bellten, Frauen spähten neugierig aus den Zelten, und ihre Gesichter leuchteten beim Anblick von Awad und Hanan auf. Der Kleinlaster hielt vor dem größten der vier Zelte an. Es sackte zwischen den Stangen tief durch und schien sehr niedrig zu sein, doch der Mann, der herauskam, stand aufrecht. Durchdringende Augen unter buschigen weißen Brauen beherrschten sein Gesicht: ein schmalgeschnittenes Gesicht mit langer Nase, einem breiten, großzügigen Mund und einem kräftigen Kinn, das ein weißer Bart zierte. Sein Kopf war mit einem *Kaffiyeh* bedeckt, der sein Gesicht einrahmte und bis zu seiner Taille reichte.

»Mein Großvater!« verkündete Hanan voll Stolz.

15

Die Vorderseite von Scheich Abdul Ibn Jidoors Zelt in der Wüste war dem sanften Ostwind geöffnet; eine Brise enthüllte, daß die Stangen, die das Zelt stützten, aus schlanken Schößlingen gefertigt waren. Und mochte das schwere Zelt aus gewebtem Ziegenhaar auch schwarz sein, der Boden war mit farbenprächtigen Berber- und Orientteppichen ausgelegt. Die Abteilung für die Frauen, das *Muharram,* war durch einen ebenso leuchtend bunten Teppich abgetrennt, der vor dem anderen Ende des Zeltes hing. Hanan verschwand darin und machte Mrs. Pollifax damit klar, daß ihr als Josefs Gast und als Ausländerin gestattet war, sich bei den Männern aufzuhalten. Sie und Farrell wurden ins Zelt gebeten. Von den Teppichen abgesehen, bestand die ganze Einrichtung aus einer Feuerstelle in der Mitte dieses vorderen Zeltraums mit einem schönen Silbergefäß darauf, vielen dicken Kissen und einem niedrigen Tisch mit zwei weiteren Gefäßen und einem batteriebetriebenen Radio. Mrs. Pollifax schloß sich den Männern an und setzte sich wie sie im Schneidersitz auf ein Kissen. Ein jüngerer Mann brachte ein Tablett mit kleinen Tassen, in die er dampfenden türkischen Kaffee für sie einschenkte.

Nach drei Täßchen des dicken, starken, mit Kardamon gewürzten Gebräus fühlte Mrs. Pollifax sich unbesiegbar und sehr unternehmungslustig, wünschte sich aber eine Zahnbürste, um den Kaffeesatz von den Zähnen entfernen zu können. Da sie sich diesen heimlichen Wunsch jedoch nicht erfüllen konnte, fand sie sich damit ab, zuzuhören und zu beobachten. Farrell tat ihr leid; er saß neben ihr, fühlte sich jedoch im ungewohnten Schneidersitz gar nicht wohl. Sie selbst war zwar ein wenig aus der Übung, schaffte ihn aber trotzdem noch fast mühelos und erntete dafür Anerkennung in lobenden und neugierigen Blicken. Hanan hatte ihr versichert, daß ihr Großvater Englisch sprach, doch das hier war anscheinend eine Art Konferenz, und nicht alle seiner Männer verstanden diese Sprache.

Nach mehreren Runden Kaffee stand noch immer niemand auf. Zwei junge Frauen trugen zu essen auf, *Hummus,* zerdrückte, in Öl schwimmende Auberginen, Tomatenscheiben und frisch gebackenes *Khobs.* Mrs. Pollifax begann sich zu fragen, wann man ihnen das halbbegrabene Fort zeigen würde, von dem so wenige wußten und das Hanan ihnen unbedingt zeigen wollte. Nach dem Essen, für das sich seine Gäste mit ausgesuchter Höflichkeit bei dem Scheich bedankten, traten sie ins Freie, wo sich ihnen Hanan wieder anschloß, und Mrs. Pollifax fragte sie nach dem Fort.

Doch es war Josef, der antwortete. Mit besorgter Miene sagte er: »Ich möchte nicht ohne die Erlaubnis meines Großvaters dorthin. Ich habe mit ihm über diesen Ausflug gesprochen, aber er lächelte nur, nickte und sagte, er habe Anweisungen erteilt, ein Schaf zu schlachten für ein Fest zu Ihren Ehren heute abend.«

Farrell wehrte ab. »Heute ist Freitag, Josef, und wir fliegen Montag abend in die Vereinigten Staaten zurück!«

»Mein Großvater lebt nach Wüstenzeit«, entgegnete Josef kläglich. »Er versteht so etwas nicht. Trotzdem, das sieht ihm nicht ähnlich.« Er runzelte die Stirn. »Etwas bedrückt ihn, ich spüre es. Und es hat etwas mit unserem geplanten Ausflug zu tun.«

Mrs. Pollifax, die durchaus nichts dagegen hatte, hierbleiben zu können, bemerkte fröhlich: »Wir müssen uns nicht unbedingt ein halbversunkenes Fort ansehen. Hier in ebensolcher Hektik zu sein wie zu Hause, erscheint mir absolut unpassend. Oh, sehen Sie!« rief sie. »Kamele, eine ganze Reihe! Und ein Mann auf einem Pferd!«

»Es ist Qasim!« rief Hanan strahlend. »Er bringt mir mein Kamel!«

Mrs. Pollifax interessierte sich sehr für diesen Qasim und die Beziehung zwischen ihm und der elfjährigen Hanan, die für ihr Alter so klug und verständig war. Sie hatte auch ein wenig Angst, ihn kennenzulernen; denn wenn Hanan ihn heiraten würde, fragte sie sich, ob er wohl ihre offene Lebhaftigkeit schwächen oder zerstören oder sie gar zwingen würde, sich zu fügen. Er ritt auf dem edlen Braunen, den Hanan beschrieben hatte, und als er absaß, grinste er das Mädchen an. »Kleine Cousine«, sagte er, »ich habe gehört, daß du Gäste hast.«

»Ja, ich habe Gäste, Qasim.«

»Alan bik«, sagte er zu Farrell und gab ihm die Hand. Mrs. Pollifax begrüßte er mit *»As salam alaikum!«*

»Alaikum as salam!« erwiderte Mrs. Pollifax prompt.

Das schien ihn zu freuen.

Mrs. Pollifax war bei seinem Anblick erleichtert. Ihm haftete eine natürliche, für einen Sechzehnjährigen erstaunliche Würde an. Sein dunkles Gesicht war attraktiv, der Mund sah aus, als lächle er gern und oft, und seine dunklen Augen zeigten Wärme. Sie hätte ihn für älter gehalten. Offensichtlich war er ein glücklicher junger Mann, im Gegensatz zu vielen Jungen seines Alters in Amerika.

»Ich habe dir Hilweh gebracht«, wandte er sich an Hanan, »und Kamele für Juseff und deine Gäste, damit ihr einen kurzen Ausritt machen könnt, wenn ihr wollt.«
»Oje!« murmelte Mrs. Pollifax.
»Ich wüßte nicht, was Mrs. Pollifax glücklicher machen würde«, entgegnete Farrell amüsiert. »Wie zuvorkommend von dir.«
Mrs. Pollifax bedachte ihn mit einem vorwurfsvollen Blick.
»Ich habe nur die sanftesten Kamele genommen«, versicherte Qasim sofort, als er ihre Miene bemerkte. Er machte sich daran, die vier Tiere vorzustellen, erläuterte ihren Stammbaum und erklärte, daß er jeden Winter für zwei Monate in die Stadt ging, um an einem staatlichen Ausbildungsprogramm über Landwirtschaft und Viehzucht teilzunehmen. »Sehen Sie? Ganz sanft.«
Auf diese Weise wurde Mrs. Pollifax mit ihrem ersten Kamel bekannt gemacht. Nach einem leichten Stupsen sank das graubraune Kamel auf die Knie, so daß sie mit Qasims Hilfe hinaufsteigen und sich in den farbenfroh verzierten Sattel setzen konnte. Qasims neuerliches Stupsen brachte das Kamel zum Aufstehen, und sie kippte nach vorn, um gleich wieder zurückzurutschen, als das Tier auch die vorderen Beine streckte. Danach zuckelten sie und das Kamel unter Qasims Führung zwar schaukelnd, aber friedlich dahin. Das Kamel war viel höher als ein Pferd, doch es gab mehr, woran sie sich festhalten konnte, und nachdem sie um das Lager herumgeführt worden war, gefolgt von einem Schwarm fröhlicher Kinder, gab sie zu, daß sie mit einem Kamel schon besser zurechtkam als mit einem Pferd und daß sie bereit sei, zu der Anhöhe zu reiten, die etwa einen knappen Kilometer entfernt war.

Farrell und Josef stiegen geübt und sicher auf ihre Kamele. Qasim schwang sich auf sein Pferd, und Hanan schrie fröhlich: »*Way-oh! Way-oh! Hei! Hei! Hei!*« Dann galoppierte sie auf ihrem weißen Kamel namens Hilweh los. Wie sie erklärt hatte, bedeutete Hilweh »schön«.

Nur einen Moment während ihres Rittes regte sich Besorgnis. Von Osten war das typische dröhnende Rattern eines Hubschraubers zu vernehmen, dessen Rotorblätter durch die Luft schnitten. Zunächst war er nur wie ein riesiger Vogel am Himmel erschienen, von keiner Bedeutung für sie, doch als er näher kam, flog er erstaunlich tief, der Fluglärm wurde lauter, und Qasims Pferd bäumte sich in Panik auf.

Nachdem Qasim es beruhigt hatte, sagte Farrell kopfschüttelnd. »Zivilisation! Fliegen sie oft und so tief hierher?«

»Nein«, antwortete Qasim verärgert und starrte dem verschwindenden Hubschrauber nach. »Sonst würde er mein Pferd nicht so erschreckt haben. – Wer war es, Juseff? Konntest du es erkennen? Die Wüstenpatrouille war es nicht, oder?«

Josef schüttelte den Kopf. »Auch nicht das Militär. Dazu war er zu klein. Vielleicht irgendein anderer Hubschrauber der Regierung, aber ich habe keine Hoheitsabzeichen gesehen. Vielleicht suchen sie nach jemandem, der sich in der Wüste verirrt hat.«

Qasim nickte. »Oder nach Schmugglern.«

»Schmugglern?« echote Mr. Pollifax überrascht.

Josef nickte. »Die Grenze zu Saudi Arabien liegt nur etwa eine Stunde von hier entfernt.«

»So nahe!«

»Ja.«

Sie schauten dem Helikopter nach, bis er am Horizont

verschwand, und setzten ihren Ritt fort. Nachdem sie die Anhöhe hinter sich hatten, ritten sie noch etwa eineinhalb Kilometer weiter, damit Mrs. Pollifax die Schafherden aus der Nähe sehen konnte. Die Luft war klar und die Sonne heiß, aber nicht unangenehm. Mrs. Pollifax genoß es; sie wünschte nur, Cyrus könnte sie jetzt sehen. Sie war auch stolz auf ihre Reitkünste, nach ihrer vorherigen Erfahrung mit Pferden. Aber daran wollte sie lieber nicht denken, denn Pferde erinnerten sie an Petra und den Angriff im Siq. Lieber stellte sie sich vor, daß Lawrence von Arabien hier an dieser Stelle durch die Wüste geritten war, denn in Jordanien – damals Transjordanien – hatte er die Araber in die Schlacht geführt.

Nachdem sie von ihrem Ausflug zurückgekehrt waren, wurde Mrs. Pollifax sofort klar, daß sie nicht zu dem Fort aufbrechen würden, außer vielleicht bei Nacht, denn alle im Lager bereiteten das *Mansef*, das große Festmahl, vor. Ein Schaf wurde auf einem Drehspieß gebraten; Kopf und Augen waren unversehrt, und sie versuchte, nicht dorthin zu blicken – wenn es wenigstens nicht wie ein Schaf *aussähe*, dachte sie. Kaum hatten sie und Farrell es sich im Zelt des Scheichs auf Kissen bequem gemacht, brachte ein junger Mann den unvermeidlichen Kaffee und erkundigte sich höflich in kaum verständlichem Englisch, ob sie »einen köstlichen *jamal*-Ritt« gehabt hätten. Farrell versicherte ihm gemessen, daß sie ihn sehr genossen hätten, und der junge Mann entfernte sich sichtlich zufrieden. Das Zelt stand nun nach Westen offen, und sie erfreuten sich an dem unvergleichlichen Blick auf die rotgolden leuchtende Sonne. Als der feurige Ball den Horizont erreichte, tippte Mrs. Pollifax auf Farrells Arm. »Schauen Sie!«

Scheich Ibn Jidoor war eingetreten und hatte, nach einem Blick auf den Sonnenuntergang, die Sandalen von den Füßen gestreift und sich zum Gebet hingekniet. Einen Augenblick später beugte er sich vor und berührte mit der Stirn den Boden; das wiederholte er zweimal, ehe er sich aufrichtete. Das letzte Licht der Sonne zeichnete sein Profil in Gold. Es war ein bewegender Anblick für Mrs. Pollifax; sie vermutete, daß alle im Lager Allah auf diese Weise ihre Ehrerbietung erwiesen, aber sie drehte sich nicht um, um nachzusehen. Sie blieb nur reglos sitzen. Nie würde sie diese Stille der Wüste und den Anblick der Sonne und des Betenden vergessen.

Und dann war es vorbei, und der Scheich verschwand aus ihrem Blickfeld. Nächtliche Kühle stahl sich in das Zelt, woraufhin die geöffnete Seite heruntergelassen und so die Wärme des Feuers von den Zeltwänden eingeschlossen wurde. Es roch nach bratendem Fleisch, frisch gebrühtem Kaffee und geheimnisvollen Kräutern und Gewürzen. Allmählich kamen die Männer herein, ließen sich mit untergeschlagenen Beinen rund um das Feuer nieder, und weitere Täßchen Kaffee wurden verteilt. Der Scheich trat ein, um jeden Gast höflich zu begrüßen und Mrs. Pollifax als Assayida Pollifax und Farrell als Assayed Farrell vorzustellen. Auch Josef kam nun herein, wurde herzlich begrüßt und auf arabisch ausgefragt. Fröhliches Lachen erklang, Pfeifen wurden angezündet, und es herrschte eine warme, herzliche Atmosphäre. Dann begann das Festmahl. Riesige Schüsseln gehäuft voll mit Reis und Lammstücken, von denen Öl troff, wurden aufgetischt; alles sollte mit den Fingern gegessen werden. Mrs. Pollifax vermißte zu ihrer Erleichterung die Schafsaugen. Diesem üppigen Mahl folgte sehr süßer Tee und ein ernstes Gespräch.

Josef wandte sich Farrell und Mrs. Pollifax zu und über-

setzte. »Sie reden von Hanans Wunsch, Ihnen morgen von Awad das versunkene Fort zeigen zu lassen. Das gefällt meinem Großvater nicht, denn erst vor einem Monat suchte einer von seinen Leuten in der Wüste nach vier verschwundenen Ziegen. Er fand sie, entdeckte dabei jedoch etwas Erschütterndes: mehrere Männer, die sich in der Wüste verirrt hatten und von denen einer bereits verdurstet war. Die anderen waren dem Tod nahe, konnten aber, Dank sei Allah, noch gerettet werden. Mein Großvater fragt, wie alt Awads Kleinlaster ist und in welchem Zustand. Er hat große Achtung vor Awad, aber die Wüste ist grausam, und Sie sind seine geehrten Gäste, für deren Sicherheit er verantwortlich ist.«
»Wir sollen also den Ausflug nicht machen?« fragte Farrell.
Josef hob die Hand und hörte zu. »Ah, mein Großvater sagt, daß Argub al-Saidai den Wagen Awads erst gründlich inspizieren muß. Und er sagt, daß Awad die Wüste kennen mag wie seine Westentasche, und Kamele ebenfalls, aber mit Maschinen kennt er sich nicht aus.«
Mrs. Pollifax lächelte. »Ihr Großvater macht sich Sorgen, wie jeder gute Vater es tut.«
»Und er ist sehr weise«, fügte Josef hinzu.
Eine Zeltklappe wurde geöffnet, und ein junger Mann trat ein. In der rechten Hand trug er einen Gegenstand, der wie eine dünne Lederschatulle an einer Stange aussah. Offenbar war er erwartet worden, denn alle begrüßten ihn herzlich und wortreich. Josef erklärte lächelnd: »Er wird auf seiner *Rababa* Musik für uns machen.«
Als der junge Mann eingetreten war, hatte Farrell hinter ihm einen Blick auf den Himmel erhascht. Mit einem höflichen Lächeln stand er auf und entschuldigte sich: »Ich möchte gern den wundervollen Sternenhimmel be-

trachten. Vielleicht finde ich ja die Milchstraße und, wer weiß, möglicherweise auch den Polarstern.«
»Vielleicht sehen Sie einen *Shibah* – eine Sternschnuppe«, sagte Josef, »ein Geschenk Allahs.«
Als Farrell gegangen war, fühlte sich Mrs. Pollifax ein wenig einsam, und die Musik des jungen Mannes trug nicht gerade dazu bei, dieses Gefühl zu vertreiben. Er beugte sich über seine einsaitige *Rababa* und fing zu singen an. Es klang sehr melancholisch, und er sang das Lied mit lauter, leicht näselnder Stimme. Josef übersetzte es für sie.

»Bei der Sonne und ihrem Glanz
Und dem Mond, wann er ihr folgt
Und dem Tag, wann er sie enthüllt
Und dem Himmel und was ihn erbaute:
Laßt uns die Tage des Frühlings besingen
Und nicht die Nächte des kalten Winters.
Wenn das Lied des Tages zu Ende ist
Dann endet auch unser Leben.
Die Sonne versinkt im Land des Westens
Und der Herr des Morgengrauens wartet.« *

Ja, ausgesprochen melancholisch, dachte Mrs. Pollifax. Ein Tablett mit honiggetränktem Gebäck wurde herumgereicht.
»Baqlawa«, flüsterte Josef, doch Mrs. Pollifax achtete nicht darauf, denn die Zeltklappe wurde wieder hochgeschlagen, und sie hoffte, Farrell käme zurück. Aber es war

* Dieses umgearbeitete Lied stammt ursprünglich von Mohammeds *Fürs lyrische Volk* und beruht auf der 90.-95. Sure des Korans. Es ist von Max Henning und Eric Portmann übertragen.

ein Beduine, fast vermummt in schwerer Kleidung, der zurückhaltend eintrat und sich zu ihnen setzte.
Der Scheich warf eine Handvoll getrockneten Dung auf das Feuer, und die plötzliche Helligkeit beleuchtete den Kreis von Gesichtern um sie besser. Über das Feuer hinweg trafen ihre Augen die des Mannes, der so unauffällig eingetreten war. Er starrte sie stirnrunzelnd und grübelnd an, und das war für sie ein Grund, ihn eingehend zu betrachten. Sein Gesicht wirkte wind- und wettergegerbt und dunkel im Feuerschein. Es war glatt rasiert mit seltsamen weißen Hautflecken an jedem Wangenknochen. Sie lächelte ihn höflich an, ehe sie sich von ihm abwandte, denn der Scheich hatte zu ihr gesprochen. »Entschuldigung. Wie bitte«, aber sie beobachtete, wie der Neuankömmling aufstand und das Zelt wieder verließ.
»Aus dem Nordosten«, antwortete sie, nachdem er die Frage wiederholt hatte. »Es heißt Connecticut.«
»Ah, Kenitkat.« Er nickte und lächelte wohlwollend. »Und jetzt sind Sie hier.«
»Ja, mit Hanan, und sie ist ein – *echter Beduine?*«
Er nickte heftig und lachte, daß seine kräftigen weißen Zähne blitzten. Sie aber wartete immer ungeduldiger auf Farrells Rückkehr, außerdem war es sehr warm im Zelt, und so fragte sie sich, wie sie sich wohl halbwegs anmutig erheben könnte, nachdem sie so lange fast reglos im Schneidersitz gesessen hatte und ziemlich aus der Übung war. Behutsam und so unauffällig wie möglich griff sie nach einem Bein, streckte es aus, bis die Steifheit nachließ, und stand ganz langsam auf. »Entschuldigen Sie mich bitte, ich würde gern nachsehen, ob Mr. Farrell Sternschnuppen entdeckt hat.« Tatsächlich gelang ihr ein würdevoller Abgang.

Im Freien war es sehr still und der samtene dunkelblaue Himmel übersät mit unzähligen Sternen, doch Farrell war nicht zu sehen. Sie spazierte auf der Suche nach ihm zwischen den Zelten herum und rief schließlich seinen Namen.
Keine Antwort.
Zurück im Zelt des Scheichs blieb sie am Eingang stehen und sagte mit lauter Stimme, die ihre Panik kaum verhehlte: »Ich kann Farrell nicht finden!«
Die Gesichter im Feuerschein wandten sich ihr verständnislos zu, bis sich Josef erhob und ihre Worte ins Arabische übersetzte. Sofort stand auch Awad auf, gefolgt von mehreren anderen.
»Was kann passiert sein?« fragte sie Josef.
»Er wird nur ein Stück zu weit spaziert sein«, versuchte Josef sie zu beruhigen. »Wir werden ihn finden. – Bushaq, hol die Laternen!«
Laternen wurden verteilt, und die Männer trennten sich, um jeder eine andere Richtung einzuschlagen. Mrs. Pollifax blieb bei Awad, der, statt Farrells Namen zu rufen, den Boden studierte und sich mit tief gehaltener Laterne langsam auf das nördliche Ende des Lagers zubewegte.
»Bismallah!« rief er plötzlich. »Seht her!«
Zwei andere Laternen näherten sich seiner, und Mrs. Pollifax trat noch näher. Das zusätzliche Licht erhellte einen Streifen aufgewühlte Erde, der sich über den Lichtschein hinaus erstreckte und in der Dunkelheit verschwand. Arabische Worte drangen von allen Seiten auf Mrs. Pollifax ein, doch sie brauchte keine Übersetzung. Das war die Spur von etwas, das auf dem Boden davongezerrt worden war. Awad wandte sich ihr zu. »Sehen Sie es? Verstehen Sie?«

Sie nickte. »Aber warum hat er nicht geschrien?« Ihr wurde bewußt, daß sie nahe daran war, selbst zu schreien. Awad antwortete nicht. Er sagte zu den anderen etwas auf arabisch, und der matte Schein der Laternen folgte der Spur hinaus in die Dunkelheit. Mrs. Pollifax stapfte automatisch, ohne viel nachzudenken, mit. Die tief gehaltenen Laternen zogen der Spur nach, am Lager vorbei, eine leichte Erhebung hinauf und hinunter, durch eine große Schar Schafe hindurch, und endete erst, nachdem die flackernden Feuer des Lagers sich weit hinter ihnen befanden und kaum noch zu sehen waren. Da aber endete sie abrupt. Awad kniete sich nieder und sagte: *»Pferde!«*

»Pferde!« wiederholte Mrs. Pollifax bestürzt.

Im Laternenschein wirkten die Gesichter der Männer wild und doch mitfühlend; ihre Augen waren nachdenklich zusammengekniffen.

Awads Laterne suchte den Boden ab. »Zwei«, stellte er fest. Seine Laterne bewegte sich weiter, und er hob einen Pferdeapfel auf. »Sehen Sie? Pferde.« Er ließ ihn fallen und beugte sich tiefer über den Boden. Seine scharfen Augen nahmen Einzelheiten wahr, die Mrs. Pollifax völlig entgingen. »Zwei Pferde kamen aus dem Osten«, erklärte er. »Jedes mit einem Reiter, das Gewicht ist ungefähr das gleiche.« Wieder leuchtete er mit seiner Laterne herum, während die anderen zusahen und warteten. »Hier ritten sie ostwärts zurück, aber sehen Sie? Die Abdrücke eines Pferdes sind viel tiefer, es trägt eine zusätzliche Last.«

»Es trägt Farrell!« flüsterte sie und nickte. Dann sagte sie laut, verzweifelt: »Aber warum Farrell?«

»Wartet!« sagte Awad scharf. »Leuchtet alle hierher. Hier ist ein Flecken Sand!« Dann wandte er sich Mrs. Pollifax

zu: »Sehen Sie her. Kennen Sie diesen Fußabdruck – halben Abdruck –, der entstand, als der Mann aufsaß?«
Sie betrachtete ihn verständnislos, dann blickte sie Awad an. »Dieser halbe Abdruck ist mir bekannt – und Ihnen ebenfalls. Er stammt von dem Schuh des Mannes, der vergangene Nacht an meiner Haustür stand und der Juseffs Batterie gestohlen hat.«
Verwirrt entgegnete Mrs. Pollifax: »Aber das ist doch nicht möglich! Wir dachten – wir waren so sicher, daß es die Männer aus dem roten Wagen waren, die ...« Sie hielt inne, als sie nur verständnislose Blicke erntete. Wie, fragte sie sich, könnte sie überhaupt erklären, daß die Männer aus der roten Limousine hinter *ihr* hergewesen waren, nicht hinter Farrell, und daß sie und Farrell angenommen hatten, ihre unermüdlichen Verfolger wären es gewesen, die in der Nacht zum Haus geschlichen waren, um sowohl das Taxi als auch den Kleinlaster unbrauchbar zu machen.
Ich hätte es sein sollen! dachte sie. *Warum haben sie nicht mich entführt?* Sie spürte, daß eine Antwort am Rande ihres Bewußtseins herumgeisterte, aber zu flüchtig, als daß sie sie in diesem Augenblick der Panik, Verzweiflung und Sorge einfangen könnte. »Wo können sie ihn hingebracht haben?« fragte sie Awad. »Wollen wir sie denn nicht verfolgen? Sie können noch nicht weit gekommen sein! Bitte, können wir nicht versuchen, sie einzuholen?«
Er sagte bestimmt: »Nicht vor Sonnenaufgang. Wir brauchen Licht. Gutes Licht.« Und erzürnt fügte er hinzu: »Das ist eine unverzeihliche Beleidigung, die an Scheich Ibn Jidoors Ehre rührt. In *seinem* Lager!«
Eine kleine Hand glitt tröstend in Mrs. Pollifax'. Sie hatte gar nicht bemerkt, daß Hanan hier war. »Keine Angst«, wisperte Hanan. »Wir werden ihn finden!«

Mrs. Pollifax war dankbar für ihre Zuversicht, aber bis zum Sonnenaufgang dauerte es noch sieben Stunden, und was mochte bis dahin mit Farrell geschehen, wie weit fort würde er dann sein?
Worte des Erstaunens und der Entrüstung murmelnd und Allah um seine Hilfe anrufend, kehrten die Männer, von Awad angeführt, zum Lager zurück. Mrs. Pollifax ging etwas langsamer und hoffte, sie müsse bis zum Sonnenaufgang mit niemandem mehr reden. Hanan ging neben ihr her, und Mrs. Pollifax wurde bewußt, wenn sie jetzt schlafen wollte – zu ihrer Überraschung war es nach ihrer Uhr erst zweiundzwanzig Uhr –, würde sie sich zu den Frauen in das *Muharram*, die durch den Vorhang abgetrennte Zelthälfte, begeben müssen. Ihr graute davor, aber Hanan schien es zu spüren. Sie ging hinein und sprach auf arabisch zu den Frauen, die mitfühlende Töne von sich gaben, Mrs. Pollifax Decken brachten und sie mit freundlichem Mitleid ansahen.
Sie legte sich nieder, wissend, daß Hanan ihr gegenüber unter ihrer eigenen Decke lag. Die Unterhaltung auf der anderen Seite des Vorhangs verstummte allmählich ... Sie war aufgewühlt und hatte Angst um Farrell, aber es war ein langer Tag gewesen, und nach einer alptraumhaften halben Stunde fiel sie in einen unruhigen Schlaf.
Sie erwachte, als jemand sie am Arm packte. Sie hörte Hanan flüstern: »Ich bin's ... Seien Sie ganz leise. Kommen Sie!«
Nach einer Erklärung zu fragen, hätte bestimmt sämtliche Schlafenden um sie geweckt, so schälte sich Mrs. Pollifax behutsam aus ihren Decken und kroch hinter Hanan her ins Freie. Stumm zog Hanan sie von den

Zelten weg und sagte, immer noch flüsternd: »Wir können jetzt losreiten. Qasim wird uns helfen.«
»Qasim?« fragte Mrs. Pollifax. »Jetzt losreiten?«
»Qasim hat eine Idee, wohin sie Mr. Farrell gebracht haben könnten.«
Mrs. Pollifax, die noch immer nicht ganz wach war, stammelte: »Aber – w-w-wohin?«
Ihre Augen hatten sich an die Dunkelheit gewöhnt, so daß sie etwas besser sehen konnte. Hanan überlegte. »Ich glaube, es ist zwischen fünfzehn und zwanzig Kilometer von hier.«
»Aber wie wollt ihr in der Dunkelheit die Spur finden?«
Hanan lächelte. »Wenn man den Ort *kennt*, wo Mr. Farrell vielleicht zu finden ist, braucht man nicht nach Spuren zu suchen, man muß nur die Sterne als Wegweiser nehmen.« Fast abfällig fügte sie hinzu: »Awad ist übervorsichtig!«
Mrs. Pollifax war inzwischen hellwach. Sie betrachtete das Mädchen fasziniert. »Und du hast mit Qasim diesen nächtlichen Ausflug beschlossen?«
»O ja«, erwiderte Hanan voll Zuversicht. »Er hat drei Kamele für uns gesattelt und wartet hier ganz in der Nähe.«
»Kamele!«
Hanan nickte. »Ja. Awads Wagen ›auszuborgen‹ hätte das ganze Lager geweckt. Sie müssen doch zugeben, daß er einen grauenhaften Lärm macht.«
Mrs. Pollifax wußte nicht, ob sie lachen oder weinen sollte. »Hanan, du bist unglaublich!«
»Aber man muß es *versuchen*«, entgegnete Hanan. »Wir haben ein Sprichwort: ›Fang den Dieb, bevor er dich fängt‹, und Mr. Farrell wurde gestohlen!«

Ein Hund bellte und wurde beruhigt. Hanan führte sie weg vom Lager auf die Erhebung zu, wo Qasim in einem so dunklen Gewand wartete, daß er kaum noch als Schatten zu sehen war. Die drei Kamele neben ihm bewegten sich unruhig.

»*Masal khair*«, sagte Hanan leise zu ihm.

»*Winta dkhair*«, erwiderte er ernst, und dann: »Reiten wir los!«

16

Es war kalt und dunkel. Die Mondsichel bescherte kein Licht, und auch die wie Brillanten glitzernden Sterne erhellten die nächtliche Wüste nicht. Obwohl es windstill war, fröstelte Mrs. Pollifax, aber sie wußte nicht, ob vor Kälte oder Anspannung. Sie wiederholte für sich alles, was Farrell ihr so verspätet über »andere« erzählt hatte, die möglicherweise Dib Assens Manuskript an sich bringen wollten. Da war natürlich dieser irakische Agent, der auf der Burg ums Leben gekommen war. Jetzt versuchte sie die gesamten Ereignisse, deren Bedeutung sie bisher nicht richtig erkannt hatte, neu zu ordnen und zu verbinden: Dann dieser Mann, der sich im Speisesaal zu Farrell gesetzt und mit ihm über arabische Literatur gesprochen hatte und den Farrell während des Sandsturms wartend vor dem Restaurant wiedergesehen hatte … Es war nun nicht mehr Mr. Nayef, dem ihr Interesse galt. Sie ordnete ihn nur noch als ärgerlichen Zwischenfall ein, denn in Wirklichkeit … Aber so ganz konnte sie doch nicht daran glauben. Es stimmte, sie hatte Farrell wegen des geplanten Treffens mit dem Freund des verstorbenen Dib Assen nach Jordanien begleitet. Aber ihre Aufmerksamkeit hatte in letzter Zeit so sehr dem Überfall in Petra und der ihnen überallhin folgenden rostroten Limousine gegolten, daß es sie überforderte, Farrells mysteriöse »andere« in ihre Überlegungen mit einzubeziehen. Farrell hatte Ibrahim weder gesehen noch getroffen, besaß das Manuskript nicht, und doch war er auf rätselhafte Weise verschwunden, in die

Nacht davongezerrt, wo doch – unter Berücksichtigung aller Umstände – Emily Pollifax das Opfer hätte sein müssen. Sie zitterte. Sie waren stumm dahingetrottet, nur das Knarren des Sattelleders oder das Husten eines Kamels brach hin und wieder die Stille. Als das Lager längst weit hinter ihnen lag, rief Qasim über die Schulter: »Um nicht gesehen oder gehört zu werden, schlagen wir am besten einen Bogen; wir halten uns nördlich des Qasr und reiten dorthin zurück durch das Wadi Ghaduf.«

Hanan, die hinter Mrs. Pollifax ritt, rief ihm zu: »Aber die Steine, Qasim! Die Steine im Wadi Ghaduf sind so spitz, daß sie in die Füße der Kamele schneiden, das weißt du doch!«

»Ich habe dicke Wolle mitgebracht, um ihre Füße zu polstern«, erwiderte er. »Ihr müßt mir beide damit helfen, sonst dauert es zu lange.«

»Aber wohin reiten wir denn?« erkundigte sich Mrs. Pollifax fast flehend.

Er zügelte sein Kamel, um neben ihr zu reiten. »Zu den Ruinen eines alten Schlosses. Im Norden von Jordanien gibt es viele solcher Ruinen, diese ist jedoch die einzige in dieser Gegend.«

»Doch nicht etwa das halbvergrabene Fort!« rief sie.

Qasim schüttelte heftig den Kopf. »Nein, das ist sehr weit von hier, und nur Awad weiß genau wo. Der Bau dieses Schlosses, zu dem wir wollen, wurde von den Omaijaden vor fast dreizehnhundert Jahren begonnen, doch nie fertiggestellt. Man nennt es das Qasr at Túba. Kaum noch jemand geht heutzutage dorthin. Außer *Bedu*, vielleicht.«

»Und Fledermäuse«, fügte Hanan hinzu.

»Doch sonst niemand.«

»Und ihr glaubt ...?« fragte Mrs. Pollifax.

Qasim drehte sich im Sattel, um sie anzusehen. Heftig

sagte er: »Es ist das Gesetz der *Bedu*, daß sogar ein Feind in einem *Bedu*-Lager sicher ist. Einen Gast des Scheichs zu entführen ist eine ungeheure Beleidigung. Wenn sie vorhätten, viel Lösegeld zu fordern ...«
Lösegeld! Mrs. Pollifax konnte nur hoffen, daß es so einfach wäre.
»... würden sie ihn nicht über die Grenze nach Saudi Arabien verschleppen, weil es dort bloß leere Wüste gibt. Wir denken, Hanan und ich, daß sie ein sehr gutes Versteck brauchen – kein Zelt, wo noch nie ein Zelt gesehen wurde, denn das würde auffallen; vielleicht aber die fast vergessene Ruine von Qasr at Túba, die seit einer Ewigkeit dort steht. Das wäre sehr schlau – wenigstens für kurze Zeit –, sie hat sogar noch ein Dach. Wir werden sehen, *na'am?*«
Versonnen murmelte Mrs. Pollifax: »Aber wer immer auch die Entführer sind, sie müssen die Wüste sehr gut kennen!«
»Ganz bestimmt keine *Bedu!*« sagte Qasim brüsk.
»Nein«, bestätigte Mrs. Pollifax sanft.
Hanan hinter ihnen zischelte: »Halt! Horcht!«
Mrs. Pollifax wußte nicht, wie man ein Kamel anhält, da langte Qasim zu ihr hinüber und tat es für sie. Lauschend warteten sie.
»Ein Flugzeug!« stellte Hanan fest.
Qasim nickte. In der klaren, nächtlichen Wüstenluft war das schwache Dröhnen eines Flugzeugs in der Ferne zu vernehmen, und auch seine Lichter konnten sie sehen, bis es nach Norden abdrehte und verschwand.
»Das verstehe ich nicht«, murmelte Hanan. »Gleich zwei an einem Tag?«
»Zumindest haben sie uns nicht gesehen«, sagte Mrs. Pollifax.

»Nein.«
Sie setzten ihren gleichmäßigen Trott jetzt nebeneinander fort. Der Himmel über ihnen war wie ein schwerer blauer Gobelin mit eingewirkten Sternen. Eine passende Beschreibung, fand Mrs. Pollifax, für ein Firmament, das Herrscher des Altertums unter sich gesehen hatte, Krieger, Nomaden, Forscher und Abenteurer. Nachdem das Flugzeug sich entfernt hatte, hüllte die Stille sie wieder ein wie eine Decke. Mrs. Pollifax wurde bewußte, daß die Nacht die Wüste verwandelte. Es gab keine Einzelheiten, nur die Erde und den Himmel, zwischen denen sie ritten, so winzig und unbedeutend in diesem Maßstab, und so wunderbar. »Ist es noch sehr weit?« erkundigte sie sich.
Hanan hatte sich im Sattel umgedreht, um zurückzublicken.
»Was ist los? Hast du etwas verloren?«
Hanan schüttelte den Kopf. »Es war nichts«, antwortete sie, aber Qasim sah sie neugierig an. Zu Mrs. Pollifax sagte er: »Wir wenden uns jetzt nordwärts zum Wadi Ghaduf, das ist nicht weit. Wäre schon Sonnenaufgang, könnte man das Schloß bereits von hier aus sehen. Aber wir dürfen uns ihm nicht geradewegs nähern. Das Wadi hat steile Wände, die uns verbergen werden.« Wieder hatte sich Hanan umgedreht, um zurückzublicken. »Was ist los, Hanan?« fragte Qasim jetzt scharf.
»Nichts, wirklich«, sagte sie, doch sie klang beunruhigt.
»Denkst du, wir werden verfolgt?«
»Ich weiß es nicht, Qasim. Es ist nur ein Gefühl, ein seltsames Gefühl in meinem *'alb* – meinem Herzen«, fügte sie höflich für Mrs. Pollifax hinzu.
»Wir werden schneller reiten«, bestimmte Qasim. »Wir müssen das Wadi erreichen.«
Die raschere Gangart rüttelte Mrs. Pollifax so durch, daß

sie wach blieb, aber trotzdem wurde sie müde; sie hatte schließlich, von den paar Minuten abgesehen, bevor Hanan sie aufgeweckt hatte, diese Nacht nicht geschlafen. Sie fragte sich, wie es Farrell jetzt erging ... Und sie fragte sich, ob sie vor Ende dieser Nacht mit leeren Händen zum Lager zurückkehren würden ... Inzwischen fühlte sie sich wie an das Kamel geschweißt; es wurde zusehends unbequemer, und das rhythmische Schaukeln machte sie schläfrig. Sie gähnte immer öfter.

Abrupt hielt Qasim an. »Wir sind da. *Deer balak!* Seien Sie vorsichtig!« Er saß ab und führte Mrs. Pollifax' Kamel einen steilen Abhang hinunter. In eine Grube, wie ihr schien, die jedoch in Wahrheit ein ziemlich tiefes und breites, trockenliegendes Flußbett mit grasbewachsenen Wänden war.

Sobald alle drei Kamele sich im Wadi befanden, schnallte Qasim seine Satteltaschen ab. Er holte quadratische Tücher heraus und mehrere Stücke Schnur. Endlich konnte nun auch Mrs. Pollifax etwas beitragen: ihre kleine Taschenlampe. Sie schirmten ihren Schein ab und umwickelten die Füße der Kamele, aber erst, nachdem Qasim ihre Mäuler mit Stoffstreifen zugebunden hatte, damit sie nicht protestierend röhren, laut rülpsen oder schreien konnten. Danach saßen sie wieder auf und kletterten langsam den Hang nach oben. Mrs. Pollifax rutschte im Sattel vor und zurück, während sie sich dem Plateau voraus näherten.

Plötzlich blieb Qasim stehen, und fast wären sie gegen ihn geprallt. »*Intabeh* – sehen Sie!« Er deutete. »*KnTk!*« Die Umrisse eines mächtigen Bauwerks erhoben sich vor ihnen, gewaltig und dunkler als der Nachthimmel. Das hohe Dach war gewölbt, das Gemäuer durchbrochen, so daß man die Sterne zu sehen vermochte; doch das gelbe

Licht, das aus dem Inneren schien, kam nicht von einem Stern, sondern von einer Laterne.
Hier war jemand.
Beduinen, die ihr Nachtlager aufgeschlagen haben? fragte sich Mrs. Pollifax. *Oder Farrell?* »Was jetzt?« flüsterte sie.
»Wir binden unsere Kamele hier an«, antwortete Qasim leise. Hanan wisperte. »Wir müssen zum dunklen, westlichen Ende schleichen, das am weitesten von dem Licht entfernt ist.« Dann erklärte sie Mrs. Pollifax: »Dieses hohe, gewölbte Dach sollte einst eine große Festhalle bedecken.«
Qasim hatte die Tiere zum Niederlegen gebracht, Stricke durch ihre Nasenringe gezogen und um die größten Steine gebunden, die er hatte finden können. Danach krochen sie näher, mit Qasim als Führer. Das Wadi weitete sich und endete, so daß sie plötzlich ohne Deckung waren. So leise wie möglich schlichen sie über den nun ebenen Boden zum dunklen Ende des unvollendeten Bauwerks. Durch Lücken in der Wand betraten sie einen gespenstischen dachlosen Raum, auf dessen Boden Ziegel und Steine wirr herumlagen. Es waren keine Stimmen zu hören, auch keine anderen Geräusche, außer flüchtigem Flattern von Fledermäusen über ihnen, dann setzte wieder Stille ein.
Qasim deutete zu einem noch gut erhaltenen Türbogen, und sie stiegen behutsam über die herumliegenden Steine, um hindurchzuspähen.
Sie blickten in die Bankettalle mit dem hohen, gewölbten Dach, die an einem Ende offen der Wüste zugewandt war. Die Halle war nicht leer: Etwas Großes, das selbst im Dunkeln silbrig schimmerte, stand darin. Mrs. Pollifax sog den Atem scharf ein und hörte, wie neben ihr sowohl Hanan wie Qasim es ihr gleichtaten.

»Der Hubschrauber!« hauchte Hanan.

Mrs. Pollifax rann es kalt den Rücken hinunter. Wenn Farrell hier war, handelte es sich ohne Zweifel um eine gut organisierte Entführung. Der Hubschrauber dürfte keine Schwierigkeiten gehabt haben, auf dem ebenen Boden des Plateaus zu landen, und er war klein genug, um ohne Gefahr für die Rotoren hineindirigiert worden zu sein, wo er sich außer Sicht befand.

»Farrell *muß* hier sein!« flüsterte sie. Aus welchem anderen Grund würde jemand mit einem Privathubschrauber hierhergeflogen sein; bestimmt nicht für eine Vorstandssitzung mitten in der Wüste! Also mußte er hier sein, und sie mußten ihn herausholen!

»Sehen wir ihn uns mal an«, forderte sie die beiden auf.

»Ansehen?« wiederholte Qasim.

»Was ansehen?« fragte Hanan.

Mrs. Pollifax nahm sich nicht die Zeit für eine Erklärung. In einer ähnlich verzweifelten Lage hatte sie einmal Freunde in der Türkei in genau so einen Hubschrauber gescheucht. Und ohne die geringste Ahnung, wie man ihn flog, war es ihr sogar gelungen, ihn vom Boden hochzukriegen. Zwar nicht sehr hoch vom Boden, aber es hatte genügt, sie außer Gefahr zu bringen, bis der Treibstoff ausgegangen war und sie mitten auf einem belebten Marktplatz aufsetzten, daß Käufer und Verkäufer in alle Himmelsrichtungen davonstoben.

»Er könnte nützlich sein«, sagte sie nur.

Falls der Hubschrauber eine Tür gehabt hatte, war sie entfernt worden. Sie kletterte ins Cockpit, setzte sich in den Pilotensitz und knipste ihre Minilampe an.

»Bismallah!« wisperte Qasim verblüfft. »Wonach suchen Sie denn?« Er spähte ins Innere und folgte dem langsam wandernden, winzigen Lichtkreis.

»Hebel«, antwortete sie. »Es müßte zwei geben.«
Der schmale Lichtstrahl wanderte tiefer und fiel auf einen aus dem Boden ragenden Hebel. Sie lächelte, und als sie auch den hinter dem Sitz herausragenden anderen entdeckte, nickte sie und stieg wieder hinaus zu ihren jetzt sehr erstaunten Begleitern. Aber sie zweifelte noch, daß es zu schaffen sein würde. Sie wollte nicht riskieren, aus Versehen den falschen Hebel zu betätigen und gegen das Dach zu prallen – eine Möglichkeit jedoch war vorhanden. Sie wußte, wie wichtig eine Chance sein konnte, denn als sie einmal ohne eine gelebt hatte – noch ehe Carstairs in ihr Leben getreten war –, fehlte nicht viel, und sie wäre vom Dach ihres Mietshauses gefallen, als sie bei der Pflege ihrer Geranien einen falschen Schritt gemacht hatte.
»Sie können ihn fliegen?« wisperte Qasim.
»Man könnte es vermutlich«, antwortete sie ausweichend. »Er ist nicht abgeschlossen, der Schlüssel steckt ... aber genug! Was jetzt?«
Qasim führte sie um den Hubschrauber herum zur entgegengesetzten Wand der Bankethalle; sie kletterten über weitere Trümmerstücke, überquerten einen schmalen Korridor ohne Decke, von dem aus man die Sterne sehen konnte. Und nun kamen sie auch dem Licht näher. Es schien durch eine Öffnung, die früher einmal eine Tür gewesen sein mochte, bis herabstürzende Steine davorgerollt waren.
Aber sie hatten den Raum gefunden, aus dem der Laternenschein kam.
»Dort ist auch das Fenster«, wisperte Hanan. »Das Fenster, durch das wir im Wadi das Licht gesehen haben. Wir könnten hindurchspähen.«
Mrs. Pollifax wehrte ab. »Sie würden uns womöglich

entdecken. Fenster können gefährlich sein. Vielleicht können wir eine Unterhaltung belauschen und herausfinden, wie viele es sind.«

Eine zornig erhobene Stimme erklang, gefolgt von einem scharfen, knallenden Geräusch, an das Mrs. Pollifax sich nur zu gut erinnerte – die Narben auf ihrem Rücken gaben immer noch Zeugnis davon –, und es wurde ihr übel, als sie erkennen mußte, was sie mit Farrell taten, um ihn zum Reden zu bringen.

Das tat er jetzt. Oder vielmehr, er brüllte: »Ich *habe* es nicht, verdammt!«

Eine neue Stimme murmelte etwas. Mrs. Pollifax hob zwei Finger: »Zwei Männer!«

Qasim zupfte sie am Arm. »Wir müssen *reden*«, flüsterte er. Sie zogen sich in die Bankethalle zurück, wo sie leise sprechen konnte, ohne flüstern zu müssen.

Hanan sagte düster: »Sie tun Mr. Farrell weh, nicht wahr?«

»Ja.« Mrs. Pollifax nickte.

»Haben sie Schußwaffen?«

»Kleine Cousine«, warf Qasim ein. »Solche Männer haben immer Schußwaffen. Wir müssen jetzt *überlegen*. Zwei Männer, Mrs. Pollifax?«

»Ich glaube, ja«, antwortete sie. »Einer mit einer Peitsche, ein anderer, der Befehle erteilt. Aber es könnten auch mehr sein.«

Hanan sagte ungeduldig: »Wenn wir sie nur dazu bringen könnten, daß sie *hinausgehen!* Wenn wir Lärm machten, würden sie hinausgehen, nicht wahr?«

»Was sollte das für ein Lärm sein, Hanan?« fragte Qasim. »Ein Schrei? Ein Gebrüll – und was dann? Ich weiß nicht, warum sie das mit Mr. Farrell machen, aber Männer mit Hubschraubern sind schlau und reich.«

»Hubschrauber«, murmelte Mrs. Pollifax und hob den Blick zu der Maschine, die über ihnen aufragte. »Der Lärm des Hubschraubers würde bestimmt zumindest *einen* herbeilocken. Und ich glaube, er würde durch diese Tür kommen, weil sie dem Hubschrauber am nächsten ist, auch wenn sie teilweise verschüttet ist.«

»Und ich könnte mich auf einen Steinhaufen bei der Tür stellen«, schlug Hanan eifrig vor, »und ihnen einen Stein auf den Kopf schlagen, wenn sie hindurchgehen. Oh, bitte, Mrs. Pollifax, versuchen Sie, ob Sie es tun können!«

»Denken Sie, daß Sie die Maschinen starten können?« fragte Qasim.

»Ich werde es versuchen. Hilf mir ins Cockpit, Qasim. Und sammle du deine Steine, Hanan.«

Wieder kletterte Mrs. Pollifax in den Hubschrauber und knipste ihre Taschenlampe an. Sie achtete darauf, nicht versehentlich einen Hebel zu berühren, und drehte den einzigen Schlüssel, den sie sah, dann drückte sie auf alles, was sich drücken ließ. Das war vielversprechend, jedenfalls heulte der Motor kurz auf, stotterte und begann dann zu dröhnen. Dummerweise drehten sich auch die Rotoren, aber da sie keine Ahnung hatte, wie sich das abschalten ließe, kletterte sie wieder aus dem Hubschrauber, um nachzusehen, ob ihr Plan Erfolg hatte.

Sie sah, daß Qasim und Hanan, mit großen Steinen in der Hand, wie Statuen links und rechts der halbverschütteten Tür standen.

Es dauerte etwa eine Minute, ehe das Geräusch von Schritten auf dem Geröll zu hören war, als ein Mann zur Tür eilte. Ein Kopf erschien, und sobald der Bursche über den Schutt geklettert war, setzte er beide Füße auf den Boden. Sofort schlug ihm Qasim einen Stein auf den Schädel, daß der Mann zu Boden stürzte.

»Jetzt ist nur noch einer da drinnen«, sagte Qasim erfreut.
»Da bin immer noch ich – Faisel«, erklang eine unerwartete Stimme. Die drei wirbelten herum und mußten feststellen, daß ein Mann sich hinter ihnen herangeschlichen hatte und unter dem Arm etwas trug, das in der Dunkelheit sehr wie eine Maschinenpistole aussah. Er hatte offenbar Wache gestanden! Mrs. Pollifax war bestürzt, daß sie daran nicht gedacht hatte. Aber wo kam er her? Wie waren sie an ihm vorbeigekommen? Hatte er geschlafen? Wo war er gewesen?
»Verdammt!« fluchte sie laut und wütend.
»Hinein!« befahl er und deutete auf den halbverschütteten Türbogen. *»›ajjel!!‹«*
Da Faisel sich nicht um den Niedergeschlagenen kümmerte, stieg Mrs. Pollifax ebenso gleichmütig über ihn hinweg. Ihre Zehen fanden Halt auf den Trümmern, sie kletterte darüber, und halb sprang und halb stürzte sie hinunter in den beleuchteten Raum. Hanan kam hinter ihr, gefolgt von Qasim und Faisel.
Mrs. Pollifax, die in der Nähe der Tür stehengeblieben war, hatte kurz das Gefühl, in die Vergangenheit zurückversetzt worden zu sein, als sie auf ein Chiaroscuro zu blicken schien – auf eine Studie in Licht und Schatten mit dem Titel *»Szene aus Arabien, fünfzehntes Jahrhundert«*. Das lag daran, daß ihr plötzliches Erscheinen jegliche Bewegung hatte erstarren lassen. Und sie erkannte, daß sie sich mit der Zahl der Entführer getäuscht hatte. Zwei standen aufrecht in fast theatralischer Pose in ihren eleganten, gestreiften Gewändern und *Kaffiyehs* und mit den Dolchen in ihren Gürteln. Einer hielt eine Peitsche, der andere eine Pistole. Beide standen im Halbschatten der Laterne, die mit dem Glanz einer Goldmünze strahlte und deutlich jeden Stein der alten Wand über ihnen

beleuchtete, während sie nur leicht über die Gesichter der beiden Männer streifte, ehe der goldene Schein in der Dunkelheit hinter ihnen schwand.
Plötzlich löste sich das Bild auf, und Mrs. Pollifax fand sich im zwanzigsten Jahrhundert wieder. Die beiden Männer bewegten sich, und der dritte, der mit nacktem Oberkörper und gespreizten Armen und Beinen auf dem Boden festgebunden war, drehte mühsam den Kopf und sagte matt: »*Et tu*, Herzogin?«

17

In Jordanien war bald Mitternacht, in Langley, Virginia, dagegen Spätnachmittag. Carstairs saß an seinem Schreibtisch und wurde immer ungeduldiger. Er hatte eine Direktverbindung zum CIA-Büro in Amman, und im Lauf des Tages hatte er immer wieder mit Hugh Rawlings gesprochen. Bei einer Tasse Kaffee bemühte er sich jetzt, die Puzzlestücke der Nachrichten zusammenzusetzen, die er nach und nach von ihm erhalten hatte und von denen nicht eine zufriedenstellend war.

Er hatte das Gefühl, daß Rawlings allmählich verzweifelte. Der Geheimdienst in Jordanien hielt sich sehr zurück, wenn es darum ging, Informationen mit einem Land auszutauschen, dessen Hilfe es annahm. Diese Abhängigkeit machte es in den Augen seiner arabischen Nachbarn verdächtig. Es war natürlich eine Frage des Stolzes und durchaus verständlich, aber eben aus diesem Grund erfuhr Rawlings lediglich Bruchstücke von Nachrichten, und viele davon waren widersprüchlich.

Bei seinem ersten Anruf an diesem Tag hatte Rawlings ihm mitgeteilt, er habe von der Polizei erfahren, daß Mrs. Pollifax und Farrell nicht zu dem erwarteten Zeitpunkt in ihr Hotel zurückgekehrt waren und daß Jidoor Tours befragt wurde, wohin ihr Fremdenführer sie gebracht hatte.

Andererseits hatte Rawlings eine Stunde später von der Abwehr gehört, daß alles völlig unter Kontrolle sei; der geheimnisvolle Schlüssel sei vom Sicherheitsdienst des

Palasts identifiziert worden – von welcher Tür oder welchem Safe er war, blieb natürlich streng geheim, und Vorsichtsmaßnahmen würden getroffen, das zu schützen, was er öffnen und schließen konnte. Im Augenblick analysierten Sachverständige die Karte oder das Diagramm, um hinter Slamans Pläne für den 30. Oktober zu kommen. Die Abwehr hatte Rawlings versichert, daß alles in Ordnung sei.
Bei einem dritten Anruf berichtete der frustrierte Rawlings, daß laut Polizei die Familie eines Juseff Jidoor besucht worden war und er zu seiner Überraschung erfahren hatte, daß es sich bei Jidoor Tours um ein Einmannunternehmen handelte. Die Mutter des Fremdenführers konnte jedoch Auskunft darüber geben, wohin Juseff seine Klienten gebracht hatte: Sie waren in den Süden gefahren, in die Wüste, um Juseffs Großvater, einen Scheich, zu besuchen. Die Polizei bereitete gerade, wie Rawlings weiterberichtet hatte, eine große Suchaktion vor, um festzustellen, wo genau sich der Scheich und sein Lager in diesem Monat in der Wüste befanden. Für kurze Zeit schien das Glück ihnen hold zu sein, als sie entdeckten, daß ein junger Angehöriger der Kriminalpolizei namens Mifleh Jidoor, Juseffs – oder Josefs, wie er sich von seinen Kunden nennen ließ – Bruder war und vielleicht präziser auf der Karte zeigen könnte, wo sich sein Großvater momentan aufhielt. Aber bedauerlicherweise hatten sie ihn noch nicht finden können.
Der letzte Anruf Rawlings hatte entmutigt geklungen. »Ich habe mich nochmals an den Geheimdienst gewandt«, sagte er. »Sie waren diesmal mitteilsamer. Niemand weiß, wo Suhair Slaman ist – in Amsterdam jedenfalls ganz bestimmt nicht –, aber sie gehen Meldungen nach, daß vor zwei Tagen mehrere Männer im Dunkeln

die Grenze von Syrien überquerten. Eine Beduinenfamilie hat sie gesehen.« Gereizt fügte er hinzu: »Und das trotz der verstärkten Grenzpatrouille!«
»Es ist eine lange Grenze«, gab Carstairs zu bedenken. »Was ist mit der roten Limousine, die sich mehrere Tage lang an Mrs. Pollifax' und Farrells Fersen geheftet hatte?«
Rawlings hatte einen tiefen Seufzer ausgestoßen. »Wer weiß? Die Polizei wartete in Amman auf Mrs. Pollifax' Rückkehr, damit sie sich die Männer vorknöpfen könnte, die ihr so hartnäckig folgten. Aber sie kam ja nicht zurück. Diese Männer sind vermutlich die einzigen in ganz Jordanien, die wissen, wo sie ist, verdammt!«
»Wie sieht es jetzt also aus?« hatte Carstairs ihn gefragt.
»Ich versuche, das Ganze zu ordnen«, brummte Rawlings. »Hier ist es bereits dunkel, und wie zum Teufel wollen Sie jemanden bei Nacht in einer Wüste finden? Es ist eine ziemlich große Wüste!«
Bei seiner Tasse Kaffee versuchte Carstairs nun selbst, das alles zusammenzufassen. Er folgerte: (1) daß Suhair Slaman und ein paar Auserwählte sich inzwischen in Jordanien befanden und ihre Vorkehrungen für den 30. Oktober trafen, was immer auch für diesen Tag geplant sein mochte – möglicherweise ein weiterer Anschlag auf den König; (2) daß sich Farrell und Mrs. Pollifax in der Wüste bei einem Scheich aufhielten, und da sie Amman verlassen hatten, bedeutete es entweder, daß Farrell die Sache mit Ibrahim erfolgreich zu Ende gebracht oder ihn nicht getroffen und die Hoffnung aufgegeben hatte; und wenn (3) bisher weder die Polizei noch der Geheimdienst imstande gewesen waren, das Lager des Scheichs zu finden, es kaum wahrscheinlich war, daß jemand anderes Farrell und Mrs. Pollifax in der Dunkelheit aufgespürt hatte.

Außer, fiel ihm ein und er runzelte die Stirn, die Männer mit der roten Limousine. Andererseits war er selbst oft genug über Wüstengebiete geflogen, um zu wissen, daß sie im allgemeinen ermüdend flach waren und man dort eine Sicht von vielen Kilometern hatte, wenn nicht gerade ein Sandsturm wütete. Bestimmt würde niemand aus dieser roten Limousine so leichtsinnig sein, Mrs. Pollifax und Mr. Farrell derart augenfällig zum Lager des Scheichs zu folgen, und das bedeutete, daß sich nun jeder, er selbst eingeschlossen, entspannen konnte.

Aber konnten sie es?

Carstairs lehnte sich mit zusammengezogenen Brauen in seinem Sessel zurück. Bishop, der gerade einen Stoß Schriftsachen zum Unterschreiben hereinbrachte, stellte fest: »Sie sehen aus, als wären Sie in Weltuntergangsstimmung! Was ist los?«

»Ich weiß es nicht«, antwortete Carstairs stirnrunzelnd. »Es ist nur ein Gefühl, das angefangen hat, mich zu beunruhigen.«

»Ein Gefühl über wen oder was?«

»Mrs. Pollifax und Farrell«, gab er zaudernd zu. »Sie haben doch heute Rawlings' scheinbar zusammenhanglose Berichte gehört. Ich würde mir gern Mrs. Pollifax' Freude vorstellen, einen echten Scheich kennenzulernen. Aber ich fühle mich einfach nicht wohl dabei. Beispielsweise, was haben die zwei in der Wüste zu suchen? Fliehen sie vor jemandem oder etwas, oder machen sie ganz einfach eine Tour? Wenn Farrell diesen Ibrahim getroffen und das Manuskript bekommen hätte, glauben Sie da wirklich, daß er es mit sich herumtragen, geschweige denn erst mal einen Ausflug damit machen würde?«

»Das sähe Farrell gar nicht ähnlich«, pflichtete ihm Bishop bei. Er zog einen Stuhl heran und setzte sich.
»Ja, es wäre verdammt unwahrscheinlich!« knurrte Carstairs.
»Wie ich ihn kenne, würde er den ersten Flug nehmen, der ihn aus Amman fortbringt.«
»Aber wir wissen, daß er und Mrs. Pollifax mehrere Vormittage auf der Burg Karak verbrachten, und es ist möglich ...«
»Ja, auf der Burg Karak«, Carstairs nickte, »wo Mrs. Pollifax einen toten Iraker in einem Schrank oder so was fand und wo der Hauptverdächtige, der vom Tatort floh, Ibrahim gewesen sein *könnte.* Überlegen Sie doch nur, wie interessiert die Iraker nun an Farrell und Mrs. Pollifax sein müssen, die ausgerechnet zu diesem Zeitpunkt auf der Burg gewesen waren! Besonders, wenn sie Ibrahim bereits verfolgt hätten.«
»Falls es Ibrahim gewesen ist!« gab Bishop zu bedenken.
»Wir haben es hier mit lauter Wenn und Aber zu tun«, erinnerte ihn Carstairs grimmig. »Es ärgert mich auch, von diesem Wagen, der Mrs. Pollifax und Farrell folgt, nur als die rote Limousine zu reden. Es ist verdammt viel mehr als das: Es ist eine rote Limousine, die ihnen auf Anweisung eines Terroristen folgt. Genauer gesagt, es ist Suhair Slaman persönlich, der Mrs. Pollifax im Auge behält.«
»Ja, aber ...«
Doch Carstairs ließ ihn nicht zu Ende reden. »Wenn die Iraker so scharf darauf sind, Ibrahim zu fassen ...«
»*Falls* es Ibrahim war!« warf Bishop ein und duckte sich unter Carstairs tadelndem Blick. »Entschuldigen Sie, Sir.«
»... dann wissen sie auch von Dib Assens Manuskript und

wollen es haben. Und sie wissen jetzt von Farrell oder verdächtigen ihn zumindest ...«
Bishop zuckte zusammen. »Ich verstehe, was Sie meinen. Sie machen sich Sorgen.«
»Danke, Bishop«, antwortete Carstairs mit übertriebener Höflichkeit. »Ich bin erfreut und erleichtert, daß Sie endlich verstehen. Und Sie haben verdammt recht, ich mache mir Sorgen. Und es ist ein plötzliches Gefühl, das sich nicht vertreiben läßt.«
»Eine Ihrer übersinnlichen Ahnungen.« Bishop nickte.
»Das hört sich verdammt komisch an«, sagte Carstairs unwirsch. »Versuchen Sie sich doch nur vorzustellen, was ein Terrorist wie Suhair Slaman gern mit Mrs. Pollifax tun würde, wenn er sie erwischt.«
»Ich finde, das geht ein wenig zu weit!« entgegnete Bishop indigniert.
»Na, überlegen Sie bloß mal, was die Iraker gern mit Farrell machen würden, wenn sie wüßten, weshalb er in Jordanien ist.«
Bishop wirkte erschüttert. »Dann ist es tatsächlich Ihr Ernst. Verzeihen Sie. Sie glauben, sie sind deshalb in die Wüste? Um sich zu verstecken?«
»Ich habe keine Ahnung, weshalb sie dorthin sind«, erwiderte Carstairs verärgert. »Doch als sie aufbrachen, folgten ihnen höchstwahrscheinlich immer noch Suhair Slamans Männer.«
»Aber die Polizei in Amman ...«, begann Bishop.
»Die Polizei in Amman«, erinnerte ihn Carstairs, »weiß nichts von Ibrahim.«
»Nein, vermutlich nicht«, murmelte Bishop hilflos. »Ich – ich weiß nicht ...« Er hielt kurz inne. »Was befürchten Sie?«
»Ich befürchte, daß Farrell diesen Ibrahim *nicht* getrof-

fen und deshalb auch das Manuskript nicht hat. Und von dieser Voraussetzung ausgehend ...«

»O Gott!« entfuhr es Bishop. »Sie meinen, sie sind *alle* hinter Farrell und Mrs. Pollifax her? Beide Gruppen? Was können Sie tun?«

Während er überlegte, tippte Carstairs stumm seinen Bleistift auf den Schreibtisch. Abrupt faßte er einen Entschluß. »Ich kann nur eines tun, und das ist auch bloß ein schwacher Versuch. Verbinden Sie mich mit Rawlings – sofort, ehe er heimgeht und ins Bett kriecht.«

Fünf Minuten später war die Verbindung hergestellt. Carstairs sagte: »Rawlings, ich halte es für an der Zeit, Sie über John Sebastian Farrell und Emily Pollifax zu informieren. Sie sind zwar nicht in meinem Auftrag in Jordanien, aber beide haben eine Menge verdammt gute Arbeit für uns geleistet – *wertvolle* Arbeit. Ich will nicht, daß ihnen irgend etwas zustößt, verstehen Sie? Vergessen Sie die Iraker und Suhair Slaman, soll die Polizei sich um sie kümmern. Ich möchte, daß die beiden gefunden und beschützt und in einem Stück zu mir zurückgebracht werden!«

Er legte auf, bevor Rawlings protestieren oder auch nur eine Frage stellten konnte.

Bishop sagte verwirrt: »Aber er hat keinerlei Erfahrung in so was! Was kann er tun?«

»Er ist jung – sie sind *alle* jung«, sagte Carstairs zynisch. »Sie sitzen hinter ihren Schreibtischen, stellen Daten zusammen, tätigen Anrufe, werden selbstgefällig und fühlen sich wichtig. Wenn ich ihm genug Angst eingejagt habe, verzichtet er vielleicht auf seine acht Stunden Schlaf in seinem bequemen Bett in seinem Apartment mit Klimaanlage, fährt in die Wüste und *findet* sie.« Trokken fügte er hinzu: »Es ist natürlich auch möglich, daß er sich in der Wüste verirrt und morgen von der Wüstenpatrouille gesucht werden muß. Aber zumindest wird er die harte Realität in diesem Geschäft am eigenen Leibe kennenlernen. Es wird eine lehrreiche Erfahrung für ihn sein!«

18

Konfrontiert mit dieser Szene mittelalterlichen Grauens, verdrängte Mrs. Pollifax ihre Wut und ihr Mitleid mit Farrell, weil sie ganz einfach keine andere Wahl hatte. Ihr Blick wanderte von ihm zu dem Mann, der sie mit funkelnden Augen anstarrte, und sogar in seinem Gewand und dem *Kaffiyeh* erkannte sie ihn. Zwar trug er jetzt keinen schwarzen Seidenanzug, aber als das Licht auf sein Gewand fiel, erkannte sie an dem Glanz, daß auch dieses aus Seide war.

»Wie sind Sie hierhergekommen?« fragte er heftig. Und Faisel befahl er: »Schalt den Motor ab – *'ajjel!*«

»Er sagt Ihnen die Wahrheit!« versicherte sie ihm mit lauter Stimme. »Farrell hat nicht, was Sie wollen!« Hanan und Qasim traten neben sie. Sie war gerührt über diese Geste der Unterstützung.

Farrell brüllte: »Um Himmels willen, Herzogin, verschwinden Sie, solange es noch geht – rennen Sie!« Da sah er Hanan und Qasim. »Oh, *nein!*« stöhnte er.

»Nicht ohne Sie!« entgegnete Mrs. Pollifax. Dann wandte sie sich an den Mann im Seidengewand: »Wir sind uns schon einmal begegnet. Sie unterhielten sich mit Farrell im Speisesaal des Hotels über Literatur. Vielleicht haben Sie ja einen Namen?«

Spöttisch antwortete er: »Taimur genügt, auch wenn es nicht mein Name ist. So – Sie sind also seine Komplizin, wie es aussieht. Wie zuvorkommend von Ihnen, nach ihm zu suchen. Jetzt haben wir Sie also alle beide! – Setzt euch!« herrschte er Qasim an.

Weder Hanan noch Qasim gehorchten ihm.
»MTn haditha?« fragte der Mann mit der Peitsche.
»Sie ist seine Helferin«, erklärte Taimur.
»Ah!« Der Mann hob die Peitsche, und Mrs. Pollifax fuhr zusammen, als er Farrell auf den nackten Rücken schlug und einen weiteren roten Striemen hinterließ.
»Zwei von uns zum Foltern?« sagte sie spöttisch und trat näher an ihn heran. »Und das Kind vielleicht ebenfalls? Farrell kann Ihnen nichts sagen, weil er nicht hat, was Sie wollen. Und das ist die Wahrheit!«
»Selbstverständlich hat er es!« brauste Taimur auf. »Denken Sie etwa, wir hätten die Polizeiberichte nicht gelesen? Sie waren in der Festung Karak. Der Mann mit dem Manuskript rannte an Ihnen vorbei – natürlich hat er es Farrell zugesteckt, als er an ihm vorbeilief. Halten Sie uns für Idioten? Sie waren beide dort, um sich mit diesem Ibrahim zu treffen, oder etwa nicht? Und Sie haben ihn getroffen.«
»Haben wir *nicht*«, antwortete sie wütend. »Der Mann war verstört und verletzt. Er floh!«
»Wo ist er dann jetzt? Sie haben keine Anstalten gemacht, ihn zu finden, nachdem er ›geflohen‹ ist, wie Sie behaupten.«
Keine Riesenschritte vorwärts, ermahnte sich Mrs. Pollifax in Erinnerung an ein Kinderspiel, nur kleine Scherenschritte. Und als wolle sie ihm aufgeregt weitere Erklärungen geben, machte sie zwei kleine Schritte auf ihn zu. »Wo hätten wir ihn denn suchen können?« fragte sie heftig. »Der Mann sollte auf die Burg Karak kommen, das wissen Sie ja bereits. Aber wie hätte er zurückkehren können, nach dem, was geschehen ist?«
Er achtete gar nicht darauf, sondern rief ungeduldig: »Ich frage noch einmal: Wo ist das Manuskript?«

Zwei weitere Scherenschritte. »Und ich sage Ihnen noch einmal, daß wir es nicht haben ... Ich habe es nicht, und Mr. Farrell hat es nicht!«

Er blickte auf die Pistole in seiner Hand, dann drehte er sich zu dem Mann mit der Peitsche um. »Feßle sie, Zaid. Wenn dieser Farrell nicht reden will, wird *sie* es. Und falls sie sich weigert, kannst du mit deiner Peitsche an *ihr* üben und ihre Freunde zusehen lassen.«

Er verdiente kein Erbarmen, und sie war jetzt nahe genug. Zaid hatte seine Peitsche auf den Boden gelegt und zog aus den Falten seines Gewands einen aufgerollten Strick. Taimur schien keinerlei Verdacht geschöpft zu haben – schließlich war er es, der die Befehle erteilte. Er sah in ihr nur eine törichte Frau, nahm sie an. Sie holte tief Luft und brachte sich in die richtige Position. *Das muß sitzen, Emily,* ermahnte sie sich. *Du darfst keinen Fehler machen!* Der harte Tritt nach seinem Knie traf ihn ebenso unvorbereitet wie der Handkantenschlag auf seine Kehle. Ein gnadenloser Hieb, aber der Kerl tat ihr nicht leid.

Er taumelte rückwärts, die Pistole fiel ihm aus der Hand; doch während er zu Boden sackte, löste sich ein Schuß aus der Waffe und traf ihren linken Arm. »Qasim!« rief sie. »Die Peitsche!«

Zaid starrte immer noch ungläubig auf den gefällten Taimur. Qasim sprang nach der Peitsche und riß nicht nur sie, sondern auch den Strick an sich. »Ich werde *ihn* fesseln!« keuchte er. »Nie bin ich je so schlechten Menschen begegnet!«

»Hoffen wir, daß du es auch nie wieder mußt«, entgegnete Mrs. Pollifax, die sich plötzlich schwach fühlte.

»Sie wurde angeschossen!« rief Hanan erschrocken. Sie rannte zu Taimur und riß Streifen von seinem eleganten Seidengewand, um den Arm abzubinden.

»Angeschossen?« fragte Mrs. Pollifax erstaunt. Erst als sie zu ihrem Arm hinuntersah, wurde ihr bewußt, daß davon eine Menge Blut auf den Boden tropfte.
»Angeschossen?« echote Farrell. Er plagte sich auf, tastete mit einer Hand nach seinem Rücken und zuckte zusammen. »Ist es schlimm? Lassen Sie mich sehen.«
Hanan wies ihn zurecht: »Sie müssen sich *ruhig* halten. Ich verbinde Sie gleich nach Mrs. Pollifax.«
»Fleischwunde!« stellte Farrell mit einem Blick auf die Schußverletzung fest. »Solche Wunden bluten wie verrückt und verursachen ziemliche Schmerzen, aber sie scheint nicht tief zu sein. Sieh zu, daß du die Blutung stillst!«
»Der Hubschrauber!« rief Mrs. Pollifax plötzlich aus. »Der Motor läuft nicht mehr, schon lange nicht mehr. Aber wo ist dieser – wie heißt er doch gleich – Faisel?«
Am Fenster erklang unerwartet eine Stimme: »Wenn Sie diesen Dummkopf meinen, den wir ausgeschaltet haben, brauchen Sie nicht nach ihm zu suchen. Wir haben uns um ihn gekümmert.«
Hanan ließ den Seidenstreifen fallen, den sie für Mrs. Pollifax zurechtgerissen hatte. Qasim hielt damit inne, Zaid zu fesseln, Farrell setzte sich abrupt nieder, und Mrs. Pollifax starrte erstaunt auf den Mann, der durch das Fenster hereinkletterte.
»Mr. Nayef?« stammelte sie verblüfft.
»Ah, so treffen wir uns wieder, Mrs. Pollifax«, sagte er charmant. »Hardar, komm herein!« sagte er zu dem Mann hinter sich. Er schaute sich in dem Raum um und sagte abfällig: »Ich weiß nicht, wer diese Leute alle sind, aber Sie und ich müssen uns unterhalten.«
»Unterhalten«, wiederholte Mrs. Pollifax. »Aber wir brau-

chen Hilfe, keine Unterhaltung. Mein Freund, Mr. Farrell, wurde verletzt und ...«

»Ich sagte *unterhalten*«, wiederholte er brüsk und plötzlich gar nicht mehr charmant.

Sein Begleiter, Hardar, stieg jetzt, mit einer Pistole in der Hand, durch das Fenster. »Unterhalten«, sagte sie benommen und verwirrt durch diese neue Entwicklung und drückte die Hand auf ihren blutenden Arm.

»Ich habe eine Schnitzerei auf einem Holzsockel in Ihre Reisetasche gesteckt, wie Sie ja inzwischen wissen dürften. Es erwies sich als schwierig, sie zurückzuholen, und wir sind der Spielchen müde. Sie werden mir nun bitte sagen, wo wir sie finden können, oder ...«

»Oder was?« Qasim ging drohend auf ihn zu. »Wer sind Sie?«

Hardar fuchtelte dramatisch mit seiner Pistole, und Mrs. Pollifax, deren Benommenheit durch den Blutverlust zugenommen hatte, fand, daß die Tragödie allmählich zur Farce wurde. Sie wußte nicht, ob sie weinen oder lachen sollte, und hoffte, daß sie nicht hysterisch wurde. *Es liegt am Fenster,* dachte sie. *Es fehlt nur der Vorhang und der Auftritt Hamlets.* Dieses Schloß war nicht Helsingör, aber es war dunkel und alt, voller Fledermäuse, und tatsächlich schienen immer wieder Männer durch das Fenster zu kommen.

»Er heißt Nayef«, erklärte sie Qasim und kämpfte gegen ihr Schwindelgefühl an. »Er will sein Urnengrab zurück.« Sie nahm sich zusammen und bemühte sich, Zeit zu schinden, obwohl ihr selbst nicht klar war, weshalb. »Woher wußten Sie, daß wir hier sind, Mrs. Nayef?« fragte sie.

»Versuchen Sie, Zeit zu gewinnen, Mrs. Pollifax?« fragte er amüsiert. »Glauben Sie mir, Sie sind völlig hilflos. Haben Sie sich wirklich eingebildet, wir würden Sie auch nur einen Moment aus den Augen verlieren? Wir haben Sie pausenlos im Visier gehabt, wenn auch aus geraumer Entfernung, durch ein Teleskop. Es ist bedauerlich, daß Sie sich entschlossen, mitten in der Nacht loszuziehen. Hardar ist jedoch glücklicherweise ein ausgezeichneter Fährtensucher, und wir folgten Ihnen. Aber wir wollen doch am Anfang beginnen: Wo war die Schnitzerei, als wir Ihr Zimmer durchsuchten?«

»Im Rucksack«, antwortete sie.

»Ah, ja, der Rucksack. Aber wir haben Ihren Rucksack jetzt. Er wurde aus Ihrem Zimmer im Hotel geholt, doch das Souvenir ist nicht darin.«

Farrell warf müde ein: »Sagen Sie es ihm doch, Herzogin. Mehr als umbringen kann er Sie nicht.«

»Das ist eine sehr negative Einstellung, Farrell«, tadelte sie ihn. »Das Souvenir, Mr. Nayef, befindet sich unter dem Kopfkissen von Mr. Farrells Bett in Zimmer 308.«

Mr. Nayef war jetzt sehr wütend. Sie hatte nicht auf den Dolch geachtet, den er in seinem breiten Gürtel stecken hatte. Jetzt schritt er, mit dem Dolch in der Hand, auf sie zu, bis sie sich Auge in Auge gegenüberstanden. Es war ein prächtiger Dolch, der Griff mit Türkisen besetzt, und er sah aus, als hätte er schon viele Menschen getötet.

Nayef zischte bedrohlich leise: »Die Schnitzerei ist nicht unter dem Kopfkissen in Mr. Farrells Zimmer. Das wäre ein törichtes Versteck, und es war das erste, in dem wir nachschauten, als wir *sein* Zimmer durchsuchten.« Er drückte die Dolchspitze an ihren Hals. »Reden Sie, oder ich ziehe die Klinge langsam – sehr langsam – über Ihre Kehle, und Sie werden sterben.«

»Die Polizei hat die Schnitzerei«, antwortete sie.

Bestürzt blickte er sie an. »Und warum sollte die Polizei sie haben?« Er drückte die Dolchspitze fester in ihren

Hals. »*Was wissen Sie über mein Souvenir?* Warum sollte die Polizei daran interessiert sein? Reden Sie!«

»Das kann ich beantworten«, sagte eine Stimme vom Fenster.

Schon wieder das Fenster. *»Hamlet!«* hauchte Mrs. Pollifax.

»Lassen Sie den Dolch fallen, Slaman, oder ich jage Ihnen mit Vergnügen eine Kugel in den Rücken!« drohte Inspektor Jafer und stieg durchs Fenster. In Sekundenschnelle war der Raum voll bewaffneter Uniformierter.

Wie populär wir sind! dachte Mrs. Pollifax. *Und so plötzlich!* Diese neuerliche Attacke auf ihre Nerven gab ihr den Rest. Sie sank bewußtlos zu Boden. Die so praktisch veranlagte Hanan fing sie auf, ehe sie auf den Steinen aufschlagen konnte.

19

Als sie die Augen aufschlug, stellte Mrs. Pollifax fest, daß sie sich nicht mehr in dem kleinen beleuchteten Raum im Schloß befand, sondern im Freien, in der frischen, kalten Nachtluft.

Ein Lagerfeuer brannte in der Nähe. Inspektor Jafer und Farrell saßen davor, tranken Kaffee und führten eine angeregte Unterhaltung. Sie konnte sie nur etwa zur Hälfte sehen, weil sich ein junger Mann in Uniform stirnrunzelnd über sie beugte, während er etwas, das brannte, auf ihren linken Arm auftrug.

»Au!« entfuhr es ihr.

Er blickte lächelnd auf, sagte ein paar Worte in seiner eigenen Sprache, und nachdem er ihren Arm in einen frischen Verband aus Taimurs gestreifter Seide gewickelt hatte, hüllte er sie in eine Decke ein und ging. Sie folgte ihm mit den Augen und sah, daß sowohl die Bankettballe wie der Hubschrauber von einem batteriebetriebenen Schweinwerfer hell erleuchtet waren. Ihre Aufmerksamkeit wanderte zum Feuer und zu den zwei davor sitzenden Männern. Sie sah, daß Inspektor Jafer Farrell Fragen stellte und sich Notizen machte.

Das dürfte interessant sein, dachte sie trocken.

»Der Hubschrauber«, sagte Jafer, »ist auf den Namen eines wohlbekannten Diplomaten der irakischen Botschaft registriert. Natürlich ist das Merkwürdigste an Ihrer Entführung ...« Er legte eine dramatische Pause ein, bevor er mit Nachdruck fortfuhr: »Warum ausgerechnet *Sie?*«

Ja, wirklich, dachte Mrs. Pollifax und fragte sich, wieviel Offenheit Farrell sich bei seiner Antwort leisten konnte. Er hatte ein sehr starkes persönliches Interesse an Dib Assens Manuskript – und Carstairs offenbar auch. Er würde es mit niemandem teilen wollen, und sie sah allerhand Komplikationen voraus, wenn seine Erleichterung darüber, daß er diese Nacht überlebt hatte, ihn zu vertrauensselig machte. Dann tadelte sie sich jedoch für diesen Gedanken, als sie sich an frühere Erlebnisse mit Farrell erinnerte – welch klaren Kopf er auch im totalen Chaos und unter körperlichen Schmerzen bewahrt hatte.
Er antwortete nun mit gerunzelter Stirn: »Auch mir fällt es schwer, das zu verstehen, Inspektor. Dieser Mann, der sich Taimur nannte, hat mich zuerst in Amman angesprochen. Das war unsere einzige bisherige Begegnung.«
»In Amman?«
Farrell nickte. »Ja, im Speisesaal des Hotels. Er trat an meinen Tisch, ohne sich vorzustellen, fragte, ob ich Amerikaner sei, und dann setzte er sich ungebeten zu mir und hielt mir einen Vortrag über arabische Literatur.«
»Literatur?«
»Ja, mit diversen Hinweisen auf einen bestimmten irakischen Autor. Lesen Sie, Inspektor?«
Jafer wirkte beleidigt. »Natürlich lese ich!«
»Dann sind Sie vielleicht mit den Romanen von Dib Assen vertraut?«
»Aber ja«, erwiderte Jafer überrascht. »Nur was hat das mit Ihnen zu tun?«
Farrells Stimme klang müde, und Mrs. Pollifax fragte sich, ob der nette junge Mann seine Wunden bereits versorgt hatte.
»Ich lernte Dib Assen vor Jahren in den Vereinigten Staaten kennen, und wir wurden gute Freunde. Dieser

Taimur wußte das offenbar. Ich nehme an, daß sie Akten über jeden anlegten, zu dem er nur je Hallo gesagt hat. Sobald ich meine Freundschaft zu ihm zugegeben und mein Bedauern über seinen Tod geäußert hatte, wurden Taimurs Fragen plötzlich drängender.«

Gut gemacht bis jetzt, dachte Mrs. Pollifax, *wenn auch nur ein Teil davon wahr ist.* Sie wartete neugierig, was als nächstes käme.

»Erzählen Sie weiter«, bat Jafer.

Farrell seufzte.

»Er nahm offenbar an, daß ich nach Jordanien gereist war, weil mir jemand etwas übergeben sollte. Vielleicht alte Tagebücher von Assen, etwas, um seinen Namen am Leben zu erhalten, vermute ich. Das war jedenfalls, was er jovial andeutete. Dabei beobachtete er scharf meine Reaktion. Es war alles ziemlich ermüdend. Glücklicherweise kam in diesem Moment Mrs. Pollifax in den Speisesaal und setzte sich zu mir. Ich wurde wohl etwas unhöflich, um ihn loszuwerden, aber *so* etwas hatte ich nicht erwartet.«

»Und *sind* Sie nach Jordanien gekommen, um sich Schriften Ihres Freundes geben zu lassen?« fragte Jafer rasch.

Fast inbrünstig antwortete Farrell: »Wie gern hätte ich mir *irgend etwas* von Dib Assen geben lassen – ein Tagebuch, einen Brief, einen Ring, irgendein anderes Andenken, eine Nachricht – aber ich kann Ihnen wirklich versichern, daß ich überhaupt nichts von ihm habe. Bedauerlicherweise. Es tut mir sehr leid.«

Eine gewandte Antwort, dachte Mrs. Pollifax, und durchaus der Wahrheit entsprechend, die jedoch geschickt Jafers eigentliche Frage umging, ob er mit einer solchen Erwartung nach Jordanien gekommen sei. Sie sah Inspektor Jafer lächeln und den Mund öffnen, aber gleich wieder schließen. Auch er hatte die Antwort interessant gefunden und sich nicht einen Augenblick täuschen lassen, folgerte sie. Der Inspektor erinnerte sich an die Vormittage in der Festung Karak, aber er beabsichtigte offenbar, zumindest für den Augenblick, Farrells geschickter Entgegnung nicht weiter nachzugehen.

Farrell wechselte das Thema. »*Ich* wurde k. o. geschlagen und hierher verschleppt, aber wie in aller Welt haben *Sie* hierhergefunden?«

»Das war gar nicht so leicht«, gestand der Inspektor. »Wir suchen diesen Mr. Nayef, seitdem Sie uns diese Schnitzerei mit dem Schlüssel und der Karte übergaben. Seither haben wir erfahren, daß vor zwei Tagen mehrere Personen die syrische Grenze überquerten, und wir vermuteten, daß er darunter sein könnte. Bis dahin waren wir besonders an den Männern interessiert, die Ihnen in der roten Limousine folgten. Das Problem war nur, daß Sie das Hotel für einen längeren Ausflug verließen und nicht nach Amman zurückkehrten, ebensowenig die Männer in der roten Limousine.« Er zuckte die Schulter. »Von Juseffs Mutter erfuhren wir, daß Sie in die Wüste wollten, und sie erklärte uns, wo – ungefähr – wir das Lager des Scheichs finden könnten.«

»Wie eine Nadel im Heuhaufen, nicht wahr?« fragte Farrell. »Es ist eine verdammt große Wüste!«

»Ja, aber als meine Männer das Lager erreichten, herrschte dort gewaltige Aufregung. Man meldete mir in Amman per Funk, daß Sie, Mr. Farrell, verschleppt worden waren und daß Mrs. Pollifax mit zwei jungen Freunden aufgebrochen war, Sie zu suchen. Da bestellte ich ein Flugzeug.«

»Ein Flugzeug?« fragte Farrell erstaunt.

»Ja. Wir flogen sofort mit Nachtsichtgeräten und Suchscheinwerfern los, um nach verdächtigen Bewegungen in der Wüste Ausschau zu halten. Bedauerlicherweise fanden wir nichts dergleichen, und – ebenfalls bedauerlicherweise – landeten wir zwölf Kilometer entfernt, Richtung saudiarabische Grenze.«

Mrs. Pollifax erinnerte sich an das Flugzeug.

»Juseffs Bruder, Mifleh, hatte uns auf das Qasr at Túba aufmerksam gemacht.« Jafer verzog das Gesicht. »Wir hielten es für zu gefährlich, in der Dunkelheit hierher zurückzufliegen – zu viele kreuz und quer durch die Wüste verlaufende Wadis, um eine Landung zu riskieren. So gingen wir los, es war ein Gewaltmarsch. Er kostete Zeit – zu viel Zeit!«

Er schaute sich um. »Einsam hier, nicht wahr? Ich wußte nicht einmal, daß es diese Ruine überhaupt gibt. Mein Dienstbereich ist Amman. Nur gut, daß wir den jungen Mifleh mitnahmen. Er ist ein Beduine, wissen Sie.«

»Bedu?« sagte Farrell lächelnd.

»Ja, *Bedu.* Ein sehr vielversprechender junger Mann.« Jafer starrte nachdenklich hinaus in die Nacht. »Die Sonne geht zwar erst in zwei Stunden auf, aber es müßte trotzdem schon bald hell genug sein, um hier einen Landeplatz für das Flugzeug zu finden. – Leutnant Shakir?« rief er.

Ein junger Mann trat aus der Dunkelheit. »Sir?«

»Ich glaube, Sie können sich jetzt auf den Rückmarsch zum Flugzeug machen. Leutnant Ghaith kann den Hubschrauber aus der Halle fliegen. Irgendwo da draußen ...« – er gestikulierte beredt – »muß es eine Stelle geben, wo das Flugzeug einigermaßen sicher landen kann. Gehen Sie keine Risiken ein. Wir wollen unsere Gefangenen so rasch hinter Gitter bringen wie nur möglich.«

»Jawohl, Sir.«
»Nehmen Sie Ayad mit – und Stablampen!«
»Jawohl, Sir!«
Mrs. Pollifax fand es an der Zeit, sich aufzusetzen und auf sich aufmerksam zu machen. »Wir haben das Flugzeug gesehen«, erklärte sie, »aber es war sehr weit von uns entfernt.«
Jafer lächelte sie an. »*Taib!* Es geht Ihnen besser! Zu schade, daß wir Sie aus dem Flugzeug nicht gesehen haben, sonst hätten wir Ihnen eine Menge dieses – dieses Gemetzels ersparen können. Und ich glaube, es ist jetzt auch der richtige Moment, liebe Mrs. Pollifax, Ihnen mehr über Mr. Nayef zu verraten. Sie haben es sich verdient! Sie verkehren natürlich nicht in Kreisen, in denen Sie Terroristen kennenlernen würden.«
»Nein«, sagte Farrell mit verschmitztem Lächeln.
»Natürlich nicht!« versicherte ihm Mrs. Pollifax fast entrüstet.
»Nun, ich muß Ihnen leider sagen, daß Mr. Nayef gar nicht Mr. Nayef ist. Er ist uns nur zu gut bekannt – und Ihrer CIA ebenfalls. Sein richtiger Name ist Suhair Slaman. Er und seine Gruppe sind verantwortlich für einen früheren Anschlag auf unseren König. Die Entdeckung des Schlüssels und des Diagramms mit dem Datum 30. Oktober läßt uns vermuten, daß ein weiteres Attentat geplant ist – oder vielmehr *war*.«
»Großer Gott!« hauchte Mrs. Pollifax.
Jafer nickte. »Wenn unsere Vermutung stimmt, daß er einer der Männer war, die vorgestern nacht die Grenze von Syrien überquerten, wurde dieser Schlüssel unbedingt benötigt. Er war zu wertvoll, um ihn der Post anzuvertrauen, er mußte offenbar sofort einem Komplizen ausgehändigt werden, und Slaman konnte nicht selbst

nach Jordanien fliegen – deshalb ging er das Risiko mit Ihnen ein.«
»Wofür ist dieser Schlüssel?« fragte sie neugierig.
Jafer lachte. »*Das* hat man nicht einmal meinem Chef verraten. Nur der Sicherheitsdienst des Palasts weiß es, und wahrscheinlich der Leiter der Abwehr. Doch er war wichtig genug, um dafür zu töten. Die ganze Sache wird natürlich vertuscht werden. Aber wenn Sie nicht gewesen wären, liebe Mrs. Pollifax, und Ihr überraschendes Mißtrauen gegenüber dem Souvenir, und daß der Sperrholzsockel praktischerweise auseinanderbrach ...« Er machte eine Pause und wartete sichtlich auf eine Reaktion, doch weder Farrell noch Mrs. Pollifax hielten es für angebracht, ihn einzuweihen; er ahnte ohnehin bereits zu viel.
»Dann haben wir also einen echten Terroristen kennengelernt!« sagte Mrs. Pollifax scheinbar staunend. »Denken Sie nur, Farrell!«
»Ich werde später darüber nachdenken.« Er grinste sie an. Mrs. Pollifax sah sich um. »Aber wo sind denn alle?«
Jafer zuckte die Schultern. »Zwei meiner Männer binden den Iraker, den Sie Taimur nennen, auf einer Bahre fest und bringen ihn in den Hubschrauber. Er ist schwer verletzt.« Er sah Mrs. Pollifax nachdenklich an. »Es stellt sich die Frage, da Mr. Farrell ja außer Gefecht gesetzt war, wer so gut Karate kann.«
Auch das mußte ignoriert werden. »Wird er sich von seinen Verletzungen erholen?«
»Mit der Zeit, ja. Er wird in ein paar Minuten zum nächsten Militärhospital geflogen – in seinem eigenen Hubschrauber.« Er seufzte. »Der Irak könnte recht unangenehm werden, wenn einer seiner Leute nicht gut behandelt wird. Es wird schwierig genug werden zu erklären, wie er ...« Er hielt inne, und Mrs. Pollifax lächelte höflich.

»Er war alles andere als ein liebenswerter Zeitgenosse«, sagte sie.

»Das glaube ich gern. Es wird kein angenehmer Flug für ihn werden, aber wir müssen ihn schnellstens in ärztliche Behandlung bringen. Seine beiden Begleiter werden im Flugzeug abtransportiert. Widerliche Kerle, doch sie werden die passende Gesellschaft für Ihren Mr. Nayef – Suhair Slaman – sein, der hinter Gitter gebracht wird, sobald Leutnant Shakir eintrifft.«

»Aber wo ist Hanan?« fragte Mrs. Pollifax. »Wo sind Hanan und Qasim?«

»Sie sind sofort mit den Kamelen zurückgeritten, um Hanans Großvater zu versichern, daß alles in Ordnung ist und wir noch rechtzeitig genug kamen. Das Kind Hanan ...«

»Kind ist wohl kaum das richtige Wort«, warf Farrell trocken ein.

»... scheint Sie sehr zu mögen, Mrs. Pollifax.« Jafer lächelte ironisch. »Sie machte mir überzeugend klar, daß weder Sie noch Mr. Farrell sich in der Verfassung befänden, zwölf Kilometer zum Flugzeug zu marschieren, und daß sie und Juseff mit einem Kleinlaster und vielen Matratzen wiederkommen würden, um Sie zum Lager ihres Großvaters zurückzubringen.«

»O ja«, sagte Mrs. Pollifax fest. »Darauf würde ich bestehen.«

»Oh?« Der Inspektor zog eine Braue hoch. »Sie wollen nicht mit uns nach Amman zurück?«

Farrell erinnerte sie grimmig: »Herzogin, wir haben einen Flug gebucht!«

»Aber Farrell«, sagte sie ernst, »wir dürfen nicht einfach weg, ohne uns vom Scheich zu verabschieden und ohne Hanan und Josef noch einmal zu sehen! Ich bestehe

darauf!« Ohne auf Farrells finstere Miene zu achten, wandte sie sich an den Inspektor. »Nehmen Sie Farrell mit, er ist in schlimmerer Verfassung; meinem Arm geht es bereits viel besser, und ich habe nichts zu befürchten, wenn ich hier auf den Wagen warte.«
»Kommt überhaupt nicht in Frage, Herzogin!« entrüstete sich Farrell. »Wenn Sie bleiben, bleibe ich auch!«
»Also gut«, sagte sie zum Inspektor, »wir werden *beide* mit unserem Fremdenführer Josef zurückkehren. Sein Taxi dürfte inzwischen wieder eine Batterie haben. Und zuvor danken wir dem Scheich für seine Gastfreundschaft. Während wir warten, können wir den Sonnenaufgang genießen und uns ausruhen.«
»Ich könnte Ihnen einen Armeehubschrauber schikken«, erbot sich Jafer.
»Nein, danke!« wehrte sie entschieden ab und versuchte aufzustehen. Ihr war allerdings noch etwas schwindelig.
»Sie brauchen beide ärztliche Versorgung!« protestierte der Inspektor.
Mrs. Pollifax lächelte. »Sie sind sehr gütig, aber ich kann die Wüste nicht verlassen, ohne Hanan und Josef Lebewohl gesagt zu haben.«
Jafer zuckte mit den Schultern. »Wie Sie meinen. Wir haben ohnehin genug zu tun.« Mit einem Blick auf den Hubschrauber erhob er sich. »Sie bringen jetzt Taimur heraus. *Afwan*«, und mit einem Blick auf den Himmel: »Nicht mehr lange bis zum *Azan.*«
»Dem was?«
»Dem Ruf zum Gebet«, antwortete er und entfernte sich. Sie sahen zu, wie Taimur, in Decken gewickelt, zum Hubschrauber getragen wurde. Mrs. Pollifax seufzte. »Ich kann keine Reue empfinden, weil ich Mr. Taimur so zugerichtet habe, nicht nach allem, was er Ihnen angetan

hat – und ich bin froh, daß ich noch am Leben bin, was ich möglicherweise sonst nicht mehr wäre, außerdem konnte ich nicht wissen, daß Inspektor Jafer schon nach uns suchte.«

»Sie haben ihn ja nicht *getötet* Herzogin«, erinnerte Farrell sie sanft. »Und der Inspektor hat gesagt, daß er durchkommen wird. Denken Sie statt dessen an meine Dankbarkeit, Herzogin, auch wenn ich mich frage, wie lange es dauern wird, bis ich wieder auf dem Rücken liegen kann.«

Aus eigener Erfahrung sagte sie: »Also mehrere Tage werden Sie wohl oder übel auf dem Bauch schlafen müssen, doch dann können Sie sich zumindest auf einem Fell oder einer weichen Schafwollmatte auf den Rücken legen.«

Er blickte sie überrascht an. »Herzogin – auch Sie?«

Sie nickte. »In Hongkong.«

»Glauben Sie mir, es tut mir verdammt leid, daß ich Sie da mit hineingezogen habe. Aber ich hoffe, es ist Ihnen klar, daß ich ohne Sie jetzt der ›selige‹ John Sebastian Farrell wäre. Und Ihre Begegnung mit Mr. Nayef war auch nicht gerade nutzlos. Es wird allmählich zur Gewohnheit, Herzogin, Sie haben mir in Albanien das Leben gerettet …«

»Und Sie Cyrus' und meines in Sambia.«

»Schon, aber in Sizilien …«

Das Aufheulen des Hubschraubermotors verhinderte jede weitere Unterhaltung. »Wir sollten besser zusehen, daß wir aus dem Weg kommen!« brüllte Mrs. Pollifax und half Farrell auf die Füße.

Sie sahen zu, wie der Inspektor und zwei seiner Leute den Hubschrauber unter dem großen Bogendach des Schlosses hinausschoben. Sobald er im Freien war, lehnte sich der Pilot aus dem Fenster, schrie etwas und deutete mit dem Daumen nach oben. Gleich darauf begannen die Rotoren sich zu drehen. Immer schneller wurden sie, und langsam hob der Hubschrauber vom Boden ab. Er wurde schneller, beschrieb einen Bogen nach Osten und verschwand hinter dem Schloß; nur sein Dröhnen war noch eine Zeitlang zu hören.

Von irgendwoher zauberte Inspektor Jafer zwei Plastikbecher voll Wasser hervor, und Mrs. Pollifax und Farrell nippten dankbar davon, während sie zusahen, wie der Horizont grau und dann silbern wurde. Endlich näherte sich das Flugzeug des Inspektors. Es kreiste um das Schloß und versuchte auf dem fast ebenen, steinigen Wüstenboden aufzusetzen, dann hob es sich wieder zu einem neuen Versuch und schaffte schließlich eine holprige Landung. Der an Händen und Füßen gefesselte Mr. Nayef, besser bekannt als Suhair Slaman, wurde unter Bewachung von einem guten Dutzend Polizisten aus dem Schloß geführt. Mrs. Pollifax hätte nie vermutet, daß sich so viele Männer hier aufhielten.

Der Inspektor blieb noch kurz stehen, um sich von ihnen zu verabschieden. »Wir werden uns in Amman wiedersehen«, versprach er. Mit leichtem Lächeln fügte er hinzu: »Es war mir ein Vergnügen, zwei so – so *professionell* denkende und handelnde Menschen kennengelernt zu haben, darf ich so sagen? Wir stehen in Ihrer Schuld. Kann ich Ihnen jetzt noch irgendwie behilflich sein?«

»Nein, ich möchte nur schlafen, bis Hanan hier ist«, gestand Mrs. Pollifax.

»Dann wünsche ich Ihnen einen guten Schlaf«, entgegnete er ernst und ging zum Flugzeug.

20

Mrs. Pollifax saß mit dem Rücken zur Wand in der großen Bankethalle des Schlosses und beobachtete, wie sich die Sonne, nach einem prachtvollen Farbenspiel in Gold und Rot, dem Horizont näherte. Abrupt erschien sie als riesiger leuchtendroter Ball, und für einen flüchtigen Moment glitzerten die Feuersteine in der Wüste silbern. Zwischen den alten Mauern konnte sie die umherschwirrenden Fledermäuse hören, die vermutlich nicht erfreut über die zwei Eindringlinge waren. Sie hatte ihre Decke für Farrell ausgebreitet, und er lag auf dem Bauch darauf, aber sie wußte, daß er nicht schlafen konnte. Sie bedauerte, daß sie nicht unnachgiebiger darauf bestanden hatte, daß er mit dem Inspektor im Flugzeug geflogen war. Er war mit verschiedenen Ölen gesalbt worden – eine sehr biblische Prozedur, so sein lakonischer Kommentar –, aber sie wußte, daß er noch starke Schmerzen hatte. Es würde mehr als Josefs Taxi brauchen, ihn nach Amman zurückzubringen.

Sie seufzte, schloß die Augen und versuchte zu schlafen. Aber sie wachte schon nach wenigen Augenblicken wieder auf, gequält von schrecklichen Visionen und Taimurs grausam lächelndem Gesicht. So öffnete sie die Augen und blickte auf ihre Uhr.

»Farrell, sie müßten bald hier sein.«

»Ja. Bitte helfen Sie mir auf. Stehen ist besser.«

»Hat man Sie noch mit etwas anderem als den Salben behandelt?«

»Sie haben mir zwei Spritzen gegeben, eine gegen Tetanus, die andere gegen die Schmerzen.« Er schauderte.

»Versuchen Sie nicht daran zu denken, was passiert ist«, riet sie. »Versuchen Sie es!«

Er nickte. »Ich versuche es.«

Als sie müde aus dem schattigen Schloß in die heiße Sonne humpelten, konnten sie ringsum meilenweit sehen. Das Wadi Ghaduf schlängelte sich nordwärts, und dann, als sie sich nach Süden wandten, sahen sie drei hohe kegelförmige Felssäulen aus der leeren Wüste wachsen, deren Trostlosigkeit nur von vereinzelten Grasflecken gemildert wurde. Die Luft war so klar, daß Mrs. Pollifax im Westen dunkle Schatten winziger Formen sehen konnte, die das Lager des Scheichs anzeigen mochten – durch die Entfernung zu schwarzen Punkten in einer gelblichen Landschaft geschrumpft. Ein schwacher, warmer Luftzug war zu spüren, doch ansonsten rührte sich nichts.

»Ein einsamer Ort«, murmelte Farrell.

»Aber eine angenehme Einsamkeit«, entgegnete Mrs. Pollifax.

»Danke. Ich ziehe Städte, Smog und Menschen vor. Wie geht es Ihrem Arm?«

»Nicht schlecht. Wie geht es Ihrem Rücken?«

»Nicht schlecht«, entgegnete er mit dem Versuch eines Lächelns.

»Sie können gut lügen.«

»Genau wie Sie, Herzogin.«

Sie blickten schweigend hinaus in die große Stille, die Leere, die für Mrs. Pollifax gar nicht so sehr Leere war, sondern etwas so Zeitloses und in gewisser Weise Unendliches, daß es ihren Augen, ihrem Herzen guttat, ja möglicherweise, dachte sie, ihrer Seele. An das würde sie sich erinneren, das wußte sie, nicht an Mr. Nayef oder Taimur oder die Gewalttätigkeit, sondern an diese Weite und Stille und die Gastlichkeit der Beduinen – *und an Hanan,* fügte sie lächelnd hinzu.

Sie hörte Farrell neben sich seufzen. »Mit Ihrem Mr. Nayef und meinem irakischen Freund sind wir durch die Hölle gegangen. Doch das haben wir nun hinter uns. Nur bedauerlicherweise kommt mit dem Morgen auch die Wirklichkeit. Und was mich betrifft, verdammt – ich habe versagt. Kein Ibrahim.«

»Das erinnert mich an etwas, das ich noch nicht erwähnt habe. Aber es war ja auch eine sehr ereignisreiche Nacht. Sie haben nicht wirklich versagt, lieber Farrell.«

»Was haben Sie denn nicht erwähnt?« fragte er gereizt. »Und versuchen Sie nicht, mich zu trösten.«

Mrs. Pollifax lächelte. »Nichts läge mir ferner, Farrell. Doch ich *glaube,* Sie werden Ibrahim im Lager vorfinden.«

»Ich werde *was?*« Er drehte ihr den Kopf zu und starrte sie an.

»Ich sagte, ich glaube, daß Sie Ibrahim noch finden werden – im Zelt von Hanans Großvater.«

Jetzt blickte er sie besorgt an. »Es geht Ihnen doch gut, Herzogin, oder? Sie haben heute nacht verdammt viel mitgemacht, haben Sie wegen Ihrer Schmerzen vielleicht so etwas geträumt?«

»Wegen meiner Schmerzen hatte ich Alpträume, sonst nichts!« erwiderte sie scharf. »Ich wiederhole: Ich *glaube,* daß Sie Ibrahim im Lager des Scheichs finden werden.«

»Großer Gott, Herzogin. Wie können Sie so etwas sagen? Wie wollen Sie das wissen?«

»Er saß mir im Zelt am Lagerfeuer gegenüber«, entgegnete sie nachdenklich, »und starrte mich stirnrunzelnd und verwirrt an, und ich sah ihn an, und dann – ganz plötzlich, wußten wir es beide.«

»Wußten Sie was?«

»Ich, daß er der Mann war, der in der Festung an mir vorbeigerannt ist; und er, daß ich die Frau war, die an der Wand gestanden hatte.«

»Habe *ich* diesen Mann gesehen?« fragte er heftig.

Sie schüttelte den Kopf. »Sie waren hinausgegangen, um den Sternenhimmel zu bewundern.«

»Aber Sie konnten ihn nicht einmal der Polizei beschreiben!« sagte er vorwurfsvoll.

»Das konnte ich auch nicht«, gab sie zu. »Wie hätte ich ihnen denn etwas beschreiben können, das nur ein Eindruck war? Und doch, auf seltsame Weise – wäre unterbewußt hier das richtige Wort? – war mir, was ich sah, mehr bewußt, als ich ahnte ... Ich *wußte* es.«

»Ausgerechnet im Zelt des Scheichs?«

»Ich nehme an, er war einer der Männer, die seine Leute vor einem Monat fast verdurstet in der Wüste gefunden haben.«

»Aber warum ...?«

»Haben Sie schon vergessen, wie nahe wir der saudiarabischen Grenze sind? Wir erfuhren es heute nacht – oder war es gestern? Sie selbst sagten an unserem ersten Abend im Hotel in Amman, vor einem Jahrhundert, wie mir jetzt scheint, daß Ibrahim möglicherweise diesen Weg nehmen müsse, weil die irakisch-jordanische Grenze zu gefährlich sei.«

Farrell starrte sie benommen an. »Mein Gott, Herzogin, wenn Sie recht haben ...« Seine Stimme zitterte. »Ich werde den ganzen Rückweg zum Lager beten.«

»Ich glaube, damit können Sie gleich anfangen. Von

Westen nähert sich uns eine Staubwolke. Das kann eigentlich nur Awads Kleinlaster sein.«
Doch sie mußten noch vierzig Minuten warten, bis der Wagen deutlich zu sehen war, und weitere zehn, bevor er am Fuß der Erhebung anhielt, auf der das Schloß stand.
»Hoffentlich wird die Fahrt nicht zu holprig«, murmelte Farrell nervös.
»Hanan hat Matratzen versprochen, erinnern Sie sich?« beruhigte ihn Mrs. Pollifax.
Woran sie allerdings nicht gedacht hatte, war Josefs Jugend und Stolz. Als er den Hang heraufgestürmt kam, befürchtete sie einen Augenblick, er würde sich, während ein Schwall von Entschuldigungen über seine Lippen sprudelte, vor ihre Füße werfen. Sie befänden sich auf seiner Tour, er wäre für sie verantwortlich, sie seien seine Freunde, und daß ihnen so Schreckliches widerfahren war, sei unerträglich für ihn. Er würde ihnen ihr Geld zurückgeben, er würde ... Da unterbrach ihn Hanan tadelnd und erinnerte ihn daran, daß seine beiden Kunden verletzt waren und Hilfe brauchten. Als er schließlich verstummte, ermahnte ihn Mrs. Pollifax lächelnd: »Verderben Sie uns doch eine so willkommene Rettungsaktion nicht!«
Da wandte sich Josef an Farrell und erklärte ihm mit ebenso beredter Zunge eifrig, mit welcher Sorgfalt er ihn in das Lager seines Großvaters zurückbringen würde. Dann half er Farrell behutsam den Hang hinunter zum Kleinlaster. »Als wäre ich ein hundertjähriger Tattergreis«, stellte Farrell trocken fest.
Es sah aus, als wäre jedes einzelne Kissen aus dem Zelt des Scheichs, nebst fünf Matratzen, auf die offene Ladefläche des Wagens gelegt worden. Hanan kümmerte sich darum, daß Farrell eine einigermaßen bequeme Fahrt haben

würde. Mrs. Pollifax, deren Arm noch in Taimurs gestreifte Seide gewickelt war, saß vorne neben Josef. So kehrten sie zum Lager zurück, das sie – Mrs. Pollifax konnte es kaum fassen – erst vor zwölf Stunden verlassen hatten.

21

Wieder saßen sie um das Feuer im Zelt des Scheichs, Farrell diesmal allerdings weit unbequemer auf dem niedrigen Tisch mit den Kaffeemaschinen und dem Radio. Ein kleinwüchsiger Beduine namens Bushaq hatte seinen Rücken untersucht und versorgt. Von Hanan erfuhr Mrs. Pollifax, daß er die Befähigung eines *Tahibs* oder Arztes habe. Dann hatte er ihren Arm ausgewickelt. Sie beobachtete ihn heimlich amüsiert, denn sie hatte noch nie zuvor einen Beduinen mit Brille gesehen, aber sie fand es irgendwie anheimelnd. Er hatte den Arm abgetastet, hier und da gedrückt und dann erklärt – Hanan mußte übersetzen, da Bushaq nicht Englisch konnte –, daß keine Kugel in ihrem Arm zurückgeblieben war, aber daß sie sowohl Fleisch wie Blut eingebüßt hatte. Danach hatte er eine Schlinge für den Arm gefertigt und kräftigende Brühe für sie bereiten lassen.
Nun wurde wieder der allgegenwärtige Kaffee in Täßchen serviert. Seit ihrer Rückkehr war ein Sandsturm aufgekommen. Der heftige Wind peitschte gegen die Seiten des *bait sha'ar* und spielte mit den Flammen in der Grube.
»Wir müssen jetzt miteinander reden«, wandte sich Farrell an Josefs Großvater. Das hatte er bereits bei ihrer Rückkehr gesagt, doch Scheich Jidoor hatte nicht darauf geachtet. Nun neigte er den Kopf und wartete.
Farrell blickte Mrs. Pollifax an und forderte sie auf: »Sie fangen an, Herzogin. Schließlich sind Sie es, die sich ihrer Sache so *sicher* war.«
»Aber taktvoll«, ermahnte sie ihn. Zu Scheich Jidoor sagte

sie wie beiläufig: »Sir, Sie erwähnten, daß Sie vor einiger Zeit eine kleine Gruppe Männer in der Wüste aufgelesen haben, die sich in großer Not befanden und von denen einer bereits tot war.«
Der Scheich blickte sie ausdruckslos an. *»Na'am.«*
»Mr. Farrell und ich möchten Sie gern fragen, ob einer von ihnen vielleicht Ibrahim heißt?«
Er sprach kurz mit dem Mann neben ihm. »Nein«, antwortete er schließlich.
Sie hörte Farrell leise fluchen.
»Dürfte ich Sie dann vielleicht nach ihren Vornamen fragen?«
»Mustafa und Dalshad«, erwiderte er knapp.
Sie ging nicht darauf ein, sondern sagte statt dessen: »Ich glaube, einer der Männer betrat gestern abend, während der Junge die *Rababa* spielte, das Zelt. Seine Wangen waren weiß, wie nach einem schlimmen Sonnenbrand geschält.«
Die Augen des Scheichs verengten sich, aber er schwieg.
»Dürften wir diesen Mann sehen?« bat sie.
Der Scheich lächelte nur höflich, als hätte er sie gar nicht gehört.
Doch Mrs. Pollifax ließ nicht locker. »Hat einer von ihnen möglicherweise mit einem Jungen auf einem Esel einen Ausflug zur Festung Karak gemacht und ist über Nacht weggeblieben?«
Aus einer unbeleuchteten Ecke hörte sie Josef scharf Luft holen.
Farrell starrte sie überrascht an, und sie erklärte mit geheimnisvollem Lächeln: »Ich hatte Zeit nachzudenken und zwei und zwei zusammenzuzählen, mein Freund.«
Der Scheich sagte mit barscher Stimme: »Sie sind mit Juseff, Hanan und Awad Ibn Jazi hierhergekommen, um

ein Fort zu besuchen. Weshalb interessieren Sie sich plötzlich für diese Männer? Wollen Sie ihnen etwa schaden?«

»Während unserer Suche nach einem Mann namens Ibrahim«, entgegnete sie eindringlich, »sind *wir* es, die zu Schaden kamen.« Sie deutete auf ihren Arm. »Wir hatten unsere Suche aufgegeben, als wir hierherkamen. Das kann Josef bezeugen.«

Der Scheich wandte sich dem Schatten in der Ecke zu, und Josef nickte. »Es ist die Wahrheit. Es gab keinen Grund, hier davon zu sprechen, und ich versprach ihnen zu schweigen.«

Farrell ergriff das Wort. »Ich möchte Sie gern zweierlei fragen, Sir. Haben diese beiden davon gehört, daß ein Mann namens Farrell in der Nacht aus dem Lager verschleppt wurde?«

»Nein«, antwortete Scheich Jidoor. »Sie sind der Ruhe wegen und zur Heilung in einem entlegenen Zelt untergebracht.«

»Dann ist meine nächste Frage, Sir: Dürfte ich Sie bitten, mit den Männern Mustafa und Dalshad zu sprechen und sie zu fragen, ob ihnen der Name Farrell bekannt ist?«

Der Scheich verneigte sich höflich. »Ja, das kann ich tun.« Er sprach mit dem Mann neben ihm, woraufhin dieser aufstand und das Zelt verließ.

Mrs. Pollifax und Farrell wechselten Blicke. Leise sagte sie: »Er hat sie unter seinen persönlichen Schutz genommen, nicht wahr?«

Farrell nickte. »Zweifellos will er nicht, daß wir Näheres über sie erfahren, wer immer sie sind.«

»Glauben Sie, ich habe irgendein Stammesgesetz verletzt, indem ich mich nach seinen Gästen erkundigte? Falls ja«, fuhr sie besorgt fort, »müßte ich ...«

»Warten Sie!« unterbrach Farrell sie scharf und versuchte sich zu erheben.
Der Mann mit den vernarbten weißen Wangen trat ins Zelt. Als er Mrs. Pollifax bemerkte, blieb er abrupt stehen und lächelte plötzlich. *»Sie«,* sagte er.
Sie lächelte herzlich zurück. »Ja.«
Sein Blick wanderte rasch zu Farrell, dann ebenso rasch zu seinem Gastgeber. *»As salam alaikum!«* murmelte er.
Scheich Jidoor hatte sich erhoben und verbeugte sich leicht. *»Alaikum as salam!«*
In ausgezeichnetem Englisch sagte sein Gast nun: »Geht es Ihnen gut?«
»Es geht mir gut, Allah sei Dank«, erwiderte der Scheich. »Friede sei mit Ihnen.«
»Und möge es *Ihnen* wohl ergehen«, antwortete der Scheich.
Mrs. Pollifax konnte Farrells Ungeduld spüren. Er sah aus, als würde er jeden Moment aus der Haut fahren.
»Allahs Wille geschehe«, sagte der Mann mit einer leichten Verbeugung.
Der Scheich lächelte. »Allah schütze Sie.« Und gleich darauf. »Trinken Sie eine Tasse Kaffee. Bitte setzen Sie sich.«
Der Scheich setzte sich wieder, doch der Fremde blieb stehen. Sein Blick wanderte zu Farrell. »Sie sind der Amerikaner Farrell?« fragte er.
Farrell nickte. »Ja, und Sie – treffe ich nun Ibrahim?«
»Der Name ist mir vertraut«, erwiderte er vorsichtig.
»Dann sind wir beide einen weiten Weg gekommen, um einander zu begegnen«, sagte Farrell höflich. »Und ich hoffe, Sie sind Ibrahim, der mir etwas Wertvolles von einem gemeinsamen Freund bringt.«
Die Augen des Fremden ruhten zweifelnd auf Farrells

Gesicht. Mrs. Pollifax seufzte. Sie spürte, daß beide einen Anstoß brauchten, so sagte sie übergangslos: »Sie haben den Iraker nicht getötet, das wissen Sie doch? Ihr Blut klebte an seinem Dolch, an dem Toten befand sich jedoch keines, außer natürlich am Hinterkopf, wo er an der Mauer aufgeschlagen war. Der Polizei dürfte das inzwischen klar sein. Und wir bedauern es sehr, daß einer Ihrer Begleiter in der Wüste starb.«

Ihre Emotionalität schien ihn zu amüsieren, und sein Gesicht wurde weicher. Zu Farrell sagte er: »Vertrauen zu fassen ist schwer – und Sie haben keinen Schnurrbart. Ich habe Bilder gesehen, verstehen Sie? Aber ja, ich *bin* Ibrahim.«

»*Halleluja!*« murmelte Mrs. Pollifax.

»Das ist es also!« Farrell griff in seine Brusttasche und brachte einen Schnappschuß, ein etwas älteres Bild von ihm selbst, zum Vorschein. »Verdammt riskant, es mitzubringen!« brummelte er. Schwerfällig und mit zusammengebissenen Zähnen erhob er sich vom Tisch und brachte das Bild zu Ibrahim. »Darauf habe ich einen Schnurrbart. Hilft das?«

Ibrahim betrachtete das Bild lächelnd. »Sie beide! Ja, das war riskant!«

Der Scheich, der sich kein Wort hatte entgehen lassen, runzelte die Stirn. »Sie sind also nicht Mustafa, sondern Ibrahim?«

Mit schiefem Lächeln antwortete der Mann. »Verzeihen Sie mir, aber ich will ehrlich sein. Ich heiße weder so noch so.« Er gab Farrell das Foto zurück. »Sie haben beide – Sie und er ... Aber begleiten Sie mich doch bitte ins Zelt, das der Scheich uns so großzügig zur Verfügung gestellt hat.«

Mrs. Pollifax folgte ihm und Farrell ins Freie. Erleichtert

stellte sie fest, daß der Sandsturm vorüber war, daß keine Steinchen und losen Gegenstände mehr durch das Lager gepeitscht wurden und daß im Osten ein Fleckchen blauer Himmel erschienen war. Während sie zum Ende des Lagers stapften, zu dem abgelegenen Zelt ganz am äußersten Rand, sagte Ibrahim ernst: »Sie müssen verstehen, daß es auf unserer Wanderung durch die Wüste viele Verluste gab. Wir hatten nichts – *gar nichts* –, weder Kamele noch Verpflegung, noch Gepäck, als wir aufgelesen wurden.«

Jetzt ging Farrells Ungeduld mit ihm durch. »Ja, aber Sie haben doch das Manuskript dabei und in Sicherheit?«

Ibrahim zögerte, dann blieb er stehen, drehte sich zu ihm um. »Tut mir leid. *Sehr* leid, Mr. Farrell.«

»Sie wollen doch nicht sagen – *was* wollen Sie damit sagen?« rief Farrell heftig. »Sie haben es doch hier, nicht wahr? Sie haben es aus dem Land gebracht und sicher verwahrt? Sagen Sie schon!«

Mit größer Behutsamkeit erklärte Ibrahim: »Dem Ende zu, Mr. Farrell, waren wir wirklich kaum noch am Leben, und die Nächte waren lang und kalt. Wir konnten kein wärmendes Feuer entzünden, außer vielleicht mit den Fetzen unserer Kleidung und ein wenig getrocknetem Kameldung. Wir besaßen bloß noch drei oder vier Streichhölzer. Wir brauchten dringend Zunder, etwas, womit wir ein Feuer machen konnten. Um am Leben zu bleiben – wir waren unendlich schwach –, mußten wir Feuer haben.«

»O nein!« krächzte Farrell.

»Doch.« Ibrahim nickte. »Mit den Manuskriptseiten ließen sich *gute* Feuer machen.«

Farrell stöhnte.

Ibrahim fügte hinzu: »Aber der Verlust läßt sich ersetzen.«
»Was soll das heißen, ›läßt sich ersetzen‹? Wie können Sie so etwas sagen?« haderte Farrell verbittert.
Mrs. Pollifax wußte, daß er an den langen, mühevollen Weg dachte, den er des Manuskripts wegen auf sich genommen hatte, und an die stark schmerzenden Striemen auf seinem Rücken. Trotzdem wünschte sie, er würde seinen Zorn zügeln.
»Kommen Sie!« forderte Ibrahim ihn nun ernst auf und öffnete die Zeltklappe, um sie beide einzulassen.
Von einer kleinen Laterne abgesehen, war es dunkel im Zelt. Sie brannte neben einer Lagerstätte aus vielen Teppichen, auf der ein Mann schlief. Das Licht fiel nur auf eine Gesichtshälfte. Ein drahtiger schwarzer Bart war zu erkennen, eine markante Nase und graumeliertes schwarzes Haar.
Ibrahim sagte: »Jetzt werden Sie verstehen, weshalb die irakische *Mukhabarat* uns unbedingt finden mußte. Um uns zu töten.«
»Mein Gott!«, hauchte Farrell mit weit aufgerissenen Augen. »Dib Assen – und er *lebt*!«
Der Mann auf der Couch rührte sich, schlug die Augen auf und betrachtete sie verwirrt. »Wer ...«, begann er. Dann wisperte er: »Das ist doch nicht möglich!« Und schon rief er begeistert: *»Farrell!«*
Mrs. Pollifax legte die Hand sanft auf Ibrahims Arm. »Kommen Sie«, sagte sie leise und zog ihn aus dem Zelt in die Sonne. »Ich glaube, wir würden jetzt nur stören. Aber bitte erzählen Sie, Ibrahim. Er ist wie Lazarus von den Toten auferstanden! Erklären Sie mir bitte, wie? Sie müssen wissen, daß alle Zeitungen Europas und Amerikas über seinen Tod berichteten!«

Die Sonne schmerzte nach der Dunkelheit im Zelt, und Ibrahims Stimme klang rauh. »Erklären? Erinnern? So viele Meilen zurück?« Er schüttelte den Kopf. »So *viele* Meilen zurück! Aber diese Auferstehung von den Toten, wie Sie sagen, bedarf einer Erklärung. Ja.«
Er starrte stumm in die Wüste, als zwinge er sich, sich zu erinnern. »Sie waren so selbstherrlich«, begann er. »Wie könnte sich auch jemand in einem Land mit so vielen Denunzianten und Informanten verstecken oder fliehen? Noch dazu, wenn er so bekannt ist. Sie hatten ihn schon früher verhaftet, und Assen hatte sich *nie* versteckt. Aber es gibt noch ein paar anständige, mutige Menschen«, fuhr er leise fort. »Einer davon arbeitete bei ... Nun, er kannte Assen ... Aber mehr sage ich nicht.«
Das Reden fiel ihm schwer. Er schien unendlich erschöpft zu sein. Sie hoffte, dergleichen nie erleben zu müssen, und wartete geduldig.
Nach einer Weile fuhr er fort: »Sie waren so überheblich – so eingebildet! Sie gaben bekannt, daß sie ihn verhaftet hätten, noch ehe sie sich auf den Weg machten, es zu tun. Und warum auch nicht? Wohin hätte er fliehen können? Doch er war gewarnt worden – im letzten Augenblick. Minuten, ehe sie sein Haus erreichten, hatte er es verlassen. Drei von uns. Um zu fliehen. Können Sie sich ihre Wut vorstellen? Ihre Verlegenheit? Ihre Demütigung?
Um ihr Versagen zu vertuschen – ihre Dummheit – und das war schlau von ihnen –, gaben sie seinen Tod bekannt. Natürlich waren sie der Meinung, daß er schon bald wirklich tot sein würde.«
»Aber er hat überlebt.«
»Ja.«
Sie schwiegen, dann sagte Ibrahim: »Er war dem Tod sehr

nah, als wir gefunden wurden. Und er ist auch jetzt noch nicht kräftig – oder sicher.«

»Geht es ihm gut genug, um das Lager zu verlassen?«

Ibrahim gestikulierte hilflos. »Um wohin zu gehen? Die *Mukhabarat* hat einen langen Arm. Nach Amman? Es gibt viele Überläufer aus dem Irak in Jordanien – Tausende anständiger Menschen –, aber kann auch nur einer davon, kann überhaupt *irgend jemand* ihn vor der Geheimpolizei seines Heimatlandes beschützen?«

»Sein Manuskript«, Mrs. Pollifax runzelte die Stirn, »enthielt es wirklich Geheiminformationen, die niemandem in die Hände fallen sollten?«

Er nickte. »O ja. Ich hatte zwar nicht die Ehre, es zu lesen – es war versteckt gewesen, und wer kann schon in der Wüste lesen? –, aber er erzählte mir bei unserem Marsch durch die Wüste, daß er die Handlung an *echten* Orten angesiedelt hatte, daß sich dort Fabriken befanden, die vor den Inspektoren der UNO versteckt wurden, und im Manuskript verwendete er einen Kode, um mitzuteilen, wo was hergestellt wurde. Botulismus-Erreger nahe einer Ortschaft und in einer anderen Rizin. Beides führt zu einem grauenvollen Tod. Jetzt, da es das Manuskript nicht mehr gibt, ist alles nur noch in seinem Gedächtnis vorhanden. Deshalb müssen sie ihn aufspüren und umbringen!«

»Das muß unbedingt verhindert werden!« sagte Mrs. Pollifax leidenschaftlich. »Er muß in die Vereinigten Staaten kommen, nur ...« Jetzt erst wurde ihr das Problem bewußt. »Wie bekommen wir ihn ohne *Hilfe* aus diesem Land, ja auch nur nach Amman, ohne ihn zu gefährden, ohne das Risiko einzugehen, daß er gesehen und erkannt oder gar festgenommen wird? Er hat doch keinen Reisepaß, oder?«

Ibrahim blickte sie nachsichtig an. »Aus dem Irak? Es werden gar keine ausgestellt.«
Sie schüttelte den Kopf. »Dann werden wir wohl einen rettenden Engel brauchen«, sagte sie bedrückt.
»Einen *was?*«
»Engel sind in den Vereinigten Staaten zur Zeit ganz groß in Mode«, erklärte sie. »Es werden Bücher über sie geschrieben und Filme gedreht. Sie können Wunder vollbringen, wie beispielsweise einen von der Polizei Gesuchten aus einem fremden Land zu schmuggeln. Ohne Reisepaß und Visum.«
»Es gibt keine Wunder«, sagte er tonlos.
»Daß Dib Assen noch am Leben ist, ist ein Wunder!« sagte sie trotzig. »Und *Sie* leben ebenfalls noch!«
»Ja, aber …« Plötzlich erstarrte er, und Mrs. Pollifax bemerkte, wie sich sein Gesicht vor Furcht verzog. »*Bismallah* – oh *Bismallah*«, keuchte er, »man darf mich nicht sehen!«
»Was haben Sie denn?« rief sie, aber er war bereits um die Zeltecke gelaufen, um sich zu verstecken. Sie drehte sich um und sah, daß sich ein völlig verstaubter Wagen mit riesigen Reifen, anscheinend ein Land Rover, ins Lager plagte. Vor dem Zelt des Scheichs hielt er an. Hier ein so modernes Fahrzeug zu sehen war ein plötzlicher Schock, ein Hinweis auf eine völlig andere Welt jenseits der Wüste, in der üblicherweise nur total verrostete Pritschenwagen und Kamele zu sehen waren. Sie drehte sich zu Ibrahim um, der außer Sicht auf dem Boden kniete.
»Was ist los?« fragte sie. »Wer ist das?«
»Die Wüstenpatrouille. Zwei Mann, sehen Sie sie? Polizei!«
O Gott! dachte Mrs. Pollifax. Sie beobachtete, wie die zwei Männer ausstiegen. Es bestand gar kein Zweifel, daß der

eine Angehöriger der Wüstenpolizei war, denn er trug die adrette braune Uniform mit ebenfalls braunen Schulterriemen und einer roten Schärpe. Sein rotkarierter *Kaffiyeh* war mit einem dunklen *Aigal* zusammengehalten, an dem ein silbernes Abzeichen steckte. Sein junger Begleiter trug Zivil, war sehr staubig und wirkte irgendwie sehr amtlich.

Beide verschwanden im Zelt des Scheichs.

Mrs. Pollifax wartete, worauf, wußte sie selbst nicht. Vielleicht auf ein höfliches Ersuchen, sich in den Zelten umsehen zu dürfen? Oder auf einen Hinweis, daß sich weitere gefährliche Personen in der Nähe herumtrieben? Ihr Arm pochte, sie hatte kaum geschlafen, und nun bekam sie auch noch heftige Kopfschmerzen. *Ich sollte Farrell warnen,* dachte sie, aber sie war wie gelähmt und unendlich müde.

Über die Schulter sagte sie zu Ibrahim: »Sie haben das Zelt von Scheich Jidoor betreten.«

»Ja«, krächzte er.

Eine Decke am Zelt des Scheichs wurde zurückgeschlagen, und Mrs. Pollifax wappnete sich, aber nur Josef kam heraus. Er sah sie sofort, rannte auf sie zu und rief aufgeregt: »Mrs. Pollifax! Mrs. Pollifax, die Wüstenpatrouille hat einen Mann hierhergebracht, der sich gestern nacht in der Wüste verirrt hat! Es ist ein Amerikaner, und er hat Sie gesucht!«

Das war verblüffend. »Er hat *mich* gesucht? Ein *Amerikaner,* der mich sucht?«

»Ja!« versicherte ihr Josef aufgeregt. »Corporal Saidi fand ihn vergangene Nacht in der Nähe der saudiarabischen Grenze. Er hatte sich völlig verirrt. Sein Name ist Rollin oder Rallin oder so ähnlich, und er sagt, daß ihn ein Mr. Carstairs geschickt hat.«

Carstairs …! Ihre Knie wurden plötzlich weich. So erledigt und mitgenommen, wie sie war, verspürte sie das eigenartige Bedürfnis, in Tränen auszubrechen, aber statt dessen lachte sie. Es war ein zittriges Lachen, aber dennoch ein Lachen.

»Ibrahim«, sagte sie. »Sie brauchen sich von nun an nicht mehr zu verstecken. Ich glaube, unser rettender Engel ist eben erschienen – unser Wunder!«

Hätte Carstairs das hören können, wäre ihm zweifellos ein wahrer Wasserfall von sarkastischen und sehr prägnanten Ausdrücken über die Lippen gerauscht.

Epilog

Mrs. Pollifax war schon vier Tage zu Hause, als sie von den Vorkehrungen erfuhr, die nach ihrer Abreise in Amman getroffen worden waren.

Cyrus war bereits vom Cape zurückgekehrt, als sie nach Hause kam, und begrüßte sie an der Tür mit einem entsetzten: »Großer Gott, Emily, hast du dir den Arm gebrochen?«

»Nein, nein«, beruhigte sie ihn. »Es ist nur eine unbedeutende Verletzung durch eine Kugel. Ein Beduine namens Bushaq hat sie verarztet, und ein gutaussehender junger Polizist hat sie desinfiziert.«

Er kniff die Augen mißtrauisch zusammen. »Emily, eine Kugel kommt aus einer Schußwaffe, du hast am Telefon aber gesagt ...«

»Nun, es gab einige Komplikationen«, gestand sie. Nach einem kurzen Resümee ihrer Woche in Jordanien und einer Erkundigung nach seinen ornithologischen Ausflügen legte sie sich ins Bett und schlief volle zehn Stunden. Sie empfand es zwar als vergeudete Zeit, andererseits war sie aber auch sehr froh darüber, denn sie hatte im Flugzeug nicht geschlafen und in der Nacht davor ebenfalls keine Ruhe gefunden. Doch sofort nach dem Aufwachen wollte sie wissen, wie es mit Assen und Ibrahim weitergegangen war. Rawlings hatte versprochen, sie auf dem laufenden zu halten ... *Ein sehr netter junger Mann, dieser Rawlings,* dachte sie, und ihr gegenüber fast ergeben dankbar. »Das war ein *Abenteuer*«, hatte er ihr vorgeschwärmt. »Ein wundervolles Abenteuer. Dieser Mond, wissen Sie – ich hatte ja keine Ahnung, was ich in diesem Land bisher alles versäumt hatte!«

Sie hatte es sich versagt, ihn darauf aufmerksam zu machen, was hätte passieren können, wenn sein Wagen in einer nicht von Polizeipatrouillen kontrollierten Wüstengegend stehengeblieben wäre. Wahrscheinlich standen ihm solche Erfahrungen noch bevor, denn es hatte ganz den Anschein, als beabsichtigte er noch weitere Exkursionen in die Wüste. Sie hatte ihm Awad Ibn Jazis Namen genannt und betont, wie interessant Rawlings den alten Fährtensucher finden würde. Nun hoffte sie, daß er so vernünftig sein würde, sich auch wirklich an ihn zu wenden.

Am Dienstag war sie von Jordanien zurückgekommen, und am Samstag rief Bishop sie aus New York an. Er erkundigte sich, ob sie und Cyrus am Nachmittag zu Hause wäre, er würde gern nach Connecticut fahren und sie beide wiedersehen. Er habe ein kleines Päckchen für sie, fügte er hinzu, das zu wichtig sei, als daß er es mit der Post schicken wolle.

»Ich hoffe, kein Urnengrab«, war Cyrus' sarkastischer Kommentar. Bishop traf um vierzehn Uhr ein, mit einem Diplomatenkoffer in der Hand, und sah so jungenhaft aus wie immer. Mit scherzhafter Grandezza nahm er die verwegene Schottenmütze von seinem sandfarbenen Haar. Bishop liebte Küchen. Er hatte einmal erwähnt, das läge daran, daß er selten eine zu Gesicht bekam. Also ließen sie sich am Küchentisch nieder, mit einer großen Platte voll frischer Heidelbeermuffins und einer großen Kanne Kaffee. Gleich nach der Begrüßung wurden beinahe übertriebene Höflichkeiten ausgetauscht. Mrs. Pollifax fragte sich, ob Bishop sich damit bei Cyrus dafür entschuldigen wollte, daß seine Frau sich ohne ihn in

Jordanien amüsiert hatte. Jedenfalls belustigte dieser Gedanke sie so weit, daß sie ihre Ungeduld im Zaum halten konnte. Bishop sagte: »Ich mag dieses Mädchen, Kadi Hopkirk, meine ich; ich habe gehört, daß Sie mit ihr unterwegs waren.«

Cyrus nickte. »Ein Mädchen, mit dem man Pferde stehlen kann, aber sie ist in zu heißem Klima aufgewachsen. Friert immer, fröstelt viel. Bin nicht sicher, daß ich sie fürs Vogelbeobachten begeistern konnte«, meinte er zweifelnd. »Vielleicht zu viel frische Luft.«

»Sie sehen aus, als strotzten Sie vor Gesundheit«, stellte Bishop fest. »Ihnen ist es sichtlich bekommen.«

»Warum sollte ich nicht gesund aussehen«, brummte Cyrus. »Ich bin ja auch nicht einfach in den Nahen Osten geflogen, um mich mit einer Meute Verbrecher einzulassen. Eine sehr hinterlistige Frau, meine Emily«, vertraute er Bishop an. »Rief mich an, daß sie für eine Woche mit Farrell verreisen würde, um irgendwelche Papiere oder so was aus Jordanien zu holen. Botendienste, dachte ich. Und dann kommt sie völlig erschöpft und mit dem Arm in einer Schlinge heim.«

»Wirklich hinterlistig«, bestätigte Bishop mit jungenhaftem Grinsen.

Jetzt war Mrs. Pollifax mit ihrer Geduld am Ende. »Bishop, so erzählen Sie doch! Was hat sich getan? Sind sie in Sicherheit? Ist alles in Ordnung?«

Bishop nickte. »Ich bringe gute Neuigkeiten. Mit viel Hilfe aus Amman konnten wir gestern Assen und Ibrahim in die Vereinigten Staaten bringen. Assens Informationen werden an die UN weitergeleitet, und auch Jordanien bekommt sie. Die ganze Sache ist wirklich verdammt wichtig!« fügte er hinzu. »Dib Assen befindet sich jetzt in einem sicheren Versteck.«

»Darüber bin ich wirklich sehr froh«, versicherte ihm Mrs. Pollifax erleichtert.
»Ewig schade um dieses Manuskript«, sagte Cyrus. »Ich habe sowohl *Die Peiniger* als auch *Die Folterinstrumente* gelesen. Wertvolle Bücher. Kann er das Buch, das vernichtet wurde, aus dem Gedächtnis neu schreiben?«
»Ich glaube nicht, daß er das noch möchte«, meinte Bishop. »Jetzt, da er frei ist und schreiben kann, was er will, und die Wahrheit nicht mehr hinter Metaphern und Anagrammen und Andeutungen und verschleierten Hinweisen verbergen muß.«
»Aber Sie wissen bestimmt, daß er in Sicherheit ist?« vergewisserte sich Mrs. Pollifax.
»Er ist so sicher, daß nicht einmal Carstairs und ich wissen, wo er sich befindet. Der einzige, der Bescheid weiß, ist Antun Mahmoud – und natürlich das FBI, das ihm eine neue Identität gegeben hat.«
»Nicht einmal Farrell?«
»Nicht einmal Farrell.«
»Und was ist mit Ibrahim?«
»Ibrahim ist nach Mexiko zu Farrell weitergereist. Er ist offenbar ein Experte für islamische Kunst, sie haben also eine Menge gemein. Dib Assen hofft, ebenfalls dorthin ziehen zu können, sobald das FBI es für unbedenklich hält. Einstweilen hat er ein Visum für sechs Monate und wird als politischer Flüchtling anerkannt werden, falls er länger bleiben möchte. Wie auch immer, momentan wird er sehr gut beschützt. Und Farrell«, fügte er ernst hinzu, »ersetzen wir alle seine Ausgaben. Er reiste als Assens Freund, brachte uns jedoch mehr zurück, als wir je für möglich gehalten hätten.« Er zuckte zusammen. »Aber ich habe ja noch gar nicht gesagt, weshalb ich gekommen bin. Wir haben durch offizielle Kanäle, mit Kurier und

ohne Zoll dieses Päckchen erhalten, mit der Bitte, es umgehend an Sie weiterzuleiten.«

»Was ist es denn?« fragte Mrs. Pollifax erstaunt.

»Es kommt aus dem Palast in Amman. Keine Botschaft, keine Erklärung, außer daß es eben aus dem Palast kommt.« Bishop öffnete seinen Diplomatenkoffer, holte ein längliches, schmales, in braunes Papier gewickeltes Päckchen heraus und händigte es ihr aus. Nachdem sie die Schnur gelöst hatte, fand sie eine in Seidenpapier verpackte Schachtel, die sie öffnete. »Oh, wie aufmerksam!« rief sie, und dann: »Oje!«

Es war ein Dolch in einer mit Türkisen besetzten Scheide; ein sehr alter und sehr prächtiger Dolch, dessen Griff mit Juwelen und Gold eingelegt war. Fast widerstrebend zog sie ihn aus seiner Scheide.

»Oh-oh!« staunte Cyrus.

Bishop pfiff durch die Zähne. »Wunderschön! Ein richtiges Museumsstück!« Als Mrs. Pollifax schwieg, sah er sie an. »Was haben Sie denn? Sie sehen gar nicht glücklich darüber aus.«

»Es hat nicht viel gefehlt und ein ähnlicher Dolch hätte mir vergangenen Samstag im Qasr at Túba die Kehle durchgeschnitten. Er war nicht so prächtig, aber ebenso scharf.« Sie schauderte. »Mr. Nayef – Verzeihung, Mr. Slaman – war ein *sehr* entschlossener Mann.«

»Oje!« entfuhr es nun auch Bishop. »Aber dieser Dolch dürfte Hunderte von Jahren alt sein – eine echte Antiquität – und aus dem *Königshaus.* Sie können ihn nicht einfach ignorieren, und es wäre auch nicht richtig, ihn zum Tomatenschneiden zu benutzen.«

»Das macht die Sache etwas heikel«, sagte Cyrus nachdenklich. »Du wirst dir etwas einfallen lassen müssen, Liebes. Immerhin stammt er aus dem Palast ...«

»Und er ist wirklich wunderschön!« schwärmte Bishop. »Hängen Sie ihn doch an die Wand, um Sie an jenen Dolch zu erinnern, der Sie beinahe umgebracht hätte, es aber doch nicht tat.«
Sie bedachte ihn mit einem tadelnden Blick, dann fuhr sie mit den Fingerspitzen über das exquisite Muster der Scheide und gab zu, daß das Geschenk wirklich wunderschön war. »Ich bin sicher, er ist beduinischer Herkunft«, sagte sie schließlich mit einem Lächeln. »Zu schade, daß ich ihn Hanan nicht zeigen kann. *Wellahi hadha, beduwi* – ein echter *Bedu!*«
»Du hast ihr doch bereits einen kompletten Satz *Nancy Drew*-Krimis geschickt«, erinnerte Cyrus sie.
»Mir ist etwas eingefallen!« rief Bishop mit gewohnter Schnoddrigkeit. »Wie schon gesagt, hängen Sie ihn an die Wand – als Mahnung, sich vor der Person zu hüten, die bei Ihrem nächsten Flug neben Ihnen sitzt.«
»Unnötig«, wehrte Cyrus entschieden ab. »Das nächste Mal, verdammt – und das muß sie mir versprechen! – werde *ich* neben ihr sitzen!«